W0417798

10|18
12, avenue d'Italie — Paris XIIIe

Sur l'auteur

Deirdre Madden est née en Irlande en 1960. Pour son premier livre, *Hidden Symptoms,* elle reçoit le prix Rooney – prix de littérature irlandaise – en 1987 et pour *Les Oiseaux du bois innocent,* le prix Somerset Maugham en 1988. Auteur également de *Rien n'est noir* et *Irlande, nuit froide,* Deirdre Madden partage aujourd'hui son temps entre l'Irlande et Paris.

IRLANDE, NUIT FROIDE

PAR

DEIRDRE MADDEN

Traduit de l'anglais
par Anna GIBSON

10|18

« Domaine étranger »
dirigé par Jean-Claude Zylberstein

BELFOND

Titre original :
One by One in the Darkness

© Deirdre Madden, 1996.
© Éditions Belfond, 1998,
pour la traduction française.
ISBN 2-264-02894-7

À ma mère, Mary Madden,
et à ma sœur, Angela Madden,
avec grand amour

1

Samedi

Chez elle, c'était un ciel immense ; c'était une terre pauvre, des champs plats bordés d'aubépines et d'aulnes. C'étaient des oiseaux en vol ; c'étaient des colonnes de moucherons s'élevant comme de la fumée par un crépuscule d'été. C'était une eau grise ; c'était un vent fou ; c'était une solide maison de pierre, où le silence était troublant.

Cate rentrait chez elle.

Elle se réveilla tôt ce matin-là. Sans surprise, elle avait mal dormi au cours des dernières semaines, et elle s'attarda plus d'une heure au lit en pensant à sa famille. Elle aimait imaginer les trois femmes encore endormies, allongées dans la chaude pénombre de leur chambre : Helen à Belfast, Sally et sa mère dans la maison, à la campagne. Plus tard, tandis qu'elle se levait, faisait un café et bouclait ses bagages, Cate imagina le réveil de sa famille. Helen tendait la main pour allumer la radio et paressait un moment en écoutant de la musique classique. Sally descendait l'escalier en robe de chambre, tout ensommeillée, observait d'un regard vide le ciel chargé de nuages en attendant que la bouilloire siffle. Elle préparait du thé et l'apportait à l'étage dans la chambre de sa mère. C'était leur rituel du samedi matin. Elles prenaient le thé ensemble, en parlant paisiblement de la semaine écoulée et du week-end à venir ; aujourd'hui, Cate le savait, leur principal sujet de conversation serait son retour. Elles discuteraient du repas qu'elles lui concocteraient pour son arrivée ; et peut-être spéculeraient-elles sur les raisons qui avaient pu pousser Cate à rentrer ainsi à l'improviste ; mais, même en tenant compte de cette possibilité, c'était un réconfort pour elle de penser intensément à sa mère et à ses sœurs.

Son anxiété augmenta au cours du trajet de Primrose Hill à l'aéroport de Heathrow. Dans le hall des départs, elle procéda à l'enregistrement des bagages et fit les cent pas derrière les baies vitrées en regardant les avions rouler puis décoller de la piste. Elle se détourna, se rendit aux toilettes pour vérifier sa coiffure et son maquillage ; sortit de son sac un vaporisateur de parfum français et en aspergea le creux de ses poignets. D'habitude, le fait de se regarder dans le miroir l'apaisait. Un rapide coup d'œil suffisait : l'épaisse chevelure auburn, la peau fine et pâle ; les traits délicats, les vêtements et les bijoux merveilleux, bien au-dessus des moyens de la plupart des gens : peu importe ce que tu ressens, pensait-elle. Voilà ce que les autres voient, et c'est là-dessus qu'ils te jugeront. Mais, ces derniers temps, cette astuce échouait à lui redonner confiance en elle, et elle échoua aujourd'hui encore. Alors, Cate effleura son front pour toucher la minuscule cicatrice invisible qu'elle avait à la racine des cheveux. À six ans, elle avait heurté une moissonneuse-lieuse et s'était blessée à la tête, si bien qu'il avait fallu l'emmener à l'hôpital pour des points de suture ; depuis, elle portait une marque imperceptible. Toucher la cicatrice d'un doigt furtif, à l'insu de tous, lui procurait la sensation de réalité, la sensation de qui elle était, d'une manière que son propre reflet ne lui offrait pas.

Elle retourna dans le hall des départs et acheta un journal. Par habitude, elle parcourut les étagères du regard, à la recherche de la couverture du magazine de mode pour lequel elle travaillait. Ensuite, elle commanda un café, bien qu'elle n'en eût pas vraiment envie, pas plus que du journal. Pour s'occuper, elle sucra son café et remua la cuillère ; puis elle la reposa sur la soucoupe et contempla fixement la tasse. Elle était terrifiée à l'idée de ce qu'elles allaient lui dire, à la maison. Il y aurait des larmes, inévitablement, et elle pleurerait elle aussi. Il y aurait des paroles dures, et elle se demanda comment elle les supporterait. Elles auraient beau la blesser, il faudrait essayer de ne rien dire qu'elle pût regretter par la suite.

Une voix annonça que le vol de la British Airways à destination de Belfast était prêt pour l'embarquement. Cate se leva.

Dans le passé, elle s'était sentie invincible. Non qu'elle n'eût jamais envisagé la possibilité d'un désastre : mais, quand elle y pensait, elle décidait que rien ne pourrait lui arriver. Sa vie était enchantée. Adolescente, elle se réfugiait sous les arbres pendant les orages, et se croyait en sécurité. Un train ou un avion ne pouvaient s'écraser si elle était à leur bord. Elle était douée d'une beauté exceptionnelle, et elle le savait. Pendant des années, elle avait cru qu'elle pouvait obtenir tout ce qu'elle désirait dans la vie, sans exception. Sa famille n'arrivait pas à comprendre d'où lui venait cette... cette – confiance, disait-elle à l'époque. Arrogance, aurait-elle dit à présent. Elle l'avait perdue ce soir d'octobre, deux ans plus tôt, lorsque Sally avait téléphoné pour lui apprendre ce qui s'était passé. À la fin de leur échange, Cate avait interrompu la communication du bout des doigts tout en cherchant dans son sac à main sa carte de crédit et son filofax. Elle avait appelé la British Airways et, d'une voix précise et efficace, réservé une place à bord du dernier vol pour Belfast. Ensuite elle avait pensé : qui devrais-je appeler encore ? Elle avait des amis à Londres, de bons amis, mais elle s'était aperçue qu'il n'y avait personne à qui elle voulût en parler, encore moins quelqu'un qu'elle souhaitât auprès d'elle en cet instant. Elle voulait simplement rentrer à la maison. Alors, elle avait posé son filofax, elle était retournée dans sa chambre et elle avait préparé ses bagages.

Ce que Cate appelait sa penderie était vaste au point de ressembler davantage à une petite pièce dans laquelle on pouvait entrer, comme elle le fit ce soir-là pour examiner les rangées de vêtements qu'elle contenait. Elle fouilla parmi les robes, les vestes et les jupes à la recherche de tenues convenables pour l'occasion, mais tout lui semblait déplacé : trop pâle, trop coloré, trop élégant. Ses seuls habits sombres étaient des robes du soir. Pour finir, elle trouva une robe grise qu'elle n'avait portée qu'une fois et un manteau noir de coupe classique. Elle avait examiné ses chaussures. Elle n'avait jamais remarqué qu'elle en possédait tant.

Soudain, elle s'était revue dans la chambre de mamie Kate par un jour de pluie : mamie Kate essayait un nouveau tailleur lilas qu'elle venait d'acheter et comptait étrenner à la messe du dimanche de Pâques. Cate, assise sur le lit, jouait avec une houppette de poudre et une boîte de talc parfumé à la violette qu'elle avait subtilisées sur la table de toilette. Tout occupée à s'admirer dans la glace, mamie Kate n'avait rien remarqué. Debout dans le luxe silencieux de sa propre penderie, Cate se rappelait avec une netteté étrange la chambre de sa grand-mère : le dessus-de-lit crocheté, la pluie contre la vitre, un parfum de violette et de poussière. Elle avait plongé la houppette dans le talc et s'en était caressé le visage.

« Mamie Kelly ne s'habille qu'en noir, avait-elle dit. Parce que papy Kelly est mort. »

Mamie Kate souriait à son propre reflet dans le miroir et lissait du bout des doigts le col de son tailleur.

« Moi, je ne m'habillerai jamais en noir, avait-elle répondu avec franchise, même si tous mes proches étaient morts. »

Plus tard dans la soirée, lorsque le taxi était passé la prendre, Cate portait un manteau bleu roi. Elle était entrée dans le hall de l'aéroport, avait procédé à l'enregistrement de ses bagages et embarqué comme d'habitude. Mais, tandis que l'avion roulait sur la piste d'envol, elle s'était sentie terrifiée, pour la première fois de sa vie, comme une funambule qui aurait soudain pris conscience de l'abîme dans lequel elle pouvait tomber d'un instant à l'autre. Cette terreur la forçait à croire, à croire vraiment ce que lui avait dit Sally. Le charme était rompu, la vie enchantée avait pris fin.

Dans l'avion, en ce samedi matin, elle contemplait

fixement les lettres de son propre nom sur la carte d'embarquement. À ses débuts dans le journalisme, elle n'aimait pas l'allure de son nom imprimé. Kate Quinn : trop irlandais, pensait-elle, trop provincial, et elle avait été ravie de son idée de changer le K en C. Cate Quinn. Elle n'avait pas pensé un seul instant que cela risquait de contrarier sa famille, et s'était sentie meurtrie et embarrassée lorsqu'il apparut que ce geste les avait blessés, qu'ils y voyaient un rejet d'eux-mêmes. Personne n'avait fait de réflexion, mais sa mère avait mis des années avant d'adopter la nouvelle orthographe dans ses lettres hebdomadaires à sa fille, et son père n'avait jamais renoncé à son ancien nom. Oncle Brian l'appelait encore Katie, comme il l'avait toujours fait : peut-être n'était-il même pas conscient du changement qu'elle avait décidé. Pendant quelque temps, Helen avait adressé son courrier à « Cate Kwinn », ce que Cate avait trouvé méprisant à l'époque, même si, après tant d'années, elle en voyait le côté comique.

Tandis que l'avion survolait Belfast, elle se rapprocha du hublot et regarda le lac, Belfast Lough, les portiques du chantier naval, la ville elle-même et les montagnes sombres qui s'élevaient à l'arrière-plan. Elle n'aurait pas été heureuse à Belfast. Un jour, elle avait demandé à Helen si cela lui plaisait d'y vivre et d'y travailler, et Helen avait répliqué : « Je ne sais pas si j'irais jusque-là. » Le mot « plaire » n'était pas très prisé dans le vocabulaire de Helen. Non qu'elle ne prît pas grand plaisir à certaines choses ; c'était plutôt, soupçonnait Cate, qu'elle n'aimait pas en parler.

L'avion vira sur l'aile et perdit de l'altitude. Lough Neagh apparut, une froide étendue d'eau grise, puis, elle aperçut les champs et les fermes. Cate regardait intensément la terre, comme pour en tirer un enseignement, comme si elle lui apparaissait pour la première fois, alors qu'elle n'aurait pu lui être plus familière, un paysage à l'aune duquel elle mesurait encore tous les autres. Un troupeau de moutons marqués de bleu par leur propriétaire s'égailla avec frayeur dans un pré non loin de la piste d'atterrissage.

Les gens se retournaient pour regarder Cate tandis qu'elle traversait le hall des arrivées à Aldergrove. Le jour où elle cesserait de tourner les têtes n'était pas près d'arriver. Helen l'attendait. La ressemblance entre les deux sœurs était en partie masquée par la différence de leur présentation ; par les vêtements luxueux de Cate, sa mise impeccablement soignée. Elles se dirigèrent vers le tapis roulant. « Voilà ton sac », déclara Helen en montrant un vieux fourre-tout fendillé à carreaux écossais dont la poignée s'ornait de deux pompons de laine pour en faciliter l'identification. Cate éclata de rire en se penchant pour ramasser ce qui était en réalité son bagage : une élégante valise en cuir.

« Désolée pour l'état de la voiture », s'excusa Helen en ouvrant la portière, mais Cate aurait été surprise, déçue même, si elle n'y avait pas trouvé le fouillis familier de magazines, de journaux, de chaussures dépareillées et de cassettes de musique, le tout généreusement saupoudré d'emballages de bonbons. Lorsque Helen mit le contact, un air d'opéra déferla des haut-parleurs. Elle tendit la main pour baisser le son, mais s'interrompit, écoutant la musique. « On peut laisser allumé ? Ça m'a l'air pas mal du tout.

— Bien sûr, dit Cate. Alors, quelles nouvelles ? Comment va tout le monde, à la maison ?

— Tout le monde va bien. Maman est très excitée à l'idée que tu restes une semaine entière. Elle était dans tous ses états parce que tu l'as prévenue si tard.

— Il y avait un problème de congés au bureau. J'avais cinq jours à prendre, et ils ont mis la pression : soit je les prenais tout de suite, soit je les perdais.

— Tu pourras peut-être revenir cet été, à l'époque où tu viens d'habitude.

— Peut-être », dit Cate, mais elle ne paraissait pas convaincue.

Non loin de l'aéroport, elles durent s'arrêter pour un contrôle de sécurité, et Cate remarqua les moutons qu'elle avait vus s'éparpiller au moment de l'atterrissage. Ils s'étaient regroupés près d'une haie et ruminaient d'un air stupide. Helen fourra son permis de conduire dans son sac à main, et elles poursuivirent leur route. Un faible soleil luttait avec les nuages lourds qui couraient dans le ciel. Il se mit à pleuvoir.

« Comment va le travail ? demanda Cate, et Helen fronça les sourcils.

— Oh, comme d'habitude. Pour le moment, nous défendons ce type, Maguire ; il a abattu un chauffeur de taxi. J'en ai déjà parlé, tu t'en souviens peut-être. Non ? Quoi qu'il en soit, je m'occupe de son affaire.

— Tu rentres encore souvent à la maison pour le week-end ?

— Presque chaque week-end, ces temps-ci. Il faudrait vraiment un événement extraordinaire pour m'en empêcher. D'habitude, je pars le vendredi soir ; cette semaine, j'ai attendu le samedi pour pouvoir te prendre au passage au lieu de refaire le trajet ce matin. Oh non, Cate, j'ai absolument besoin de quitter la ville. C'est une soupape de sécurité. »

Aux abords d'Antrim, certaines maisons arboraient déjà des drapeaux britanniques et des drapeaux de l'Ulster en prévision du 12 juillet, alors qu'on n'était encore qu'à la mi-juin*. Des banderoles rouge-blanc-bleu décoraient les rues. « J'ai pensé qu'on pouvait passer par la ville, dit Helen. Prendre la route touristique, plutôt que l'autoroute. Nous ne sommes pas pressées. » À la sortie d'Antrim, Cate remarqua de petites plaquettes de bois fixées aux arbres et aux poteaux télégraphiques, portant ces messages : « OÙ EST VOTRE BIBLE ? » « L'ÉTERNITÉ OÙ ? » et « REPENTEZ-VOUS ! »

Entre Antrim et Randalstown s'élevait un mur de pierre qui s'étendait autrefois, intact, le long des six kilomètres séparant les deux villes et entourait la propriété de Shane's Castle. Ce château, tout comme les autres qu'elle connaissait, fascinait Cate lorsqu'elle était enfant, une fascination qu'elle savait instinctivement devoir cacher, en particulier à oncle Brian. La vie devait être si différente, là-bas. Elle avait presque réussi à se persuader que les arbres eux-mêmes, qu'elle apercevait de l'autre côté du mur, n'avaient rien à voir avec ceux qui poussaient autour de la ferme de son père. Ce devait être comme dans les livres, pensait-elle. Elle imaginait des pièces remplies de belles choses et des tableaux dans des cadres dorés représentant des femmes au long visage pâle ; elle songeait à des châtelaines chevauchant à travers le domaine sur de merveilleux poneys gris, ou brodant près du feu ; lorsqu'elles voulaient du thé, elles agitaient une clochette, et une servante leur apportait des tasses en porcelaine et une théière d'argent sur un plateau. Elle sourit à ce souvenir. Oncle Brian évoquait souvent ce mur et les

* Le lecteur trouvera en fin de volume, appelées par un astérisque, les notes explicitant les références à la situation politique en Irlande du Nord. *(N.d.T.)*

pauvres qui l'avaient construit, des gens du coin. « Deux pence par jour, disait-il, et une livre de farine d'avoine pour tout salaire. » Leur père n'en parlait jamais, bien qu'il s'intéressât plus à l'histoire locale que son frère.

La curiosité de Cate avait été satisfaite dans les années soixante-dix, lors de la construction de l'autoroute de Belfast, dont le tracé coupait le domaine en deux. Chose extraordinaire, il s'avéra qu'elle avait eu raison. C'était effectivement différent, cela ressemblait aux images qu'elle avait vues de la campagne anglaise, luxuriante et vallonnée avec des arbres magnifiques, des marronniers, des chênes, des hêtres pourpres qui contrastaient si vivement avec les frêles arbrisseaux bordant les champs plats de son père. Ils n'habitaient pourtant qu'à quelques kilomètres de là. Parfois, on apercevait sur le bord de l'autoroute un faisan déconcerté qui s'était égaré hors du domaine. Aujourd'hui, Shane's Castle était ouvert au public, une sorte de petit tortillard promenait les touristes, mais Cate avait perdu depuis longtemps tout intérêt pour le château.

Un kilomètre plus loin, le paysage commençait à s'aplanir. Helen quitta la route principale et tourna plusieurs fois dans un lacis de chemins de plus en plus étroits bordés de hautes haies. Le soleil avait à nouveau percé les nuages : sa lumière pâle scintillait sur les eaux du lac ; au loin, elles apercevaient la bosse bleu sombre que formait Slieve Gallion. Cate baissa la vitre. Après la lourde chaleur estivale de Londres, l'air propre et frais qui sentait la pluie était un pur soulagement. Bientôt, elles aperçurent le toit de leur maison au-dessus des haies touffues et, plus loin, les cheminées rougeâtres de celle de Brian. L'allée qui conduisait à la ferme était défoncée et pleine d'ornières, et Cate vit que leur mère guettait son arrivée par la fenêtre du salon, comme elle l'avait toujours fait. Elle apparut sur le seuil ; Cate fondit en larmes en l'embrassant, craignant soudain d'oublier sa résolution et de bredouiller sa grande nouvelle sans attendre.

« Nous avons préparé du saumon pour le déjeuner, annonça leur mère tandis qu'elles entraient dans la cuisine où Sally fouettait de la crème dans un saladier en verre, et j'ai prévu un gigot pour demain. Enlève ta veste et installe-toi, on va te servir dans une minute. » Au moment de s'asseoir, Cate remarqua sur le buffet une grande photographie encadrée de son père. Elle la prit, et sa mère s'interrompit un instant de disposer les assiettes sur la table.

« N'est-ce pas que c'est joli, Cate ? Sally m'a offert le cadre pour mon anniversaire, et Helen connaissait quelqu'un qui pouvait agrandir la photo, alors que nous n'avions même pas de négatif. C'est ma préférée, ton papa tel qu'il était quand je l'ai rencontré. »

Cate regardait la photo en silence. « Pauvre papa, murmura-t-elle, en la reposant sur le buffet.

— C'est un plaisir inattendu de t'avoir ici à cette époque de l'année, reprit leur mère tandis qu'elles s'asseyaient toutes autour de la table. Qu'est-ce qui t'a poussée à rentrer maintenant ?

— Je ne sais pas, répondit Cate. Une idée comme ça. J'ai eu de la chance de pouvoir prendre quelques jours de congé. J'ai dû négocier, au bureau, mais pour finir j'ai obtenu les dates que je voulais.

— C'est bien, affirma sa mère.

— Oui, n'est-ce pas ? »

Alertée par le ton de sa sœur, Cate tourna la tête vers elle. Helen la dévisageait intensément, et, soudain, Cate se rappela ses mots dans la voiture. Ainsi, Helen était la première à la démasquer, Helen savait qu'il se tramait quelque chose. Elle se détourna, confuse.

« Il faut que tu téléphones à Brian, poursuivit sa mère en tendant à Cate un plat de carottes. Il a hâte de te voir. Il est passé ce matin en demandant à quelle heure tu arrivais, mais nous avons essayé de le faire patienter jusqu'à demain.

— Laisse-la finir de déjeuner, protesta Sally, avant de lui parler d'appeler les gens. »

Cate adorait ce premier repas en famille, lorsqu'elle rentrait à la maison et qu'elles parlaient, riaient et se racontaient les nouvelles qu'elles avaient oubliées dans leurs nombreuses lettres et conversations téléphoniques. Cela lui rappelait l'intimité inconsciente, viscérale, qui les avait reliées au cours de tant de dîners de haricots et de poissons panés partagés à cette même table, quand elles étaient petites. Oncle Brian disait toujours : « Je n'ai jamais vu trois sœurs qui soient aussi proches, et je n'ai jamais vu trois sœurs qui soient aussi différentes. » C'était encore vrai. Si elles n'avaient pas été sœurs, elles n'auraient jamais été amies. Aux yeux de Helen – Cate ne l'ignorait pas –, sa vie n'était que luxe et vanité, centrée sur des soucis de cellulite et de mascara, ce qui était dans une certaine mesure injuste. Cate, de son côté, considérait avec une sorte d'horreur le métier de Helen, avocate spécialisée dans les affaires de terrorisme travaillant dans un bureau au-dessus d'un magasin de spiritueux dans le bas des Falls*. Helen et Cate se demandaient comment Sally pouvait supporter l'ennui de son existence d'institutrice à l'école primaire qu'elles avaient fréquentée toutes trois quand elles étaient petites ; et pourtant, au-delà d'un certain point, rien de tout cela n'avait d'importance. Elles étaient sœurs, et c'était assez.

Mais tandis qu'elles finissaient le saumon en ce samedi après-midi, Cate avait conscience de l'autre réalité qui les unissait, et qui n'avait pas existé dans l'enfance : ce qui était arrivé à leur père. Elles voulaient se donner courage mutuellement. Cate sentait qu'il suffisait aux gens de les regarder pour deviner que quelque chose n'allait pas, que quelque chose leur avait fait peur ; et cette peur était comme un fil tendu qui les reliait les unes aux autres et les isolait du reste du monde.

Après le déjeuner, Cate ouvrit sa valise et distribua les cadeaux qu'elle avait apportés : du vin, des chocolats, du parfum, des livres et les inévitables piles de magazines sur papier glacé. En fin d'après-midi, elle partit se promener seule, après avoir emprunté une veste et des bottes en caoutchouc à Sally. Elle coupa à travers champs, s'enfonçant dans l'herbe haute comme on s'enfoncerait dans la mer. Après une journée d'averses, le soleil s'était caché derrière des nuages blancs qu'il veinait de lumière rose et bleu, comme l'opale que portait Cate à la main droite. Les gouttes de pluie roulaient sur l'herbe lourde tandis qu'elle traversait le champ à pas lents. Que lui diraient-elles ? Unique consolation : le samedi suivant à la même heure, il n'y aurait plus de secret.

2

Quand mamie Kate parlait de la couleur de ses vêtements, elle ne se contentait jamais de mots simples comme rouge, bleu ou vert. Son cardigan était « d'un bleu très doux, couleur d'un œuf de grive ». Elle avait une jupe « d'un violet éclatant, comme un iris » et un manteau « brun rougeâtre, couleur de brique ». Elle portait un manteau neuf à la messe ce matin-là, et Kate avait bien envie de l'examiner de plus près, parce qu'elle avait entendu mamie le décrire à sa mère, au cours de la semaine, comme étant « de ce vert merveilleux d'un canard sauvage lorsqu'il tourne le cou et que la lumière l'effleure ». Kate profita du début du sermon pour se retourner. Mamie était assise deux rangs derrière elles, à l'extrémité du banc. Elle sourit en voyant Kate la regarder. Kate lui rendit son sourire. Mamie avait aussi un merveilleux chapeau neuf. Elle leur avait dit qu'elle l'avait trouvé chez McKillen à Ballymena. Kate ne savait pas combien elle l'avait payé, mais cher sans doute, parce que, lorsqu'elle s'était penchée à l'oreille de leur mère pour lui en confier le prix, celle-ci avait écarquillé les yeux en s'exclamant : « Non ! » sur un tel ton que les petites avaient compris qu'elle ne jouait pas la comédie. Mamie Kate s'était rencognée dans le canapé en disant : « Je sais. C'est affreux, n'est-ce pas ? », mais elle paraissait enchantée.

La mère de Kate, voyant qu'elle s'était retournée dans l'église, lui donna une tape sur la jambe, fronça les sourcils et lui murmura de bien se tenir. Kate fit de nouveau face à l'autel. Le père Black pérorait toujours. Même Helen avait renoncé à feindre de comprendre ses discours. Puisqu'elle n'avait plus le droit de se retourner, Kate jeta un coup d'œil de biais à sa sœur aînée, qui feuilletait lentement son livre, intitulé *Missel du dimanche pour les petits enfants* ; des images colorées montraient un prêtre célébrant la messe. Helen ouvrit la bouche, mais étouffa son bâillement. Kate prit son propre livre, qui traitait des dix commandements. À chaque page on voyait un enfant derrière lequel se tenait un ange. Quand l'enfant obéissait à un commandement, qu'il donnait par exemple un bouquet de fleurs à sa mère ou assistait à la messe du dimanche, l'ange paraissait satisfait ; mais lorsqu'il faisait de vilaines choses, comme voler ou mentir, l'ange se cachait le visage dans les mains et pleurait. L'ange de Helen ne pleurait sans doute jamais, pensa Kate, qui bâillait elle-même à présent, sans se cacher, avec bonheur. Non que l'ange de Kate eût beaucoup de souci à se faire : bien qu'un peu plus délurée que Helen, elle n'était pas une mauvaise fille.

Elle reposa son livre. Sally dormait contre le flanc de sa mère. La poupée de chiffon qu'elle avait reçue pour son anniversaire avait glissé à terre. Parce qu'elle était petite, Sally avait le droit d'apporter ses jouets à l'église et de dormir si elle en avait envie ; leur mère la laissait faire aussi longtemps qu'elle ne pleurait pas et ne parlait pas à voix haute. Kate parcourut la nef du regard :

son papa était assis du côté des hommes, à sa place habituelle, au cinquième rang. Oncle Brian se tenait tout au fond de l'église. Leur père se présentait toujours parmi les premiers à la communion. Oncle Brian ne communiait qu'une fois l'an, à Pâques. Oncle Peter n'allait jamais à la messe, pas même à Noël.

À la fin de l'office, tandis que les gens quittaient l'église, leur mère donnait à Helen et à Kate un penny chacune pour allumer un cierge devant la statue du Sacré Cœur. Elles sortaient ensuite et s'arrêtaient brièvement devant la tombe de papy Francis afin de dire une prière. Seule Helen se souvenait de lui, mais elle était si petite quand il était mort qu'il ne lui en restait qu'une image vague. Elle avait raconté à Kate qu'à l'époque où il était malade elle était allée le voir un jour avec sa mère ; elles lui avaient acheté une boîte de Meltis Newbury Fruits. Il s'était redressé dans son lit en retournant la boîte entre ses mains : un homme minuscule, tout ratatiné, avec des yeux comme des perles noires. Helen avait dit à Kate de n'en parler à personne, de peur qu'on ne croie qu'elle se souvenait de lui uniquement à cause des bonbons (c'était bien possible, pensait Kate ; Helen adorait les pâtes de fruits). D'habitude, mamie se trouvait déjà devant la tombe lorsqu'elles y arrivaient, parce que papy Francis avait été son mari ; et elle y était aussi ce matin-là, dans son manteau neuf que Kate caressa d'un geste appréciateur en la suivant jusqu'à l'endroit où les attendait leur père, en compagnie d'oncle Brian et de quelques autres hommes, fumant et bavardant.

Ils croisèrent à nouveau mamie et oncle Brian sur le chemin du retour, en s'arrêtant chez McGovern pour acheter les journaux du dimanche. Le magasin de McGovern se trouvait à Timinstown : leur papa avait dit un jour que, si l'on y réfléchissait, McGovern *était* Timinstown. Il n'y avait que sa boutique, la pompe à essence attenante et trois maisons : un bord de route bien meublé, ajoutait-il, mais pas devant Mme McGovern. Mme McGovern était une femme pâle et maigre qui se transformait en paquet de nerfs dans l'heure qui suivait chacune des deux messes du dimanche, lorsque son magasin devenait une folle mêlée réclamant des journaux, des bonbons et des cigarettes. Tante Lucy racontait qu'un matin, alors qu'elle se trouvait dans la boutique, Mme McGovern avait craqué devant tout le monde : elle avait poussé un hurlement avant de fondre en larmes, et il avait fallu l'emmener d'urgence dans sa cuisine et lui donner une tasse de thé. Depuis lors, l'un de ses neveux venait l'aider le dimanche matin, mais on voyait bien que cela lui déplaisait toujours autant ; elle préférait le repos de la semaine, quand les gens entraient sans se presser, seuls ou par deux, et prenaient leur temps pour choisir.

Leur mère descendit de voiture pour aller acheter les journaux : « Je prendrai peut-être aussi un bloc de crème glacée, dit-elle.

— N'oublie pas les gaufrettes ! » cria Kate, tandis qu'oncle Brian se glissait sur le siège de leur mère, à l'avant, pour continuer sa conversation avec son frère. Les deux hommes fumaient en parlant : oncle Brian avait tant fumé dans sa vie que le pouce et les deux premiers doigts de sa main droite avaient pris une teinte de gingembre ; il avait beau se laver les mains, la couleur ne s'effaçait pas. Kate n'aimait pas cela, pas plus que sa nuque, qu'elle étudiait à présent avec dégoût : une nuque grasse et grêlée qui débordait du col de sa chemise. C'était bien dommage, parce qu'il avait un visage agréable, et il était très drôle. Mais beaucoup d'hommes avaient une nuque horrible, passé un certain âge ; elle l'avait remarqué et se sentait navrée pour eux : ce devait être affreux de savoir que sa nuque enlaidissait de jour en jour. D'un autre côté, ils ne pouvaient pas s'en apercevoir, donc cela ne leur posait peut-être pas de problème.

Oncle Brian conduisait la camionnette de boulangerie pour le compte de Hughes. Il venait chez eux une fois par semaine, mais les filles ne le voyaient que pendant les vacances scolaires, parce qu'il passait toujours en début d'après-midi. Kate adorait aller à sa rencontre. Il faisait retentir sa sonnette et, le temps que vous sortiez de la maison, il était déjà en train de déployer les lourds battants. Lorsqu'il ouvrait les grands tiroirs, on sentait toutes les odeurs, les bâtards, les petits pains complets, les friands à la saucisse et les quatre-quarts avec leur glaçage blanc surmonté d'une cerise. D'autres commerces ambulants passaient, la camionnette de Devlin le mardi, et Sammy le vendredi. Brian ne supportait pas Sammy parce qu'il ne vendait pas de cigarettes « par principe », sans qu'on sache au juste ce qu'il entendait par là. Leur papa prétendait que c'était parce qu'il était *sauvé*. Sammy venait de Magherafelt. Ils auraient aussi pu se faire livrer du lait tous les jours, mais ils n'en avaient pas besoin puisqu'ils avaient leurs propres vaches. Leur papa mettait un bidon de côté chaque matin avant le passage du camion de la laiterie. Il y avait d'autres marchands encore, mais on ne savait jamais à quel moment ils viendraient et, parfois, on ne les revoyait pas avant plusieurs mois : le représentant de brosses Betterware Brush ; un homme à la peau sombre qui portait un turban et vendait des habits ; et un troisième avec une camionnette remplie de quincaillerie, qui essayait toujours de persuader leur mère d'acheter des vases à fleurs ou des services à thé. « Je ne sais vraiment pas ce que j'en ferais, soupirait-elle. J'ai reçu tout cela en cadeau de mariage il y a des années, et certaines affaires sont encore dans l'armoire à ce jour. » La camionnette sentait la cire parfumée à la lavande. Leur mère achetait tout au plus quelques chiffons à poussière jaunes et une bouteille de Brasso pour nettoyer les objets en cuivre.

« Vous viendrez nous voir plus tard dans la journée ? demanda oncle Brian aux enfants en descendant de voiture. Qu'en penses-tu, mademoiselle Sally ? Est-ce que tu viendras voir tes cousins ? » Sally sourit, mais ne répondit pas.

Tante Lucy emmenait toujours Johnny, Declan et Una à la deuxième messe. Pendant ce temps-là, mamie enlevait ses vêtements du dimanche et commençait à préparer le déjeuner pour qu'il soit prêt à leur retour, tandis qu'oncle Brian lisait les journaux et surveillait le bébé. Kate, Helen et Sally mangeaient plus tard, vers dix-sept heures. Quand elles rentraient de l'église le dimanche matin, elles avaient droit à un grand repas de saucisses, de bacon, d'œufs et de pain frit.

Kate et Helen rendaient visite à oncle Brian et tante Lucy presque tous les dimanches et, ce jour-là, Sally annonça qu'elle voulait y aller aussi : d'habitude, elle préférait rester à la maison avec sa mère. En hiver, on distinguait nettement la maison de Brian entre les arbres dénudés, mais maintenant, à l'approche de l'été, on n'en voyait que le toit. « Faites attention à ce que Sally ne tombe pas du ponceau », dit leur mère alors qu'elles se dirigeaient vers les champs, le meilleur raccourci pour se rendre chez oncle Brian. Le seul problème était ce ponceau, une frêle passerelle étroite que leur père avait construite pour elles, au-dessus d'un fossé. Lui-même n'en avait pas besoin : il pouvait enjamber le fossé, mais il les avait dissuadées de s'y essayer. Kate n'aimait pas penser à ce que leur ferait leur mère si jamais Sally glissait et tombait dans la boue alors qu'elles étaient censées la surveiller ; et elle se sentit plus détendue quand elles eurent dépassé cet endroit et se retrouvèrent sur le terrain d'oncle Brian.

À présent, Sally était en train de cracher quelque chose. « Qu'y a-t-il, qu'est-ce qui ne va pas ?

— J'ai avalé un moucheron, balbutia Sally au bord des larmes.

— Eh bien, ce n'est pas grave, tu peux manger de la viande aujourd'hui, on n'est pas vendredi. Ne fais pas ta pleurnicheuse. Écoute, si tu n'es pas sage, Helen et moi, on ne t'emmènera pas avec nous la prochaine fois. On pourrait même s'en aller maintenant et te laisser ici en plein champ.

— Chut, Kate, gronda Helen en prenant la main de Sally. On va pas te laisser là. Regarde, on est presque arrivées. »

La maison d'oncle Brian était beaucoup plus proche du lac que leur propre maison. Elle se dressait non loin d'une crique incurvée où poussaient des iris jaunes sauvages et les joncs d'un vert vif dont oncle Peter se servait pour fabriquer des croix de sainte Brigid au mois de février de chaque année. Elles poursuivirent leur chemin en écartant les branches des arbrisseaux qui séparaient la crique des champs qu'elles venaient de traverser et firent halte dans la grande allée un moment, pour reprendre haleine.

Même en fermant les yeux et en se concentrant très fort, pensait Kate, il eût été impossible d'imaginer une maison plus jolie que celle d'oncle Brian, avec ses deux petites fenêtres qui émergeaient du toit, son porche et sa porte d'entrée brillante, couleur de chocolat. Derrière, poussaient quelques pommiers tordus, et devant un muret clôturait un jardin désordonné. Autrefois, il y avait eu une pelouse bordée de parterres fleuris, mais oncle Brian avait laissé la végétation se développer à son gré, de sorte que le jardin s'était presque englouti lui-même. C'était mieux ainsi, songeait Kate. Les deux chats roux de mamie Kate, avec leurs yeux verts et durs et leurs moustaches comme du fil de fer-blanc, aimaient se cacher dans l'herbe haute qui arrivait à la taille de Sally. Il y avait aussi des arbustes fruitiers, des cassis qui s'écrasaient facilement sous les doigts, et des groseilles à maquereau dures, poilues, transparentes et vertes, dont le goût acide desséchait la bouche. Elles aidaient leurs cousins à cueillir les fruits, pour que mamie fasse des confitures. Un rosier paresseux, drapé sur le muret, se couvrait l'été de grosses fleurs jaunes, embaumant un parfum jaune, lui aussi. « Quand on respire ces roses, disait mamie Kate, on croirait boire un vin doré. »

La porte principale ne servait presque jamais, et celle de derrière était rarement fermée à clef. Elles entrèrent par l'arrière-cuisine, sans prendre la peine de frapper : personne ne s'attendait à ce qu'elles le fassent, parce qu'elles étaient aussi libres d'aller et venir dans cette maison qu'elles l'étaient chez elles. Elles étaient même encore plus libres de faire ce que bon leur semblait ici : oncle Brian et tante Lucy s'embarrassaient moins de propreté et de bonnes manières que leurs parents à elles. La famille achevait de déjeuner. Mamie Kate était en train de découper une tarte aux pommes, et on sortit des assiettes pour Helen, Kate et Sally, puis on leur versa des tasses de thé brûlant et sucré. Oncle Peter s'était déjà installé dans un fauteuil près du poêle et Helen alla s'asseoir près de lui. Kate était davantage sur ses gardes avec lui, même si elle l'aimait bien. Il ne demandait jamais comment ça allait à l'école, ne les interrogeait jamais sur leurs tables de multiplication ou d'autres bêtises de ce genre. Il leur parlait de la même manière calme qu'à oncle Brian ou qu'aux autres adultes. Tout en mangeant sa tarte aux pommes, Kate tendit l'oreille pour entendre ce qu'il racontait à Helen.

« J'ai vu une loutre près du canal, l'autre soir. N'oublie pas de le dire à ton papa quand tu rentreras.

— Qu'est-ce qu'elle faisait ?

— Elle était assise tranquillement sur la berge, mais, quand elle m'a entendu, elle s'est glissée dans l'eau et elle est partie à la nage. On ne croirait pas en les regardant qu'elles ont une telle puissance. Si elle te donnait un coup de dents, avec les mâchoires qu'elle a, elle te couperait le doigt, clac ! Elle est capable de dévorer un poisson, avec les arêtes et tout, comme toi un bout de pain avec de la confiture, ça ne lui pose pas le moindre problème. »

Deux semaines plus tôt, le vendredi soir, Helen et Kate étaient sur le point de s'endormir lorsqu'elles avaient entendu un cri au loin.

« C'est oncle Peter », avait déclaré Kate. Helen n'avait pas répondu.

« C'est oncle Peter, avait répété Kate, tandis que la voix se rapprochait.

— J'ai entendu. Tais-toi et dors. »

Il était arrivé au bout de leur allée, criant et tempêtant.

« Papa ne ferait jamais ça. » Kate entendit Helen se redresser dans son lit. « Encore un mot, Kate Quinn, et je vais dire à maman que tu m'empêches de dormir. » Kate sentait que Helen était au bord des larmes. Les cris décrurent peu à peu. Lorsque oncle Peter rentrait chez lui dans cet état, il ne dormait pas dans la maison. Il y avait une caravane dehors sous les pommiers, et oncle Brian l'y emmenait et le mettait au lit. Il y restait ensuite pendant des jours, des semaines parfois, et quand elles se rendaient à la maison en visite elles ne le voyaient pas, il ne sortait pas avant d'aller mieux. Kate se sentait mal à l'aise lorsqu'elle jouait dans le verger et qu'elle savait qu'il était dans la caravane. « Qu'est-ce qu'il fait là-dedans ? avait-elle demandé à Declan.

— Il dort. Il boit. Il pleure. Mamie lui apporte son dîner, mais il mange à peine. » Et puis, quand on allait là-bas, on le retrouvait assis près du fourneau, allumant une nouvelle cigarette avec le mégot de la précédente, silencieux et timide comme toujours. Il pouvait se passer des semaines et des mois avant qu'il recommence à crier et soit obligé de retourner dans la caravane.

Un jour que Helen n'était pas là, Kate avait posé la question à mamie :

« Qu'est-ce qu'il a, oncle Peter ?

— Deux choses, avait-elle répondu. Il réfléchit trop, et puis il boit trop.

— Pourquoi ? » Elle n'avait pas compris. Mamie avait ri :

« Il faudrait une femme plus sage que je ne le suis pour répondre à cette question.

— Eh bien, cela ne me plaît pas », avait dit Kate, et ce fut au tour de mamie Kate de demander :

« Pourquoi ?

— Je ne sais pas. Ça fait peur de l'entendre crier, ou

de voir qu'il n'arrive pas à marcher comme il faut. C'est horrible. »

Mamie avait paru triste alors. Elle était restée silencieuse un instant, puis elle avait rappelé à Kate qu'une personne pouvait faire de vilaines choses sans pour autant être mauvaise, et qu'il n'y avait pas de méchanceté chez oncle Peter. Elle se désolait qu'il soit comme cela, et toute la famille aussi, mais c'était oncle Peter lui-même qui souffrait le plus. « Tu ne dois pas avoir peur de lui. Tu devrais avoir pitié de lui.

— J'ai pitié de lui. Et de toi aussi. » Et alors mamie Kate avait ri.

« Oh, moi je me débrouille, avait-elle dit. Je survis. »

Oncle Peter n'avait pas un métier spécial qu'il exerçait tout le temps, comme leur papa ou oncle Brian. Il travaillait à différentes choses, il pêchait, nettoyait les fossés avec une pelleteuse de location, taillait les haies ou creusait des trous dans la route. Parfois, il touchait l'argent du chômage et restait à la maison. Il aidait mamie Kate à surveiller le bébé quand oncle Brian partait dans la camionnette de la boulangerie et que tante Lucy travaillait à l'usine de cigarettes ; parfois, en arrivant, on le trouvait en train de laver la vaisselle ou d'enlever le linge du séchoir au plafond de l'arrière-cuisine. Leur papa et oncle Brian s'acquittaient aussi de certaines tâches domestiques de temps à autre ; il n'y avait pas de filles dans leur famille, et mamie Kate les avait habitués à l'aider quand ils étaient enfants, parce qu'elle-même n'aimait pas les corvées ménagères. Elle ne se formalisait pas de ce que les gens puissent trouver cela bizarre. « Si j'ai une heure devant moi pendant laquelle je peux soit lire un livre soit lessiver le sol, je sais ce que je choisis », affirmait-elle.

« Il y a un film avec Shirley Temple à la télé cet après-midi, annonça Una à Kate. *The Good Ship Lollipop*.

— Ne me dis pas que vous avez envie de rester enfermées devant la télévision par une si belle journée, protesta tante Lucy. Vous feriez mieux d'aller jouer dehors.

— Shirley Temple est nulle, de toute façon », renchérit Johnny pour énerver Una, parce qu'il savait qu'elle l'aimait bien. Una était l'amie de Kate en plus d'être sa cousine : elles s'asseyaient toujours l'une à côté de l'autre, à l'école. Johnny avait un an de plus que Helen, qui était dans la même classe que Declan.

« On pourrait faire une sortie en barque, proposa oncle Peter. C'est une bonne journée calme, mais je ne sais pas si j'aurai assez de place pour vous tous. » Sally voulait rester à la maison avec mamie, ce qui fit plaisir à Helen. Elle se sentait toujours responsable de Sally et de Kate, et elle apprécierait davantage la promenade en bateau si elle n'avait pas à s'inquiéter de sa petite sœur. Una dit qu'elle resterait à la maison elle aussi pour regarder le film, et oncle Peter assura qu'il pouvait prendre en charge les quatre autres qui voulaient encore partir avec lui.

La barque bleue était tirée au sec parmi les roseaux. « Johnny et Declan, vous montez les premiers, et l'un de vous peut commencer à écoper », dit oncle Peter. L'écope, en réalité un vieux pot de peinture, flottait dans dix centimètres d'eau au fond de la barque. Oncle Peter souleva Helen et Kate pour les installer à bord, avant de repousser le bateau d'un coup sec et de monter à son tour, tandis que l'embarcation s'éloignait en glissant sur les eaux du lac. Kate aimait ce moment, parce qu'il faisait peur. Elle pensait toujours, l'espace d'une seconde, qu'ils allaient chavirer ou couler. Le contraste entre le moment où l'on se trouvait encore sur la terre ferme et celui où l'on sentait le bateau trembler sous son poids l'excitait. En quelques secondes, cependant, le temps que le bateau se stabilise, on s'habituait à être sur l'eau. Oncle Peter ramait avec des mouvements amples et réguliers. Les algues formaient une mousse verte près de la rive mais, plus loin, l'eau était limpide. Le ciel était nu et bleu ; seuls quelques filaments de nuages flottaient très haut. Kate ôta son cardigan à cause de la chaleur poisseuse du jour, puis se retourna pour observer la maison d'oncle Brian. C'était étrange de voir un endroit qu'on connaissait si bien sous un angle peu familier, et elle n'était pas sûre d'apprécier. Lorsque Helen dit qu'on pouvait aussi apercevoir leur maison, elle ne voulut pas la regarder.

« Tu nous emmènes sur l'une des îles ? demanda Johnny. S'il te plaît », insista-t-il parce que oncle Peter n'avait pas dit non immédiatement, et les autres qui s'en étaient rendu compte le supplièrent à leur tour.

« C'est la saison des nids, objecta-t-il. Les poussins sont en train d'éclore, les oiseaux vont devenir fous si on y va. »

Loin de les décourager, cette nouvelle rendait les îles encore plus attirantes. Oncle Peter haussa les épaules. « D'accord, seulement, il va falloir bien vous tenir et ne pas marcher sur les nids ou avoir peur ou quoi. »

Les îles n'étaient pas très éloignées du rivage ; de fait, il fallait les contourner et quitter la crique si l'on voulait éviter d'y aborder. C'étaient de petits îlots étroits et plats où poussaient quelques arbres rabougris et des buissons. Lorsque oncle Peter mit le cap sur la plus grande des îles, Kate comprit tout à coup pourquoi il leur avait recommandé de ne pas avoir peur, et elle espéra qu'elle arriverait à se montrer courageuse, parce que les mouettes avaient repéré le bateau et prenaient leur essor, effrayées et menaçantes, pour protéger leurs petits. Elles plongeaient vers la barque, comme Kate l'avait vu faire à un merle, un jour, alors que l'un des chats de mamie Kate s'était installé, pattes repliées, à côté d'un oisillon tombé du nid. Le merle avait attaqué le chat en piqué, encore et encore, jusqu'à se trouver à moins d'un centimètre de ses oreilles, en faisant un raffut qui, selon mamie Kate, aurait réveillé un mort. Kate comprit en regardant sa sœur que Helen avait peur, elle aussi, mais Helen resterait courageuse, même si Kate devait perdre son sang-froid et se mettre à crier tandis que les gros oiseaux blancs plongeaient furieusement autour du bateau.

Elle leva la tête en protégeant ses yeux du soleil qui se réverbérait sur l'eau. Des centaines de mouettes tournoyaient au-dessus d'eux. Elle avait déjà vu cela, mais de loin, lorsque son père regardait par la fenêtre en disant : « Il doit y avoir quelqu'un sur les îles. » Elle se demanda s'il les remarquerait aujourd'hui, et s'il pourrait jamais deviner qui était là-bas.

La barque vibra en entrant dans l'eau peu profonde, et oncle Peter leur recommanda de ne pas bouger, le temps qu'il la tire au sec et l'attache. Il les souleva dans ses bras à tour de rôle en répétant : « Souvenez-vous de ce que je vous ai dit, d'accord ? Prenez garde à ne rien blesser, à ne rien déranger. »

Kate n'avait pas imaginé qu'ils allaient devoir être prudents à ce point : il y avait des nids partout, des nids plats et primitifs, pas du tout comme le petit nid serré que fabriquent les oiseaux chanteurs avec des bouts de paille, de la boue et de la mousse. Les nids des mouettes étaient posés à même le sol, si nombreux qu'il fallait faire attention à chaque pas. Oncle Peter continuait de les mettre en garde, Johnny et Kate en particulier, les exhortait à aller doucement. Certains œufs étaient déjà éclos, mais les oisillons duveteux et bruns n'intéressaient pas tant Kate que ceux, sombres, mouillés, à l'air étourdi, qui n'avaient pas encore séché ni déplié leurs pattes. Le plus étrange de tout, c'étaient les œufs seulement à moitié éclos, si bien qu'en se penchant dessus on voyait un trou minuscule, une fêlure, et on comprenait que l'oiseau travaillait à l'intérieur pour se libérer. Kate se demanda quel effet cela faisait de se trouver dans un œuf : enfermé dans un espace minuscule à peine plus grand que soi, sans rien savoir sinon qu'il fallait taper, taper, taper jusqu'à pouvoir sortir à la lumière et tomber au-dehors, en se dépliant. Elle imaginait l'obscurité et la chaleur à l'intérieur de la coquille, et cette pensée l'absorbait tellement qu'elle sursauta lorsque Helen lui effleura le bras.

« On n'en parlera à personne, Kate, d'accord ?

— On peut le dire à papa, non ?

— Oh oui, ça ne fait rien si on en parle à papa. Je veux dire les autres. À l'école. On peut leur parler de l'île, mais je ne veux pas qu'on leur parle des oiseaux.

— D'accord », promit Kate. Elle jeta un coup d'œil à oncle Peter qui fumait une cigarette, appuyé contre un tronc d'arbre. Bientôt, il les soulèverait de nouveau à tour de rôle dans le bateau et les emmènerait loin de l'île. Les mouettes retourneraient auprès de leurs petits. Elles raccompagneraient Sally à travers champs, et ce serait l'heure du dîner : du poulet, et puis des pêches en conserve avec la glace qu'ils avaient achetée chez McGovern en revenant de l'église. Elles prépareraient leurs cartables pour l'école ; elles devraient se coucher tôt, afin de se réveiller à l'heure le lendemain. Et plus tard, un autre soir, quand elle serait allongée dans le noir en attendant le sommeil, elle entendrait oncle Peter crier là-bas dehors, dans la nuit. Elle reviendrait alors en pensée au jour où il les avait emmenés sur l'île et leur avait montré les nids des mouettes, et elle essaierait de ne plus avoir peur.

3

Dimanche

La cuisine était la seule pièce de la maison qui n'eût pas subi de transformations considérables au fil des ans. Un épais tapis avait remplacé le lino de la salle de bains ; les rideaux de brocart rouges du salon avaient cédé la place à des stores pâles ; les chambres avaient perdu leur austérité, s'étaient couvertes de chintz, de rameaux et de fleurs. Elles avaient fait construire un jardin d'hiver, accolé à la maison, pour leur mère ; elles avaient fait installer le chauffage central. Seule la cuisine était restée intacte, de façon intentionnelle. Leur père, qui appréciait les autres changements, avait toujours tenu bon au sujet de la cuisine. « À vrai dire, je la trouve très bien comme elle est », rétorquait-il chaque fois qu'on formulait une suggestion ; et, après sa mort, aucune des sœurs, pas plus que leur mère, ne voulut y changer quoi que ce soit : elles souhaitaient que la pièce demeure telle qu'il l'avait connue.

C'était la plus grande de la maison. Elle était

dominée par le fourneau que flanquait de part et d'autre un bahut encastré à l'ancienne, en bois couleur crème, aux étagères robustes, aux battants en verre épais. D'un côté, le bahut servait de vaisselier et de garde-manger ; de l'autre, il contenait des livres, des bibelots et la photographie encadrée de leur père que Cate avait remarquée à son arrivée. Un vieux canapé confortable occupait le mur du fond ; en face, du côté de la fenêtre, il y avait une grande table de bois blanc et quelques chaises à dossier droit. Assise sur l'une de ces chaises, Helen buvait du thé tout en contemplant un carré d'herbe où quelques canards avançaient péniblement sous la bourrasque ensoleillée. Ces oiseaux étaient là à cause de leur père, qui appréciait les œufs de cane ; après sa mort, Sally et leur mère n'avaient pas eu le cœur de s'en débarrasser, si bien que les canards continuaient d'errer dans la cour, sans raison. Comme rien n'y était changé, cette cuisine avait quelque chose d'intemporel, qui plaisait à Helen. Dans ses rares moments de nostalgie, elle pouvait rester assise là, les yeux mi-clos, à se croire vingt, vingt-cinq ans plus tôt, à s'imaginer que si elle allait jusqu'à la maison d'oncle Brian elle la trouverait, elle aussi, semblable à ce qu'elle était autrefois ; en écoutant à la porte de la cuisine, elle entendrait des voix : celles de mamie Kate et d'oncle Peter, et des voix d'enfants, dont la sienne. Mais elle ne parvenait jamais à faire durer l'illusion aussi longtemps qu'elle l'aurait voulu, et reprenait conscience bien trop vite de la manière dont tout avait changé.

Brian et Lucy n'avaient pas pris la peine de modifier quoi que ce soit à leur maison depuis des années : la seule pièce qu'ils avaient transformée était la cuisine. Un an plus tôt, environ, ils l'avaient complètement modernisée : ils avaient arraché le fourneau, installé des éléments en pin, posé un sol en vinyle sur le carrelage rouge. Sally et leur mère y étaient allées un soir pour voir le résultat. Sally raconta ensuite à Helen que leur mère avait préparé un gâteau et s'était armée de courage pour cette visite ; mais Lucy et elle avaient pleuré toutes les deux, et leur mère avait embrassé Lucy en lui disant qu'elle avait bien fait, parce que la vie devait continuer. Helen avait été invitée, elle aussi, mais elle n'y était pas allée : elle n'allait plus jamais chez Brian et Lucy.

Elle chérissait cette heure du dimanche matin lorsque sa mère et Sally étaient à la messe et qu'elle avait la maison pour elle seule, bien qu'à strictement parler elle ne fût pas seule ce jour-là : Cate était encore là. Elle avait dit à Sally qu'elle ne sortirait pas ce matin, comme elle ne se sentait pas très bien ; et jusqu'ici elle ne s'était même pas aventurée au rez-de-chaussée. Si elle avait été en forme, elle les aurait certainement accompagnées à l'office : elle y allait toujours, lorsqu'elle venait à la maison, et il y avait là, pour Helen, quelque chose qui ne collait pas. Quand Cate était partie vivre en Angleterre, Helen avait longtemps soupçonné qu'elle allait à la messe uniquement lors de ses séjours en Irlande, pour sauver la face et ne pas blesser ses parents ; elle n'avait probablement pas franchi le portail d'une église depuis son arrivée à Londres. Mais, par la suite, Helen avait rendu visite à sa sœur et constaté avec surprise que non seulement Cate était assidue à la messe, mais qu'elle avait même une image religieuse accrochée au mur, dans son appartement : une élégante reproduction d'icône, certes, pas une gravure kitsch et bon marché, mais il était clair que Cate lui accordait de la valeur ; ce n'était pas seulement affaire d'ostentation.

Selon son propre aveu, la religion de Cate était faite

de bric et de broc, mélange d'espoir, de crainte, de superstition et de doute dont elle dépendait à un degré extraordinaire : du moins Helen le croyait-elle. Sally, en revanche, témoignait d'une foi qui, comme bien d'autres choses dans sa vie, remontait en une ligne droite ininterrompue jusqu'à son enfance. Helen, elle, regrettait surtout d'avoir déçu son père à ce sujet ; parce qu'elle respectait sa foi, digne et intègre, bien qu'elle ne pût la partager. Elle avait cessé d'aller à la messe peu de temps après le début de ses études à l'université, et il en avait été profondément attristé. Était-ce là le résultat de toutes ses études et de toutes ses connaissances ? Il avait plaidé et argumenté sans relâche, au cours de ce premier semestre d'automne, mais, à Noël, alors qu'elle refusait toujours d'accompagner le reste de la famille à l'église, il s'était rendu compte à quel point c'était sérieux pour elle. « Tu es une femme adulte maintenant, lui avait-il dit, la veille de Noël. Nous avons fait ce que nous avons pu ; tu es libre de mener ta vie à ton idée. » Il n'avait plus jamais abordé la question, plus jamais tenté de l'amadouer ou de la convaincre. Mais bien des années plus tard, après sa mort, elles avaient trouvé un petit carnet dans lequel il notait chaque mois ses intentions de prière, d'où il ressortait qu'il n'avait cessé d'espérer deux choses : la paix en Irlande du Nord, et le retour de Helen à l'Église. Si quelqu'un d'autre avait écrit cela, même une autre personne de la famille, Helen aurait été furieuse.

Parfois, elle sentait que cette heure du dimanche matin était le seul moment où elle pouvait — quoi ? Penser clairement ? Même cela, y parvenait-elle maintenant ? Dans le passé, elle aurait dit que c'était le seul moment où elle éprouvait un sentiment de paix, où elle pouvait réellement se détendre. Mais cela non plus n'était plus vrai, sauf dans la mesure où le rythme de sa vie se calmait assez pendant le week-end pour qu'elle ne contrôlât plus ses pensées aussi strictement qu'en semaine. Elle était capable de les lâcher, comme on ôterait sa laisse à un chien, mais elle ne savait plus comment le chien se comporterait, s'il ne risquait pas de se retourner contre elle et de l'attaquer férocement. David avait peut-être raison. « Tu bosses trop, c'est ça ton problème, disait-il. On n'est plus dans les années quatre-vingt, Helen. Ce n'est plus à la mode d'être un bourreau de travail. » Mais il devait y avoir autre chose. Elle travaillait tout autant cinq ans plus tôt, pourtant, elle était capable de passer le dimanche matin à penser aux films qu'elle avait envie de voir ou aux livres qu'elle lisait à ce moment-là, ou même au travail et aux affaires dont elle s'occupait, avec plus de calme et de détachement qu'à Belfast. Maintenant, les pensées qui se présentaient à elle étaient plutôt de celles qu'on attend en se réveillant à l'heure du loup, lorsque la résistance mentale est au plus bas et qu'on ne retrouve pas le sommeil : des pensées d'échec et d'insuffisance, de torts anciens impossibles à réparer ; et savoir qu'une bonne partie de ceux-ci étaient insignifiants et qu'elle les voyait hors de toute proportion ne l'aidait en rien. Elle avait dit à Cate que ses week-ends à la maison représentaient une soupape de sécurité, mais ce n'était pas vrai : c'était plutôt une entrée en zone dangereuse, comme s'il existait une fêlure infime dans son indépendance par ailleurs inflexible ; rentrer revenait à éprouver cette fêlure du bout des doigts, à sentir qu'elle cédait, en craignant qu'un jour elle ne s'ouvre, béante. Elle le ressentait aujourd'hui plus que jamais, et cela lui fit peur. Elle se leva et tenta de se distraire.

Son thé avait refroidi, alors elle le jeta et prépara une autre théière. Certains des magazines de décoration intérieure rapportés par Cate traînaient sur le bahut ; elle les posa sur ses genoux, commença à les feuilleter, mais s'ennuya vite. Elle n'avait pas apporté un grand soin à l'ameublement de la maison qu'elle avait achetée à Belfast, à laquelle elle ne se sentait pas particulièrement attachée. Il lui fallait un toit, c'était tout ; si quelqu'un employait devant elle le mot « maison », ses pensées se tournaient instinctivement vers la demeure familiale à la campagne, quand bien même elle l'avait quittée depuis des années et ne retournerait sans doute jamais y vivre. Elle avait acheté des meubles et des rideaux comme la plupart des gens achètent du pain ou du lait : parce qu'elle en avait besoin. De même qu'elle achetait ses vêtements plus par nécessité que par plaisir. Depuis des années, Cate la harcelait à ce sujet ; elle lui offrait des vêtements, des chemisiers et des foulards beaucoup plus élégants et luxueux que ce que Helen aurait choisi. Elles s'étaient même disputées à ce propos la dernière fois que Helen était allée la voir à Londres. Cate avait essayé de la convaincre de se rendre dans l'une de ces agences où l'on vous explique quelles couleurs, quels vêtements vous vont, et Helen avait repoussé cette idée avec un mépris qu'elle avait aussitôt jugé excessif. « Tu sais que je ne peux porter qu'un certain type d'affaires à cause de mon travail », avait-elle dit pour adoucir son refus, mais Cate ne l'entendait pas de cette oreille. « Raison de plus pour apprécier tes vêtements quand tu ne travailles pas, au lieu de traîner en jean et en pull-over. Enfin, ce n'est qu'un peu de plaisir, je ne dis pas que c'est l'alpha et l'oméga de la vie. » Mais Helen n'avait pas cédé.

À présent seulement, alors que sa vie s'était pratiquement réduite au seul devoir, accompli de manière froide et consciencieuse, elle comprenait ce qu'avait voulu dire Cate. Elle savait que sa sœur l'observait depuis leur enfance, qu'elle observait l'austérité qui se refermait autour d'elle comme une croûte de glace. Cate était la preuve vivante de la pertinence de son argument. Il existait certainement des femmes dont la vie se limitait au choix d'une veste et d'un rouge à lèvres, mais Cate n'en faisait pas partie. Helen voyait bien pourquoi les gens étaient attirés par Cate, pourquoi ils l'appréciaient, mais aussi pourquoi ils reculaient devant elle et la trouvaient intimidante. Cate était du côté de la vie, pas elle. Et c'était douloureux pour Helen de devoir l'admettre.

Dans la soirée du samedi, Cate avait ramassé l'un des magazines et l'avait feuilleté en s'écriant : « Oh, j'ai vu un courrier de lectrice l'autre jour, il faut que je vous le lise. J'ai ri tout haut en le voyant. Voilà : "Cher Déco-Conseil, j'ai chez moi une boîte à ouvrage avec un piétement droit. Elle est très jolie, mais ces derniers temps j'ai pensé qu'elle le serait encore plus avec des pieds incurvés. Pourriez-vous me donner l'adresse d'un stockiste, et peut-être d'un artisan dans ma région qui pourrait effectuer cette transformation ?" » Cate avait reposé le magazine en riant, pendant que leur mère disait : « C'est extraordinaire ! Certaines personnes ont vraiment peu de soucis dans la vie.

— J'imagine bien tante Rosemary écrivant une lettre pareille, ajouta Sally. Ou, du moins, n'y trouvant rien à redire. »

Helen n'avait pas fait de commentaire, mais elle avait pensé à Sarah Maguire, dont elle défendait le plus jeune fils, Oliver, accusé d'avoir abattu un chauffeur de taxi.

Elle n'avait sans doute qu'une cinquantaine d'années mais en paraissait beaucoup plus. Elle pensa à son visage creusé par le souci, à son maintien timide, implorant : Mme Maguire ne pouvait sans doute même pas imaginer une vie où elle aurait eu le luxe de se préoccuper d'une chose pareille.

Depuis quelques minutes, Helen percevait du mouvement à l'étage. Elle entendit un bruit de pas dans l'escalier, puis la porte de la cuisine s'ouvrit. Pardessus sa chemise de nuit, Cate portait un peignoir blanc mousseux bordé de satin blanc.

« Comment te sens-tu ?

— Pas terrible.

— Maman va être déçue. Je sais qu'elle a l'intention de te faire une friture en revenant de l'église. Elle a acheté le pain et le bacon tout spécialement. »

Cate fit la grimace et jura doucement. « Je peux avoir une tasse de thé ? demanda-t-elle, en traversant le carrelage froid sur la pointe de ses pieds nus, et en prenant au passage un quignon de pain blanc dans la huche. Voilà qui fera mon affaire. » Helen lui jeta un regard aigu en lui tendant la théière, Cate le remarqua. « Tchin tchin, Helen, je vais m'habiller, dit-elle en se hâtant de regagner la porte. Je vais bien, je t'assure. » Helen écouta le bruit des pas de sa sœur tandis qu'elle remontait dans sa chambre.

Elle retourna au bahut, prit la photo de son père et la regarda attentivement. Dans son salon, à Belfast, elle avait une photographie encadrée de son père et d'elle-même, debout sur la pelouse de l'université de Queen's, le jour de la remise des diplômes. Comme il était fier ! Elle était la première de la famille à aller à l'université et, par ses excellents résultats et la vitesse à laquelle elle avait ensuite grimpé les échelons de sa profession, elle avait surpassé de loin les espoirs et les attentes de ses parents. Elle approcha la photographie pour l'examiner de plus près. Le cliché noir et blanc représentait son père en jeune homme souriant. Ce n'était qu'un instantané, mais il restituait sa gentillesse. Il avait les mêmes yeux bruns que son père et que ses deux frères. Elle comprenait pourquoi sa mère aimait tant cette photographie.

Le dernier week-end où Helen avait vu son père, elle avait des ennuis avec sa voiture, qui calait souvent lorsqu'elle ralentissait, mais elle était trop occupée par son travail pour y remédier. « Pourquoi ne prendrais-tu pas ma voiture à Belfast pour la semaine, avait-il proposé, moi je me traînerai jusqu'à Antrim avec la tienne et je la ferai réparer.

— Oh merci, papa, ça m'aiderait beaucoup. Tu me rends ma confiance dans les hommes. » C'était une plaisanterie, mais, contrairement à son habitude, il l'avait prise au sérieux et avait répliqué : « Eh bien, je ne donne pas cher des hommes qui peuvent pousser une femme formidable comme toi à dire une chose pareille. » La remarque l'avait blessée, de façon aussi soudaine et brutale que s'il avait mis le doigt sur une vieille plaie qu'elle pensait guérie depuis longtemps, mais qui à son toucher se révélait sensible et douloureuse comme une entaille neuve. Elle avait été très gênée en sentant les larmes lui monter aux yeux. Il s'en était aperçu, et avait fait semblant de rien pour ne pas l'embarrasser davantage. « Ne t'inquiète pas, Helen, je vais m'en occuper et payer le garagiste, avait-il ajouté, et on arrangera les détails entre nous quand tu reviendras le week-end prochain. »

Mais, avant la fin de la semaine, il avait été tué.

Elle reposa la photographie et prit sur l'étagère supérieure un livre noir qui portait le titre *Missel du peuple* estampillé en or sur la couverture. Les lettres étaient estompées, effacées par l'usage, et lorsqu'elle ouvrit le volume, un fragment de palme blanchie et friable en tomba. Le livre était truffé de cartes de prières pour les défunts : certaines anciennes, sombres, couvertes de caractères serrés, et d'autres plus modernes, aux couleurs vives. Elles avaient rangé le missel parmi les autres ouvrages qui avaient appartenu à son père. Elle jeta un coup d'œil aux titres : *Flore et faune d'Irlande du Nord*, *Guide des oiseaux du Lough Neagh*, *Monuments de l'Irlande préchrétienne*, *Héritage celtique*. La littérature se trouvait sur l'étagère du dessus : *Call my Brother Back*, de Michael McLaverty, *My Lady of the Chimney Corner* d'Alexander Irvine, ainsi que des recueils de nouvelles de Liam O'Flaherty et de Frank O'Connor. Certains livres de mamie Kate étaient mêlés à ceux-là : *Autant en emporte le vent* et *Rebecca*. Ils étaient revenus à leur père après la mort de mamie Kate parce que, dans la maison de Brian, personne n'avait la passion de la lecture ; aussi avait-il semblé juste que les livres épars de la famille achèvent leur carrière auprès de leur père. Même à l'université, elle n'avait rencontré personne qui aimât et chérît les livres autant que lui. Helen se rappelait qu'il l'avait emmenée, alors qu'elle était encore petite, écouter une lecture publique de Seamus Heaney à Magherafelt. Quand était-ce ? Au début des années soixante-dix, probablement. Après la lecture, il avait acheté un recueil de poèmes de Heaney. Il en possédait beaucoup et, lorsque Helen tendit la main pour prendre un exemplaire de *North*, elle remarqua une présence de l'autre côté de la fenêtre de la cuisine.

« Ce n'est que moi », dit Brian tandis qu'elle ouvrait la porte pour le laisser entrer. Elles avaient depuis longtemps renoncé à l'habitude de ne pas fermer la porte à clef. Leur mère redoutait d'ouvrir à moins d'être absolument sûre de l'identité du visiteur et, le soir, Helen elle-même avait peur lorsque la sonnette retentissait tard et à l'improviste.

« Bonjour, Brian, comment va ? Assieds-toi donc.

— Merci Helen, pas trop mal, et toi ? C'est Katie que je venais voir, pour lui dire bonjour. Elle est déjà partie à l'église ?

— Non, elle est là-haut, mais je crois qu'elle va descendre d'une minute à l'autre », répondit Helen en allant chercher un cendrier pour Brian avant de lui proposer une tasse de thé. La cuisine s'était remplie d'une intense lumière d'or, qui rendait visible chaque particule de poussière tourbillonnante. Helen bavarda un moment à bâtons rompus avec son oncle du retour de Cate et du temps qu'il faisait mais, très vite, un silence inconfortable s'installa. Autant que possible, maintenant, elle évitait de se retrouver seule avec Brian. Elle se souvenait d'être restée assise avec lui sur le canapé de la cuisine à trois heures du matin pendant la veillée de son père, à boire du whiskey pur, sans parler. Il avait paru brusquement plus âgé après le meurtre de son frère : jusque-là, Helen avait cru que c'était un cliché de dire que les gens pouvaient vieillir en une nuit.

« C'est ma faute, avait-il murmuré abruptement, en cessant de regarder le carrelage et en dévisageant Helen. C'était moi qu'ils cherchaient. C'est moi le coupable.

— Ne répète jamais cela, Brian. Ce n'est pas vrai, et tu le sais. » Il s'était couvert les yeux avant de se détourner. Comment avait-il deviné ce qu'elle pensait ? Il n'avait jamais répété ces mots devant elle, mais depuis lors cette idée était toujours restée entre eux comme un serpent enroulé, engendrant une distance, une froideur, une peur qui n'avaient jamais existé auparavant. Elle perdit aussi Brian, cette nuit-là : jusqu'à un certain point, c'était vrai qu'elle le tenait pour responsable, et le fait qu'il se blâmât lui-même ne lui était pas d'un grand secours.

Helen se réjouit en voyant Cate apparaître, en collant noir et tee-shirt démesuré, ses longs cheveux raides rassemblés en queue de cheval. « Tu m'as l'air en pleine forme, Katie », dit Brian, ce que Helen trouva plutôt flatteur, vu que Cate paraissait en réalité frêle et fatiguée. Elle observa sa sœur tandis qu'elle bavardait, tout sourire, avec leur oncle.

« Tu passeras nous voir, Katie ? » demanda Brian d'un air mélancolique, et Cate se mordit la lèvre comme quand elle était petite et qu'on lui ordonnait de faire quelque chose dont elle n'avait pas envie.

« Oh, Brian, je ne sais pas si je pourrai.

— Ça ferait plaisir à Lucy, insista-t-il pour l'amadouer.

— D'accord, je viendrai. Mais peut-être pas tout de suite. Peut-être avec Sally ?

— Et avec ta maman, proposa Brian. On se fera une petite soirée, je dirai à Una de venir de Magherafelt.

— Je serais tellement contente de voir Una », s'exclama Cate. On entendit une voiture s'arrêter devant la maison, et Brian se leva aussitôt pour partir. « C'est maman et Sally qui reviennent, tu ne les attends pas ? reprit Cate, mais il agita la main.

— Sûr que ta maman est fatiguée de me voir, je passe bien plus de temps dans cette maison que je ne le devrais, puisque je ne trouve pas la paix chez moi. Dis-lui que je l'ai invitée, et Sally aussi. » Elles entendirent la clef tourner dans la serrure de la porte d'entrée, tandis que Brian s'esquivait par-derrière.

« Tu auras eu ta dose de famille avant la fin de cette journée, Cate, déclara Sally en apprenant que Brian était venu. Tu sais qu'oncle Michael et tante Rosemary doivent passer cet après-midi pour te voir ?

— Au moins, tu seras débarrassée de cette visite dès le début de ton séjour, dit Helen. Tu vas avoir droit à l'histoire du baptême. Tu te rends compte qu'ils ont appelé le bébé Michael, lui aussi ?

— Ça ne rime à rien, renchérit leur mère. Trois personnes dans la même famille avec le même prénom : quatre, si on compte mon père. Quelle confusion ! Le fils, on l'appelait le petit Michael, ensuite il est devenu le jeune Michael, et maintenant ils parlent de "bébé Michael" et de "papa Michael", et à la fin on ne sait plus qui est qui. On peut dire qu'ils le perpétuent, le nom familial ! Je n'ai jamais entendu une absurdité pareille, on croirait une famille royale.

— Ou l'un de ces Américains du Midwest qui se font appeler Wilbur E. Hackensack IV, ajouta Helen.

— Tout le monde a été invité au baptême, dit Sally. Cela ressemblait plus à un mariage, d'ailleurs, avec des cartons d'invitation imprimés et un dîner à l'Adair Arms !

— Et sais-tu ce qu'a fait tante Rosemary, Cate ? reprit Helen. Elle était assise à côté de Sally et, les plats servis, elle se tourne vers elle en gémissant : "J'ai bien peur que ce bœuf ne soit un peu gras, et le docteur m'a interdit de manger de la viande grasse. Est-ce que ça t'ennuierait qu'on échange ?" Et la pauvre Sally a dû lui donner son assiette. »

Sally sourit. « Cela ne m'a pas trop dérangée, à vrai dire.

— Eh bien moi, ça m'aurait sacrément dérangée, rétorqua Helen. Si elle ne voulait pas du gras, elle n'avait qu'à le laisser. J'ai vu les deux assiettes, et la seule différence, c'est que le morceau de Sally était plus gros. Elle est pire que jamais, à propos de sa santé. Maintenant, elle a l'une de ces allergies sur mesure ; je ne sais même plus ce qu'elle prétend ne pas pouvoir manger.

— Ces allergies sont très réelles, protesta Cate, mais Helen agita la main d'un geste qui n'admettait pas la réplique.

— Pas les siennes. Elle a une santé de cheval. Crois-moi, Cate, c'est seulement une manière de s'occuper.

— Elle m'a déclaré, intervint leur mère, que les seuls légumes qu'elle a le droit de manger sont les piments et les aubergines.

— Je n'ai rien à ajouter ! conclut Helen.

— J'avais envie de lui dire : "N'est-ce pas une chance que cela t'arrive maintenant, et pas il y a trente ans, à l'époque où tu n'aurais pas trouvé une aubergine à Ballymena pour tout l'or du monde ?" »

Cate éclata de rire. « Vous n'auriez pas dû me raconter tout cela. Si elle commence à me parler de son régime cet après-midi, je ne pourrai pas garder mon sérieux. »

Ils arrivèrent peu de temps après le déjeuner, oncle Michael très nerveux, tante Rosemary très exubérante ; et ils furent conduits au salon, non à la cuisine. Il avait toujours existé une tension dans leurs relations avec la famille de leur mère, très différente de leur attitude libre et décontractée vis-à-vis de la famille de leur père. Toutes petites déjà, elles ressentaient cette tension, bien avant de pouvoir la comprendre ou la mettre en mots, captant le malaise des adultes comme les chevaux et les chiens flairent l'approche d'un tremblement de terre. Cela ressemblait à un jeu idiot, estimait Helen à présent, dont l'enjeu augmentait au fil des ans, à mesure que les sœurs réussissaient dans la vie. Tante Rosemary était particulièrement fascinée par Cate, s'imaginant qu'elle avait changé du tout au tout, à tort, parce que Cate n'avait jamais été aussi frivole ou paresseuse que le croyait à l'origine Rosemary. Elle avait passé quelques jours de vacances à Londres avec son mari, l'année précédente, et avait à tout prix voulu rencontrer Cate, qui comprit d'instinct ce qui lui était demandé : thé au Ritz, visite guidée des magasins de Bond Street et de Knightsbridge, assistance dans l'obtention de billets pour une comédie musicale de Lloyd Webber. À peine rentrée en Irlande, Rosemary avait téléphoné à la mère de Cate pour raconter le merveilleux séjour qu'ils avaient fait.

« Tu dois être si fière d'avoir deux filles qui réussissent si bien », avait-elle dit, mais leur mère avait répondu sèchement : « Je suis fière de mes trois filles. » Son attitude envers sa famille avait aussi beaucoup changé. Autrefois timide devant eux, mais pleine de rancœur en leur absence, elle n'éprouvait plus pour eux que de l'indifférence et n'hésitait pas à leur tenir tête. Son frère et sa belle-sœur ne savaient plus comment s'adapter à cette nouvelle situation. Désormais c'était leur tour d'être mal à l'aise et de s'agiter sur le canapé. Helen avait pitié d'eux à cause de l'horrible sherry éventé et trop doux que leur abstinente mère gardait dans le buffet du salon d'une année sur l'autre, et qu'elle leur offrait dans des verres par bonheur minuscules.

Comme prévu, la conversation tourna beaucoup autour du jeune Michael et de bébé Michael, tandis que Helen dévisageait posément son oncle, qu'on appelait souvent, derrière son dos, le vieux Michael. Il venait de prendre sa retraite après avoir travaillé dans une compagnie d'assurances ; et Helen se souvenait de la manière dont son père le traitait malicieusement de « brave bourgeois ». Même s'ils n'avaient jamais été à l'aise l'un avec l'autre, il n'y avait cependant pas de réelle malveillance dans son attitude envers son beau-frère. Au contraire, c'était lui qui insistait pour conserver des liens aussi bons que possible avec la famille de Ballymena. « Le sang est plus épais que l'eau », avait-il dit un jour, bien des années avant que Helen pût comprendre ce qu'il entendait par là. Michael regardait fixement le tapis, pendant que sa femme pérorait à ses côtés ; et Helen se surprit à plaindre son oncle prospère au visage congestionné.

En tournant la tête, elle remarqua que Cate portait aussi peu d'attention qu'elle à la conversation. Elle avait accepté un verre de sherry mais n'y avait pas touché, et elle le contemplait à présent en fronçant les sourcils, ce qui ne ressemblait pas du tout à Cate, pas plus que le fait de se montrer réservée en société. Helen se demanda vaguement combien de temps elle attendrait avant d'annoncer sa nouvelle à la famille ; à cette pensée, elle se rendit compte qu'elle avait deviné le secret de Cate. Qui ne pourrait plus rester un secret très longtemps, désormais.

4

Chaque vendredi après-midi à quatorze heures, miss Wilson prenait une clef et ouvrait la porte vitrée de la bibliothèque, au fond de la classe ; les élèves lisaient ensuite pendant une heure. Dans l'armoire, il y avait aussi un cahier recouvert de papier kraft. Quand on prenait un livre, il fallait y noter son nom et le titre ; quand on le rendait, miss Wilson cochait en rouge le nom de l'emprunteur. D'habitude, c'était le meilleur moment de la semaine, sauf qu'avant de rendre le livre il fallait écrire une composition sur ce qu'on venait de lire. Ceci pour empêcher les bons à rien comme Willy Larkin ou le cousin de Helen, Declan, d'emprunter un ouvrage, de faire semblant de le lire, de le rendre la semaine suivante et d'en prendre un autre, juste pour sauver les apparences. La semaine précédente, Helen avait fait un mauvais choix en sortant un recueil d'histoires du Far West, qui s'était révélé vraiment ennuyeux. C'était la couverture qui l'avait attirée : l'image d'une femme vêtue d'une veste et d'une jupe en daim blanc, avec des bottes et un chapeau comme un cow-boy. Helen avait lu trois histoires mais n'en avait aimé qu'une seule, et n'avait pas envie de connaître les autres. Elle se demanda si miss Wilson s'attendait à ce qu'elle écrive une composition sur chaque histoire du livre. Helen consulta la table des matières pour les compter. Douze. En voyant que miss Wilson l'observait, elle se pencha et fit semblant de lire.

L'histoire qu'avait aimée Helen parlait d'Annie Oakley, qui tirait des cailles au fusil pour nourrir ses petits frères et sœurs, parce qu'ils n'avaient pas d'adulte pour s'occuper d'eux. On l'avait surnommée « Petite Gâchette ». Elle était si bonne tireuse qu'elle avait rejoint une sorte de cirque avec Buffalo Bill, elle était devenue riche et célèbre, et gagnait plein d'argent pour sa famille. C'était bien trouvé, le fait qu'elle n'eût pas de parents : Helen, elle, osait à peine regarder le fusil de chasse de son papa. L'arme était posée sur une paire de crochets, tout en haut du vestiaire, où son papa était le seul à pouvoir l'atteindre. Il y avait trois dangers contre lesquels leur mère les mettait souvent en garde : le lac, la moissonneuse-lieuse et le fusil de chasse. Mais si Helen avait dû s'en servir ? S'il arrivait quelque chose de terrible à leur maman et à leur papa, et que Helen dût prendre soin de ses sœurs : serait-elle capable de descendre au bord du lac et de tuer les canards pour que Kate, Sally et elle aient de quoi manger ? Elle ne pouvait l'imaginer. Cela ne servirait sans doute à rien, d'ailleurs, Sally ne mangerait jamais un canard sauvage ; leur maman avait déjà suffisamment de mal à lui faire avaler autre chose que des poissons panés et de la purée. Peut-être Annie Oakley n'avait-elle jamais tiré de cailles : peut-être était-ce simplement une histoire inventée.

Leur papa n'allait presque jamais à la chasse ces temps-ci. Il était trop vieux, disait-il, il préférait rester au lit les matins d'hiver plutôt que se tapir sous la pluie et dans le froid au bord du lac. Mais oncle Brian y allait encore. Lui aussi faisait attention à son fusil : il le gardait enfermé dans une armoire sous l'escalier, alors qu'en général, dans la maison d'oncle Brian, on ne faisait attention à rien. La dernière fois que Helen y était allée, elle avait trouvé le bébé assis par terre, jouant avec un ouvre-boîtes, et elle s'était étonnée de ce que personne ne trouve cela étrange ou ne lui enlève l'ustensile des mains avant qu'il se coupe un doigt.

Tante Rosemary avait fait une drôle de remarque quelque temps auparavant, à propos de tante Lucy. Elle s'adressait à oncle Michael, et Helen l'avait entendue, sans en comprendre le sens. Elle l'avait répétée à ses parents ce soir-là pendant qu'ils prenaient le thé, sur un ton plus affirmatif qu'interrogateur, en espérant qu'ils lui expliqueraient :

« Tante Rosemary dit que, s'il n'y avait pas eu le fusil, tante Lucy n'aurait jamais épousé oncle Brian[1]. »

Ses parents n'avaient pas répondu. Ils l'avaient dévisagée puis son papa avait murmuré : « Dieu miséricordieux ! » Sa maman, devenue rose vif, s'était mise à crier : « Qu'est-ce qui te prend de dire des choses pareilles ? Que je ne t'y surprenne plus jamais, Helen ! » Mais son père l'avait interrompue vivement : « Cette enfant est innocente, Emily. Tu accuses la mauvaise personne. » Leur maman s'était tue et avait regardé son assiette. Cela devenait vraiment intéressant.

« Que voulait-elle dire, tante Rosemary ? demanda Kate.

— Je ne sais pas », répondit leur mère, mais ce n'était pas vrai, à l'évidence. Leur papa se passa la main

1. En anglais, un mariage forcé se dit *a shotgun marriage* (*shotgun* signifie « fusil de chasse »). *[N.d.T.]*

sur les yeux avec lassitude. « Je sais ce qu'elle a voulu dire. » Leur papa disait toujours la vérité, et leur expliquait souvent les choses. « Ce qu'elle a voulu dire était très méchant et peu charitable, et si je vous l'expliquais, je serais méchant moi aussi. Vous devez me promettre de ne plus jamais poser de questions à ce sujet, et vous devez promettre surtout de n'en rien souffler à oncle Brian ou à tante Lucy. D'accord ? »

Elles promirent.

Ensuite, leur maman s'était tournée vers leur papa en murmurantt : « Je suis désolée », et il avait hoché la tête : « Ce n'est pas ta faute, pas plus que celle de l'enfant. Oublions tout cela, veux-tu ? »

Mais Kate était pleine d'audace. Le lendemain, alors que tante Lucy était occupée à plumer un canard, Helen entendit Kate lui demander : « Avant d'épouser oncle Brian, est-ce que tu savais qu'il aimait bien chasser ? » Tante Lucy s'interrompit dans son geste, l'air perplexe. « Je ne me souviens pas bien. J'imagine que je savais que la plupart des hommes du pays chassaient à l'époque. Je n'y pensais pas, je crois ; cela ne me faisait ni chaud ni froid. » Helen écrasa l'orteil de Kate, sous la table. Kate lui jeta un regard mauvais et retira son pied, mais ne posa plus de questions.

Le vent jetait des rafales de pluie contre les carreaux de la salle de classe. Les soirées comme celle-là étaient bonnes pour la chasse, affirmait leur papa, et c'était le temps idéal pour attraper des anguilles. Le mieux de tout, c'étaient les nuits de tempête en novembre. Parfois, leur papa allait chez oncle Brian manger une friture d'anguilles, car leur maman refusait de les cuisiner. Elle disait qu'elles puaient tant qu'on ne pouvait plus rentrer chez soi pendant une semaine, et qu'elle aurait été incapable d'écorcher une anguille, même si on lui avait donné mille livres pour le faire. Son papa ne s'en formalisait pas : il reconnaissait qu'il fallait probablement être habitué aux anguilles depuis l'enfance, sinon on ne pouvait pas les aimer.

Elle se remit à tourner les pages du livre. Annie Oakley. Grand Chef Sitting Bull. Davy Crockett. Willy Larkin n'était pas concentré, lui non plus. Soudain, il se pencha vers elle en murmurant : « Davy a un chien, comment il s'appelle ?

— Je ne sais pas.

— Croquette. Il s'appelle Croquette.

— Willy et Helen, qu'est-ce que vous manigancez ?

— Rien, mademoiselle. » Ils firent semblant de se plonger dans leurs livres. Helen jeta un regard furtif à la montre qu'elle avait reçue pour Noël. Encore vingt minutes.

Elle se réjouissait à la perspective du week-end : leur papa devait les emmener à Ballymena pour leur acheter de nouvelles bottes en caoutchouc. Il faudrait sans doute rendre visite à mamie Kelly aussi, ce qui était moins agréable, surtout si oncle Michael était là. Elle se demandait si Sally serait suffisamment rétablie pour les accompagner, parce qu'elle avait encore saigné du nez ce matin-là. Helen avait dû sortir de la classe pour aller la consoler. L'institutrice de Sally l'avait fait allonger par terre et avait posé sur sa nuque la froide clef en fer du portail de l'école. Sally en avait fait toute une histoire, mais les saignements avaient cessé, et quand Helen l'avait revue à l'heure du déjeuner, elle paraissait déjà aller mieux.

Elle se languissait de la sonnerie, elle avait envie de rentrer, même si d'habitude elle aimait bien l'école. Elle était la meilleure de sa classe, disait miss Wilson ; elle avait les meilleures notes dans toutes les matières et l'écriture la plus soignée. La seule matière où elle n'excellait pas était l'orthographe. Au mur, il y avait un panneau couvert de petits bouts de papier, au-dessus desquels miss Wilson avait écrit en grandes lettres : « Notre Premier Jour avec l'Encre ». De l'endroit où elle était assise, Helen distinguait son propre travail, précis et sans pâtés. Sous la fenêtre, sur la table des sciences naturelles, il y avait un nid d'oiseau et des fragments de coquilles d'œufs de merle trouvés par quelqu'un. Il y avait aussi un nid de guêpes, et puis beaucoup de pots à confiture contenant des rameaux, avec une étiquette permettant de les identifier : marron, églantine, cenelle, noisette, boule de cire. Les baies étaient toutes ratatinées parce que la table se trouvait à côté d'un radiateur. On avait disposé des pots de géraniums et d'impatientes sur les appuis des fenêtres. Chaque jour à la pause, lorsque les enfants buvaient leur lait, miss Wilson prenait une tasse de thé. Après la récréation, elle rangeait la théière et, dès que la sonnerie du déjeuner retentissait et qu'ils avaient fini de dire l'angélus, elle versait le thé froid dans les pots de fleurs, jusqu'à ce qu'il filtre sur la soucoupe.

Enfin ! L'un des garçons ou des filles plus âgés agita la clochette dans le couloir, et tous les enfants de la classe de Helen se levèrent. Ils rangèrent leurs livres dans leurs cartables et placèrent les chaises à l'envers sur les pupitres. Quelqu'un essuya le tableau pendant que Colette et Anthony balayaient, parce que c'était leur tour. Ils bafouillèrent tous une prière à leur ange gardien pour qu'il les protège sur le chemin du retour ; puis ils coururent jusqu'au vestiaire pour changer de chaussures et enfiler leur manteau.

Le lendemain, alors qu'ils s'apprêtaient à partir pour Ballymena, Helen annonça sans préambule à sa maman : « Je n'aime pas aller chez mamie Kelly. » Leur maman, qui essuyait le visage de Sally avec un chiffon humide, fit semblant d'être choquée. « C'est terrible de dire une chose pareille, Helen.

— Pourquoi ? Toi non plus, ça ne te plaît pas. Tu ne nous accompagnes presque jamais. C'est toujours papa qui nous emmène chez elle. Pourquoi tu ne viens pas avec nous ?

— Oh, je ne peux pas aller à Ballymena, répliqua-t-elle en dépliant les doigts de Sally pour essuyer ses paumes. J'ai trop de choses à faire ; je dois m'occuper de la maison. » Sally pleurnichait, elle ne voulait pas y aller non plus, elle voulait rester avec sa maman.

Helen monta à l'avant de la voiture parce qu'elle était l'aînée et, en chemin, elle essaya la même remarque auprès de son père : « Je n'aime pas aller chez mamie Kelly, lui avoua-t-elle.

— Moi non plus.

— Pourquoi ? » Il réfléchit un instant avant de répondre :

« Parce qu'elle ne m'aime pas. Ta grand-mère est fâchée contre moi parce que j'ai épousé ta maman. Maman a étudié à Belfast, elle a travaillé dur et passé tous ses diplômes pour devenir institutrice comme son papa, ce que mamie Kelly souhaitait plus que tout au monde. Et puis, juste après la fin de ses études, elle m'a rencontré et elle a voulu se marier.

— Elle n'aurait pas pu faire les deux ? Travailler et se marier quand même ?

— Qui se serait occupé de vous, dans ce cas ? »

Helen réfléchit à cette question. Tante Lucy travaillait encore à l'usine de cigarettes, mais, d'un autre côté, elle avait mamie Kate pour se charger du bébé et du ménage jusqu'au moment où Johnny, Declan et Una rentraient de l'école. « Mamie Kelly n'aurait pas pu venir vivre à la maison pour prendre soin de nous, j'imagine, répondit-elle d'une voix hésitante.

— Qu'en penses-tu ? demanda son père, en la regardant de biais. Est-ce que cela t'aurait plu ?

— Oh, les choses me plaisent bien comme elles sont, s'empressa de répondre Helen, et son papa éclata de rire.

— Moi aussi », dit-il.

Helen songeait souvent que, si l'une de ses deux grands-mères était morte avant qu'elle ait pu la connaître, elle aurait eu une idée très limitée des grands-mères. Si elle n'avait connu que mamie Kelly, elle aurait imaginé des femmes tristes et sévères, qui s'habillaient toujours en noir et vivaient enfoncées dans des fauteuils dans des salons confinés. Si elle n'avait connu que mamie Kate, elle aurait pensé qu'une grand-mère aimait les grands chapeaux et les tenues éclatantes, avait toujours un livre ou un magazine coincé derrière les robinets de l'évier quand elle épluchait les pommes de terre, ne pouvait passer devant un landau sans s'arrêter pour admirer le bébé, et riait d'un gros rire savoureux, si sonore qu'on l'entendait à travers les murs les plus épais et les portes fermées.

Mamie Kelly vivait dans une maison grise accolée à d'autres maisons, avec d'immenses fenêtres en encorbellement, non loin du centre de Ballymena. Ce fut tante Rosemary qui leur ouvrit et les conduisit dans le salon plongé dans la pénombre, où mamie Kelly était assise. Helen sentit une douleur au ventre, un peu comme quand la maîtresse posait une question dont on ignorait la réponse, et qu'on savait qu'elle serait en colère, parce qu'on aurait dû la connaître. Elle s'assit sur le canapé entre Kate et Sally. L'une des raisons pour lesquelles elles n'aimaient pas aller chez mamie Kelly, c'était qu'elles s'y ennuyaient mortellement. D'habitude, leurs cousins étaient sortis quand elles venaient, et de toute manière, ils n'étaient pas aussi drôles que les enfants d'oncle Brian. Il n'y avait pas de jardin, ni de chiens, ni de chats, et la télévision n'était jamais allumée. De temps en temps, Kate ou Helen devaient réciter un poème appris à l'école, ou jouer un air sur le piano désaccordé, mais en général, on leur demandait seulement de rester assises pendant une heure comme des sardines en boîte et de bien se tenir. Parfois, tout en parlant à leur père, mamie Kelly regardait fixement l'une des filles, comme si elle ne la connaissait pas et cherchait à l'identifier en la toisant d'un air dur, des chaussures jusqu'au ruban dans les cheveux. Helen détestait cela parce que, le temps que mamie Kelly tourne son regard fixe vers quelqu'un d'autre, elle se sentait coupable de toutes sortes de fautes qu'elle n'avait pas commises. Elle rougissait et elle avait envie de dire : « Ce n'était pas moi », alors même qu'on ne l'accusait de rien.

Tante Rosemary resta avec eux quelques instants avant d'aller à la cuisine. À peine fut-elle sortie qu'oncle Michael entra. « Salut, Charlie, salut, les filles. Emily n'est pas venue avec vous ? Ah bon. Comment va Kate ? Comment va Sally ? Allons, Helen, combien de claques as-tu ramassées à l'école cette semaine ?

— Aucune, répondit-elle, boudeuse.

— Helen est une excellente élève », dit son père en lui souriant.

Oncle Michael répétait la même plaisanterie stupide chaque fois qu'il la voyait. « Que vas-tu faire quand tu seras grande ? » poursuivit-il. Helen connaissait la réponse, mais elle n'était pas sûre de la prononciation.

« Je veux être une é..., une é...

— Une idiote ? Ça, tu l'es déjà », coupa-t-il en éclatant de rire à sa propre blague. Même mamie eut un petit rictus méchant. Helen n'avait plus seulement mal au ventre, elle était aussi en colère.

« Quelqu'un qui va en Égypte, annonça-t-elle aussi froidement qu'elle le put, et qui cherche des momies.

— Mais elle est là, ta mamie, s'exclama-t-il en feignant la surprise, avec un clin d'œil à mamie Kelly. Ce n'est pas la peine d'aller jusqu'en Égypte !

— Pas des mamies, des *momies*, intervint Kate qui prenait toujours la défense de Helen. Ce sont des gens qui sont morts depuis des milliers d'années, ils sont enveloppés dans des bandages, ils ont de très jolis bijoux et certains ont une espèce de masque, sauf qu'il est en or. Hein, Helen ?

— Oui », répondit Helen faiblement, regrettant d'avoir abordé ce sujet. Elle aurait dû leur dire qu'elle voulait être institutrice, comme cela ils l'auraient laissée en paix.

« Helen fera de grandes choses, assura son père en lui souriant avec fierté.

— Oh, elle oubliera vite toutes ces bêtises dès qu'elle aura grandi un peu, rétorqua mamie Kelly. Le premier homme qui la regardera deux fois, même s'il vend des lames de rasoir au coin de la rue, elle lui courra après et on n'entendra plus parler de ses grands projets, aussi vrai que je vous le dis. »

Personne ne souffla mot pendant un moment ; leur père semblait étourdi et, dans le silence qui suivit, Sally se mit à pleurnicher parce qu'elle sentait bien que quelque chose ne tournait pas rond. En entendant le tintement du plateau dans le couloir, oncle Michael bondit de son fauteuil pour ouvrir à Rosemary.

Il y avait une chope pour Sally, parmi les tasses et les soucoupes, parce que la dernière fois qu'ils étaient venus elle avait renversé son thé sur ses genoux. Kate aida sa petite sœur à déplier une serviette en papier pendant que circulaient les assiettes de sandwiches à la tomate et au fromage. Le thé chez mamie Kelly ne comptait pas pour un vrai repas, c'était encore un exercice pour s'assurer qu'on connaissait les règles et qu'on savait les respecter. Il fallait manger plusieurs canapés avant de pouvoir toucher au sucré, et alors il fallait choisir le biscuit le moins attirant sur l'assiette, sauf si on vous demandait expressément d'en prendre un meilleur (ce qui n'arrivait presque jamais). Helen redoutait de n'avoir pas d'autre choix qu'une tranche du gâteau au cumin de tante Rosemary, depuis le jour où Kate avait fait remarquer qu'il avait non seulement l'air de contenir des crottes de souris, mais qu'en plus il en avait aussi le goût. Par chance, aujourd'hui, lorsque l'assiette arriva, il restait une gaufrette rose, que Kate s'empressa de prendre, et quelques petits-beurre, dont Helen s'accommoda fort bien.

Tandis que les adultes bavardaient, avec circonspection maintenant, Helen regarda autour d'elle. Un feu brûlait dans la cheminée, mais on avait toujours le sentiment qu'il faisait froid dans ce salon, peut-être parce qu'il y avait tant d'objets en verre : une table en verre avec un chemin de table couleur de biscuit ; une vitrine remplie de bibelots et des services à thé offerts en cadeau de mariage à oncle Michael et à tante Rosemary ; et un vase en verre qui ne contenait jamais de fleurs. Une photographie encadrée de papy Kelly était suspendue au-dessus de la cheminée. Il avait beau être mort depuis longtemps, depuis l'époque où leur maman était encore petite, sa présence planait sur la famille d'une manière que Helen ne comprenait pas vraiment, parce qu'on parlait rarement de lui. Elle ne pouvait s'empêcher d'imaginer qu'il avait dû être une personne plutôt terrifiante, ne fût-ce que parce qu'il avait été marié à mamie Kelly. L'idée qu'elle se faisait de son autre grand-père était complètement différente, peut-être parce qu'elle se souvenait un tout petit peu de lui, ou peut-être parce que mamie Kate en parlait toujours ; elle leur racontait des histoires drôles, et puis elle avait les larmes aux yeux et riait en disant : « Mon Dieu, il n'y avait pas une once de méchanceté chez Francis ! » Elle se demandait souvent comment sa mère avait supporté cette mort, parce qu'elle n'imaginait pas pire épreuve que de perdre l'un ou l'autre de ses parents. Une fois, elle lui avait posé la question, très timidement, et sa mère avait paru si triste en répondant : « Oh oui, Helen, c'était terrible. Cela a tout changé pour moi, tout. »

Son certificat d'enseignant, orné d'un impressionnant sceau de cire rouge, était suspendu dans une niche, et ses livres, que personne ne lisait plus, étaient enfermés dans une bibliothèque vitrée. Il avait été le directeur d'une petite école près de Ballycastle, et sur le manteau de la cheminée se trouvait la clochette qu'il agitait pour rappeler les enfants dans la cour de récréation, lorsqu'il était temps de retourner en classe. Helen n'aimait pas cette clochette, pas même la regarder, parce qu'elle lui rappelait le scandale qui avait éclaté le jour où Kate l'avait prise et l'avait agitée. D'abord, il y avait eu le son métallique et dur de la clochette, qui faisait un vacarme terrible dans la pièce mal éclairée, puis la fureur froide de mamie Kelly devant une telle impertinence, puis Kate pleurant de honte et de douleur sous les reproches, puis Helen pleurant parce que Kate pleurait, et Sally se mettant à hurler, et leur père se cachant le visage dans les mains : oh, c'était le pire ! Elle se détourna de la clochette pour regarder plutôt la photo de papy Kelly au-dessus de la cheminée. Il ne paraissait pas sévère ou menaçant, mais perplexe, interrogateur.

Un jour, alors qu'ils étaient en vacances à Portrush, leur papa les avait conduites jusqu'à la côte pour voir l'école de papy Kelly, nichée dans un vallon vert au milieu des collines. C'était un bâtiment passé à la chaux avec une porte bleue et de hautes fenêtres. À côté se trouvait la maison de l'instituteur, où leur maman avait vécu quand elle était petite, avec ses parents et oncle Michael. L'endroit était si joli, pensait Helen, avec les moutons dans les prés, les murets de pierres sèches et, tout au long de la route, les haies de fuchsia sauvage, violet et rouge sombre. La mer grondait au loin, et le vent soufflait.

C'était étrange de penser à la lumière de cet endroit, quand on se trouvait dans ce salon froid plongé dans la pénombre. Une petite lampe allumée sur une table, à côté de mamie Kelly, constituait le seul éclairage, en dehors des rayons qui parvenaient à filtrer par les longs stores couleur crème baissés contre le ciel. Mamie Kelly devait rester dans le noir tout le temps à cause de ses yeux, et soudain Helen comprit à quel point cela devait être horrible pour elle. Pas étonnant qu'elle fût de mauvaise humeur. Si Helen avait été vieille, raide, obligée de s'habiller en noir et de rester assise dans l'obscurité, elle serait probablement devenue irritable, elle aussi. Mamie Kate disait toujours qu'on ne pouvait jamais vraiment se mettre à la place des autres et que, pour cette raison, il fallait s'abstenir de les juger. Seul Dieu pouvait juger, parce que Lui seul lisait dans les cœurs.

Mais quel soulagement lorsque leur père regarda sa montre et se leva ! Après avoir dit au revoir, ils sortirent dans la rue, et ce fut comme s'ils venaient de passer une semaine dans la maison, et non une heure. Le ciel d'hiver était lourd et il avait commencé de pleuvoir mais, malgré cela, on avait le sentiment, en se retrouvant à l'air libre, que tout était frais et lumineux.

Elles allèrent essayer les bottes en caoutchouc, noires pour Helen et Kate, rouges pour Sally, et leur papa et le vendeur appuyèrent sur leurs orteils pour s'assurer que les bottes étaient à la bonne taille. Kate aurait bien voulu avoir des bottes rouges, elle aussi, mais il n'y en avait pas dans sa pointure. Ils firent encore quelques courses, puis il les emmena dans un café et leur commanda à chacune une saucisse avec des frites et une bouteille de Fanta, pendant que lui-même prenait encore du thé et une part de tarte aux pommes et fumait une cigarette. Il paraissait beaucoup plus heureux que tout à l'heure.

« J'espère que je ne deviendrai pas comme mamie Kelly quand je serai vieille, s'exclama Kate en secouant la bouteille de ketchup au-dessus de ses frites.

— Oh, il n'y a pas de danger, dit leur papa. Toi, tu deviendras comme ta mamie Kate, vous vous ressemblez comme deux gouttes d'eau, pour sûr. »

Kate sourit, radieuse : « Ce sera Helen, alors, qui deviendra comme mamie Kelly, glissa-t-elle avec malice.

— Certainement pas ! » protesta Helen, mais leur papa se contenta de sourire :

« Ah, Helen ne ressemblera qu'à elle-même, n'est-ce pas, ma chérie ? »

Après cela, il leur acheta à chacune une bande dessinée et une demi-livre de bonbons choisis dans des bocaux de verre : Clove Rocks pour Helen, Cherry Lips pour Kate, Jelly Babies pour Sally. Il prit aussi une boîte de chocolats Milk Tray pour leur maman.

Sur le chemin du retour, Sally s'endormit dans la voiture pendant que Kate lisait sa bande dessinée. Helen, assise à sa place habituelle à l'avant, aurait bien aimé lire, elle aussi, mais elle pensait qu'il était plus poli de converser avec son papa et de lui tenir compagnie. Le trajet lui plaisait de toute manière, surtout lorsqu'on dépassait le sommet de Roguery et qu'on apercevait les lacs, Lough Neagh loin en contrebas, Lough Beg, que leur papa appelait le petit lough, sur la droite, et derrière, au loin, les montagnes. La nuit, sur cette route, on avait l'impression de rouler vers une ville immense, à cause de toutes les lumières, mais pendant la journée on voyait bien que ce n'était qu'un semis de bourgades, de villages et de fermes isolées.

Elle se demanda si leur maman les attendait et, quand la voiture s'immobilisa devant la maison, ils entrevirent son visage anxieux encadré par les rideaux du salon.

5

Lundi

Elle appela David chez lui plutôt qu'au studio de télévision ; s'il était encore à son travail à cette heure, il ne pourrait pas la voir dans la soirée, il ne servait donc à rien de le joindre là-bas. Ce fut avec soulagement qu'elle entendit sa voix à l'autre bout du fil, brusque d'abord, tandis qu'il épelait son numéro, mais se radoucissant aussitôt en reconnaissant son interlocutrice.

« Helen, comment va ?

— Bien », répondit-elle avec raideur. C'était une sorte de code entre eux, si bien que David comprenait aussitôt qu'elle n'était pas seule et devinait sans doute, à juste titre, qu'Owen, l'avocat avec lequel travaillait Helen, était tout à côté et risquait d'entendre la conversation. David ignorait cependant que Helen était particulièrement sensible sur ce point ce jour-là, parce qu'elle avait commis un impair quelques heures plus tôt : une dispute bruyante et intempestive avec sa mère, où elle s'était mise en colère et avait crié dans l'écouteur si fort qu'Owen n'avait pu manquer de l'entendre de la pièce voisine. Elle s'était sentie gênée et repentante aussitôt après avoir raccroché, d'où sa prudence excessive à présent.

« Je me demandais si cela te dirait de passer chez moi dans la soirée.

— Tu tiens une petite forme ?

— Oh, j'ai connu mieux, il faut l'avouer », répliqua-t-elle d'une voix égale, en griffonnant des quadrillages serrés sur le bloc du téléphone.

Il assura qu'il serait enchanté de venir. « Steve est à Londres cette semaine, donc je suis seul de toute manière.

— Je peux commander quelque chose chez le Chinois. » Elle l'entendit jurer à l'autre bout de la ligne et sourit. « Non, attends, je crois qu'il reste une espèce de tarte salée au frigo. À moins que je ne l'aie mangée ? Je ne me souviens plus.

— Je te préviens : je n'y toucherai pas, même si elle y est encore. Laisse-moi m'occuper du dîner.

— J'ai du très bon vin.

— Vraiment ?

— Un cadeau. » À tout autre moment, elle lui aurait dit que Cate le lui avait rapporté de Londres, mais aujourd'hui elle ne voulait pas mentionner le nom de sa sœur. « C'est du bordeaux.

— Quelle année ? »

Helen éclata de rire. « Comment veux-tu que je le sache ? Il est dans la voiture, je ne m'en souviens plus. On peut quand même le boire ce soir. Oh, et à propos du dîner, arrange-toi pour que ce soit simple, quelque chose qui ne demande pas beaucoup de préparation, hein ?

— Ne t'inquiète pas. Je connais ta cuisine.
— Alors vers sept heures, d'accord ?
— Sept heures, parfait. Salut. »

Il était un peu plus de dix-huit heures trente lorsque Helen se gara devant chez elle. Comme d'habitude le lundi, elle avait des bagages à prendre dans le coffre, puisqu'elle était allée directement de la maison familiale à son travail ce matin-là. La voiture émit un bip lorsqu'elle verrouilla les portières. Helen vivait dans un complexe de demeures résidentielles donnant dans Ormeau Road. « En réalité, c'est une sorte de lotissement », disait-elle, ce qui embêtait toujours Owen, qui vivait dans une maison similaire non loin de chez Helen. Elle appréciait, cependant, que ses collègues et amis habitent à proximité : David et Steve n'étaient qu'à quelques rues de la sienne. Ce choix était dû à des raisons financières, et aussi plus prosaïquement au fait qu'il lui fallait un toit, mais elle ne ressentait aucun attachement pour cet endroit, et ne regrettait pas qu'il en fût ainsi. Avant même de l'acheter, elle avait dit à sa mère qu'elle ne lui trouvait pas beaucoup de caractère, et sa mère était tombée d'accord là-dessus : « Ce n'est jamais le cas des maisons neuves. » Mais aux yeux de Helen, que leur père eût été tué chez Brian rendait le drame encore plus horrible. Elle se souvint d'un rêve qu'elle avait fait, bien des années auparavant, quand elle était encore à l'université : elle avait vu la maison de Brian brûler, et elle avait pleuré parce qu'elle ne pourrait plus jamais y retourner. Et maintenant, alors que cette demeure était intacte, Helen n'y allait plus. Elle en était venue à apprécier la stérilité même de la maison de Belfast : ayant emménagé aussitôt après le départ des ouvriers, elle avait la certitude que l'endroit était psychiquement neutre.

Elle aurait pu faire davantage de choses pour le rendre plus confortable. L'intérieur était trop chichement meublé. « Il n'y a rien qui cloche vraiment, avait dit Cate la dernière fois qu'elle était venue. C'est juste qu'il n'y en a pas assez. » Elle avait raison, pensait Helen, le mélange de propreté clinique et de froideur dans la pièce principale la frappait toujours avec une force particulière lorsqu'elle revenait de la campagne après le week-end. Elle savait qu'il lui aurait fallu plus de tableaux, plus de tapis, plus de *choses* ; il lui manquait seulement l'envie, et la volonté de prendre la peine de se les procurer.

Elle déballa les bouteilles de vin et les déposa sur la table du salon, puis monta au premier avec ses sacs pour se changer. Au vu de sa chambre (et Helen veillait farouchement à ce que personne ne la vît), n'importe qui aurait été impressionné par le contraste qu'elle formait avec le reste de la maison. Elle dut pousser fort en ouvrant la porte, à cause de la pile de journaux et de revues politiques qui s'était effondrée par terre, bloquant le chemin. Elle se fraya prudemment un passage au milieu des tasses à café sales, des CD, des livres et des chaussures dépareillées, jusqu'au lit sur lequel elle renversa le contenu de son sac ; elle fouilla dans la pile à la recherche de son sweat-shirt, de ses chaussures de sport et de son jean, et les enfila. Ensuite, elle suspendit son tailleur dans la penderie en haut de l'escalier, où elle rangeait soigneusement les vêtements stricts qu'elle portait au travail. En général, le soir, elle mangeait sur le pouce, dans la cuisine, et passait le reste de la soirée à l'étage. Elle y avait une télévision, un lecteur de CD et un fauteuil qu'elle aimait particulièrement : un vieux fauteuil que lui avait donné sa mère lorsqu'elle avait changé le mobilier du salon, à la campagne.

En revenant dans la chambre, elle ramassa un disque de cantates de Bach et le posa sur la platine. La musique était son obsession personnelle. Elle partageait avec David le goût des vieux films ; le partageait littéralement, dans le sens où ils se retrouvaient parfois pour regarder des vidéos de films noirs, même si cela leur arrivait bien moins souvent depuis que Steve avait emménagé avec lui. Mais la musique était réservée pour elle seule, et elle en avait grand besoin. Elle s'installa, perdue dans les pures structures formelles des cantates, et leva la tête avec ennui lorsque la sonnerie résonna soudain, en se demandant qui cela pouvait être, avant de se rappeler que David devait venir.

« Tu es sûr que tu ne vas pas t'évanouir ? » lui demanda-t-elle au moment d'ouvrir la porte de la cuisine. David hocha la tête.

« Je sais depuis longtemps que ton idée de tenir une maison consiste à acheter une tonne de fromage et de fruits chez Crazy Prices, de les fourrer au frigo, puis de commander des pizzas tous les soirs. Quand le contenu du frigo est pourri, tu le flanques à la poubelle et tu recommences. Je persiste à te dire que tu rates quelque chose. »

Helen sourit avec tristesse. « Tu as tort. J'ai fait de la cuisine, vois-tu. C'est bien le problème. » Elle ouvrit la porte, et même David écarquilla les yeux en découvrant la poubelle débordante, la cuisinière poisseuse, l'évier archiplein où une forêt de poignées de casseroles émergeait de l'eau grasse. Helen souleva le couvercle d'une sauteuse, comme si elle espérait se racheter en la trouvant miraculeusement propre, mais elle était pleine de graisse figée. Elle fit la grimace et replaça le couvercle sans commentaire.

« Tu vois ce que c'est que ta maison ? demanda David. Un vrai petit palace, ou je ne m'y connais pas. »

Dans les mois qui avaient suivi la mort de son père, Helen avait été prise d'une frénésie de sorties parce qu'elle redoutait de rester seule avec sa douleur. Des amis et des collègues compréhensifs l'invitaient à dîner, ou proposaient de passer la soirée dehors, à boire, et elle acceptait chaque invitation sur-le-champ, y compris une fête de Noël chez Owen. C'était à cette réception qu'elle avait rencontré David, qu'elle reconnut pour l'avoir déjà vu à la télévision, mais aussi à l'occasion dans des restaurants ou des bars d'hôtels de la ville, et dans la tribune de la presse au palais de justice. Lorsqu'ils furent présentés, elle le salua avec brusquerie. La fête fut constamment interrompue par le petit garçon d'Owen et de sa femme Mary, qui hurlait dans le baby-phone, jusqu'au moment où Mary s'avoua vaincue et alla le chercher. Dès qu'elle l'eut déposé dans son parc à jouer, il cessa de pleurer et commença à s'occuper, tout content, avec les jouets qui s'y trouvaient. David et Helen le virent ramasser une tasse de plastique rouge et la retourner entre ses mains, en la considérant avec une attention totale, comme si c'était l'objet le plus fascinant qu'il eût jamais vu. Soudain, il laissa tomber la tasse rouge et ramassa un cube de plastique bleu. La tasse roula, oubliée, pendant que le bébé regardait le nouvel objet avec le même intérêt intense qu'il avait manifesté pour la tasse quelques instants plus tôt.

« Un journaliste en herbe, déclara Helen.

— Que voulez-vous dire ?

— Il a la capacité de concentration requise.

— J'en conclus que vous ne tenez pas les journalistes en haute estime ?

— La plupart du temps, je me demande comment ils arrivent à se supporter.

— Vous êtes injuste et vous le savez.

— Ah bon ? » répliqua Helen, mais elle remarqua qu'il paraissait blessé, ce qui était déconcertant, elle avait simplement voulu le taquiner. Elle n'attendit pas sa réponse, haussa les épaules et se détourna.

Une fois rentrée chez elle ce soir-là, elle resta longtemps éveillée, en pensant à la manière dont le meurtre de son père avait été traité par les médias, sujet qui nourrissait chez elle une colère tenace et profonde. Un jour, après les funérailles, elle était allée chez McGovern à Timinstown pour acheter des provisions, et là, sur le comptoir, en première page de l'un des journaux d'Irlande du Nord, elle avait vu une photographie de Sally et d'elle-même cramponnées l'une à l'autre, pleurant au pied de la tombe. Malade, étourdie, furieuse tout à la fois, elle avait senti son visage changer de couleur. Mme McGovern, gênée, s'était penchée pour plier le journal de manière à cacher la photo. « Tout de même, ils pourraient comprendre que les gens ont assez souffert pour ne pas leur infliger des choses pareilles. » Helen l'avait regardée fixement, incapable de répondre. Puis Rosemary et Michael étaient passés les voir, plus tard dans la journée, et Rosemary leur avait avoué, plutôt honteuse, que pendant l'enterrement une jeune femme s'était approchée d'elle en murmurant : « La pauvre Cate est très affectée, n'est-ce pas ? » À cause de son ton familier, Rosemary avait cru qu'elle était une amie proche des trois sœurs, et elle avait répondu : « Oui, mais c'est encore pire pour Helen, si vous voulez mon avis. » Elle avait été choquée, peu de temps après, lorsqu'elle avait vu la femme prendre des notes dans un calepin, et qu'elle avait compris qu'il s'agissait d'une journaliste, et non d'une amie de la famille. Mais le pire de tout, c'étaient les tabloïds anglais, qui avaient traité la mort de leur père froidement et sans sympathie, se concentrant sur le fait que Brian était membre du Sinn Féin*, et que le meurtre avait eu lieu chez lui. Sous-entendu : il n'avait eu que ce qu'il méritait. Sur l'insistance de leur mère, elles avaient déposé une plainte officielle qui avait été rejetée. Helen l'avait prévu : en étudiant les articles à la lumière de ses connaissances juridiques, elle avait pu constater qu'ils étaient diablement rusés ; le ton était hostile, mais ils se gardaient bien de formuler une accusation spécifique. Coupable par association, voilà ce qu'ils suggéraient. Mais elles avaient toutes pris ce rejet à cœur, surtout leur mère, qui ignorait jusque-là le sens du mot amertume.

Le lendemain de la fête, Helen remercia Owen de l'avoir invitée.

« À d'autres ! Tu ne t'es pas amusée, avoue-le. Tu avais David McKenna sur le dos, je l'ai bien vu. Ce n'est pas un mauvais bougre, Helen, crois-moi. Il a eu des moments durs, lui aussi.

— Tu me brises le cœur, murmura Helen.

— Écoute-moi : Mary le connaît depuis l'enfance, ils ont grandi dans la même rue. » D'habitude, Owen et Mary n'aimaient pas parler du passé de Mary. Helen savait qu'elle était née dans une minuscule maison accolée à d'autres, dans une rue du bas des Falls ; elle savait aussi qu'il ne fallait pas l'évoquer, si bien qu'elle fut surprise par la réplique d'Owen. « Le père de David a été tué, lui aussi ; il n'avait jamais rien fait, et David était tout môme quand c'est arrivé. Sa mère est restée seule avec cinq enfants à élever. Personne ne sait mieux que moi la raison pour laquelle tu n'aimes pas les journalistes, et tu as raison, dans la mesure où certains sont des trous du cul de premier ordre. Mais David est un type bien. Ce n'est pas le pire du lot, loin de là. »

Helen l'écouta sans l'interrompre. Pendant le reste de la journée, elle y repensa plusieurs fois et, au moment où ils s'apprêtaient à fermer le bureau pour la nuit, elle lui demanda le numéro de téléphone de David.

« Je vous dois des excuses, lui dit-elle en l'appelant ce soir-là.

— Je sais, répliqua David. Vous me devez aussi une explication, et la moindre des choses serait que vous me payiez un verre. » Elle lui était reconnaissante de son ton dur, sec, parce qu'elle avait été entourée de tant de gens débordant de compassion ; et lorsqu'ils se retrouvèrent quelques jours plus tard, le soir, dans un pub du centre-ville, le ton était encore abrupt et dénué de sentimentalité. Ils commandèrent deux whiskeys, deux doubles Bushmills, que Helen paya.

« Je sais ce qui est arrivé à votre père, déclara-t-il sans préambule. J'ai lu les articles. Maintenant, je vais vous dire ce qui est arrivé au mien. C'était un électricien, et il travaillait à temps partiel avec un ami à lui, qui était charpentier. Ils se rendaient sur un chantier à l'extérieur de la ville, à Hannahstown, un matin d'hiver, et on leur a tendu une embuscade. Ils ont dû garer la camionnette sur le bas-côté, on les a fait descendre, on leur a tiré une balle dans la tête, et on les a laissés là. Personne n'a jamais été arrêté ni accusé. L'ami de mon père servait dans l'IRA, un gros bonnet, comme on a pu le constater par la suite. Il a eu droit à d'importantes funérailles paramilitaires. Mon père n'était pas membre de l'IRA ni de quoi que ce soit d'autre. Il a laissé cinq enfants. J'étais l'aîné ; j'avais douze ans. Il avait l'âge que j'ai maintenant, trente-six ans. Ma mère est devenue quasi folle. Elle m'a avoué plus tard que ce n'était pas seulement que mon père lui manquait, pas seulement la solitude, même s'il y avait aussi cela. Ils s'entendaient très bien ; je n'ai pas le souvenir de les avoir jamais vus se disputer. Elle m'a dit qu'elle était terrifiée à l'idée d'élever cinq enfants toute seule, de nous nourrir, de payer nos études, et de nous empêcher de faire des bêtises. Enfin ça, c'est une autre histoire. Ce que je voulais dire, c'est que dans les articles qui ont paru dans la presse, mon père a été traité comme l'autre homme, ils ne faisaient pas de distinction. Pour les journaux, c'étaient deux terroristes, ils avaient eu ce qu'ils méritaient, on n'allait pas s'apitoyer sur leur sort. Cela a vraiment bouleversé le frère de mon père, et moi aussi. Je n'étais qu'un enfant, mais je savais que c'était faux, injuste. Mon oncle voulait déposer plainte, mais ma mère l'en a dissuadé. "Qui s'intéresserait à des gens comme nous, disait-elle, qui n'ont pas un sou vaillant ? Penses-tu que ceux qui écrivent dans le journal se préoccupent de ce que nous pouvons penser ou ressentir ? J'ai assez à faire, avec cette maison pleine d'enfants, sans perdre mon temps à déposer des plaintes dont ils riront derrière mon dos." Alors, j'ai décidé que, quand je serais grand, je serais journaliste, qu'il y aurait au moins quelqu'un pour dire la vérité. » Il rit. « Fichtre, je n'avais que douze ans !

— Une chose à laquelle je n'avais pas sérieusement réfléchi jusqu'à la mort de mon père, murmura Helen, c'est à quel point les secours d'urgence ont la vie dure. Peu importe la formation qu'ils ont reçue, ou leur vocation pour ce métier, ça doit les démolir, les horreurs qu'ils voient.

— Je ne te le fais pas dire, répliqua David. Les gens ne savent pas la moitié de ce qui se passe. »

Sally et leur mère avaient appris la nouvelle par un prêtre. Il avait été le premier, après Brian, à se présenter à la maison. C'était un vicaire d'une vingtaine d'années, qui n'avait reçu l'ordination qu'au printemps de cette année-là ; un fils de banquier qui avait grandi dans une maison confortable du comté de Down, qui avait remporté une médaille d'or en grec à l'université et passé une année à Rome. Il était doux, idéaliste, gentil, et pas du tout préparé à ce qu'il découvrit dans la cuisine de Brian et de Lucy en ce soir d'octobre. Par la suite, Sally raconta à Helen à quel point il leur avait fait pitié, avec sa voix qui se brisait tandis qu'il essayait de les réconforter, alors que sa propre sérénité était à l'évidence détruite par ce qu'il avait vu.

« Je pense que j'ai eu de la chance sur un point, depuis le début, poursuivit David, si on peut parler de chance. J'ai tout de suite compris que ce qui se passait ici n'avait rien d'excitant ni de fascinant. Franchement, je ne pense pas qu'aucun des journalistes du coin se fasse d'illusions là-dessus. Ils ont grandi ici pour la plupart, alors ils savent ce qu'il en est. Beaucoup de journalistes étrangers viennent un moment quand la situation s'envenime un peu plus que d'habitude, mais, dans l'échelle des conflits, celui-ci n'a jamais été très coté. C'était peut-être différent dans les années soixante ou au début des années soixante-dix, à l'époque où il y avait beaucoup d'émeutes et de combats de rue, mais aux yeux du reste du monde et de leurs médias, c'est trop localisé. Le contexte n'est pas assez exotique et, de toute manière, ça n'a jamais été une guerre digne de ce nom. Pas de quoi s'exciter sous prétexte qu'un corps a été découvert au bord d'un chemin humide quelque part dans le comté de Tyrone, par une mauvaise nuit froide. » Il reconnut qu'on devenait cynique dans ce métier. Lorsqu'il ne manquait qu'un mort pour former un chiffre rond, on se surprenait à penser à ce qu'on dirait dans un jour ou deux, quand ce total serait atteint. Un ami photographe à qui il confiait cette réflexion avait répliqué : « Eh bien, touche du bois pour que ce ne soit pas toi. »

« C'est la nature même de ce travail qui pose problème, protesta Helen. On s'empare d'événements, on en fait des récits, et on se limite à ça : on invente des histoires à partir de quelques données, et on présente cette interprétation des faits comme une vérité absolue. C'est cela que je ne supporte pas.

— Mais que proposes-tu à la place ? Qu'on ne dise rien ? Aurais-tu vraiment préféré que la mort de ton père soit passée sous silence ? Tous les journalistes d'enquête sont conscients des problèmes inhérents à leur métier, crois-moi. Dans les cas que tu évoques, on doit essayer de trouver un équilibre : rendre compte des événements de manière fidèle et honnête d'un côté, préserver la dignité des gens et ne pas les faire souffrir davantage de l'autre. C'est un enjeu capital, et tout le monde le sait.

— Je ne te crois pas, dit-elle. Je pense que beaucoup de journalistes n'en ont rien à faire. Ils n'ont aucune empathie, aucune imagination. L'outil lui-même est émoussé, voilà tout. Il n'est pas fait pour traiter la complexité, il ne supporte pas le paradoxe ou la contradiction, et c'est cela le nœud du problème, si tu veux mon avis. »

Ils s'étaient affrontés plusieurs fois sur ce thème depuis cette première soirée, et tout ce qu'elle était prête à concéder, maintenant encore, était qu'il s'agissait d'un mal nécessaire. « Le journalisme ressemble à la politique, affirmait-elle, en cela qu'il attire des gens de qualité douteuse. Si l'on a le moindre sens moral, le moindre scrupule, on n'a pas envie de s'en mêler, au départ, et si l'on veut progresser dans l'une ou l'autre carrière, il faut posséder des qualités négatives, des qualités qui ne seraient appréciées dans aucun autre domaine d'activité. Mais, reconnaissait-elle lorsqu'il commençait à protester, il y a des exceptions. Des gens qui ont débuté dans le journalisme et dans la politique pour les meilleures raisons du monde, avec le désir sincère d'être des facteurs de changement, qui ne cherchent pas simplement à maintenir le statu quo ou à servir leurs propres intérêts. » Il lui avait dit qu'il n'avait jamais voulu travailler pour un journal d'Irlande du Nord parce que cela revenait à prêcher des convertis, dans la mesure où les partisans de chaque camp n'achetaient et ne lisaient que les journaux qui reflétaient leurs propres préjugés.

Au fil des mois, tandis qu'elle suivait ses comptes rendus, elle s'étonna qu'il ne fût pas plus cynique. Il lui manquait cette complète froideur qu'elle avait remarquée chez d'autres journalistes de sa connaissance. Ceux-là se voulaient professionnels avant tout, et traitaient un meurtre comme un concert de Van Morrisson. Peu importe le sujet, pourvu qu'il soit bon et présenté avec élégance.

Six mois environ après leur première rencontre, David lui téléphona un soir en demandant s'il pouvait passer. Il lui dit que quelque chose était arrivé, et qu'il ne voulait pas rester seul ou avec des collègues ce soir-là. Elle répondit qu'il était le bienvenu ; lorsqu'il arriva, elle fit du café et attendit qu'il fût prêt à lui raconter ce qu'il avait sur le cœur.

« C'est un sujet que j'ai dû couvrir cet après-midi, commença-t-il. Je ne pensais pas, après tout ce que j'ai vu dans ce métier, que quelque chose pouvait encore me bouleverser à ce point, donc ça m'a fait un choc, sans même parler du reste.

— Quel était le sujet ? » murmura Helen. Elle ne le regardait pas. Lorsqu'il reprit la parole, elle se demanda s'il allait se mettre à pleurer.

« Cet homme qu'ils ont tué la nuit dernière. Protestant, habite dans un quartier mixte, chauffeur de taxi, accepte une course qui l'oblige à quitter son territoire, se fait exploser la cervelle. Un connard au bureau dit ce matin : “Eh bien, vu l'endroit où il vivait et le boulot qu'il faisait, c'est pas étonnant.” Bon Dieu, je lui suis rentré dedans ! Donc, cet après-midi j'ai dû aller interviewer la veuve. Elle voulait parler aux médias, lancer un appel en direct pour qu'il n'y ait pas de représailles. Elle est assise sur un canapé dans sa maison, avec ses trois enfants et sa mère, tous en larmes. La femme, complètement désorientée, n'arrête pas de demander : “Comment vais-je faire, toute seule avec trois enfants ? Comment vais-je m'en sortir ?” Et, tu comprends, elle posait vraiment la question, comme si le cameraman ou le preneur de son pouvait lui donner un conseil pratique. Ma mère avait dit exactement la même chose quand mon père a été tué. Tout m'est revenu. » Il se cacha le visage dans les mains, et ils restèrent silencieux un moment. « C'était comme de revoir ce qui était arrivé à notre famille, sauf que, en tant qu'adulte, je peux *vraiment* voir ce que ça signifie. Il y a quelque chose, là, qui... qui n'a pas de fin. Tu comprends ce que je veux dire ? »

Helen comprenait.

« Je tremblais en ressortant de la maison. J'ai essayé de ne pas le montrer aux autres. J'ai pensé : je ne peux plus faire ce boulot. Je ne peux plus assister à un autre enterrement, ou parler à une autre veuve, ou à des parents dont l'enfant a été tué. Je ne peux plus, Helen. »

Helen savait qu'il le pouvait, mais que ce n'était pas le moment de le lui dire. Elle savait que, dès le lendemain matin, il considérerait cet épisode comme un moment de faiblesse ; c'était la raison pour laquelle il avait choisi de venir la voir. Parce qu'elle avait éprouvé cette lassitude mortelle liée au fait de travailler dans une atmosphère implacablement négative. Par son métier et par sa vie, elle connaissait le sort des victimes et celui des coupables, et l'un comme l'autre étaient terribles.

En allumant la radio le lendemain matin, elle entendit qu'un catholique avait été tué dans le quartier des Markets. L'UFF* revendiquait ce meurtre, en représailles de celui du chauffeur de taxi.

Près d'un an plus tard, Helen disait à David : « Tu te souviens de l'homme qui a été tué, le chauffeur de taxi ? Ils ont inculpé quelqu'un, un jeune type, Oliver Maguire.

— Oui, je sais.

— C'est nous qui le défendons. »

Helen avait dit un jour à Cate que ce qui lui plaisait le moins dans le fait d'avoir dépassé la trentaine, c'était qu'il devenait plus difficile de se faire des amis. Même si les gens ne s'en rendaient pas compte, leurs vies se refermaient comme des fleurs au crépuscule, prises dans le ciment des carrières, du mariage, des enfants, des emprunts immobiliers, de l'épargne-retraite et des assurances-vie. Entre vingt et trente ans tout était encore possible, mais, à partir de la trentaine, des choix avaient été faits ; les espoirs et les projets avaient abouti ou non. Les gens commençaient à évaluer leur entourage, à se demander si les amis avaient réussi aussi bien qu'ils s'y attendaient ; et ils les admiraient ou se détournaient d'eux en fonction de leurs succès ou de leurs échecs. De la même manière, ils demandaient aux autres de les consoler et de les soutenir dans leur destin ; et cette évaluation anxieuse des pairs avait beau être inconsciente, elle n'en était pas moins minutieuse. Une chose était sûre : toutes les amitiés n'en sortaient pas indemnes. Helen constatait que ses relations avec les personnes rencontrées depuis l'université se refroidissaient et s'étiolaient en vertu de lois sociales apparemment aussi strictes que celles de la physique.

C'était différent pour les amis d'enfance. En dépit des écarts sociaux, en termes de classe, de carrière ou de revenus, il n'y avait pas avec eux cette espèce d'obstruction qui existait toujours avec les autres. Elle se sentait encore à l'aise avec ses cousins, ou avec des gens comme Willy Larkin, son ancien camarade d'école, qu'elle voyait quelquefois lorsqu'elle revenait à la maison pour le week-end. Sans doute était-ce lié au fait que, quand on connaissait les gens depuis l'enfance, on les connaissait dans ce qu'ils avaient de plus vulnérable, et on ne l'oubliait jamais.

Quant à David, étrangement, leur amitié possédait cette même qualité. Peut-être parce que son enfance à lui avait pris fin de manière abrupte, elle se revêtait d'une signification particulière ; il s'en souvenait si bien et la décrivait avec tant de vivacité que ses récits suffisaient à compléter l'image fragmentaire qu'avait Helen de Belfast dans les années soixante. Elle, de son côté, ne parlait pas à David de son enfance. Elle soupçonnait qu'elle ne l'aurait pas particulièrement intéressé et cela lui convenait, parce qu'elle préférait la garder pour elle, un secret qu'elle partageait avec ses sœurs.

Autre aspect significatif de leur intimité : ils étaient capables de se disputer et pouvaient échanger des insultes sans mettre leur amitié en danger. Helen le critiquait pour sa coquetterie, pour le soin qu'il prenait de son physique et de ses vêtements, un souci qui, chez lui, dépassait largement la simple nécessité de bien présenter dans le cadre de son travail. Il n'aimait rien tant qu'être reconnu en public. La première fois que cela se produisit en présence de Helen, elle eut du mal à croire que son enchantement naïf était sincère : « Regarde ! Ces gens là-bas nous observent et font des messes basses ! Ils m'ont reconnu, ils savent qui je suis. Ne les regarde pas, fais comme si nous n'avions pas remarqué.

— Ils sont sans doute en train de dire que tu as l'air d'une épave flapie à côté de ce que tu parais à la télé », répliqua Helen. Elle le réprimandait pour sa nervosité (et il admettait qu'elle lui posait problème), au point de lui arracher des mains la serviette en papier qu'il réduisait distraitement en charpie ou la fleur qu'il déchiquetait. Elle, de son côté, subissait des remarques du genre : « Il y a une petite bonne sœur en toi, une vraie petite sainte nitouche, pour sûr » ; ou bien, il lui disait qu'elle était une souillon et qu'elle aurait besoin que quelqu'un la reprenne en main et lui remette les yeux en face des trous, sauf qu'elle était si grincheuse qu'il ne fallait pas s'étonner si les candidats ne se présentaient pas en foule. « Va te faire foutre », grondait-elle alors, et il répondait : « Tu saisis ? »

Pendant que David préparait le repas, Helen réfléchit à ce qu'elle lui dirait à propos de Cate, à supposer qu'elle évoque le sujet. Il allait à coup sûr demander pourquoi elle s'était sentie déprimée dans l'après-midi, et cela ne servirait à rien de se défiler par un mensonge : David le débusquerait immédiatement. Bien sûr, elle finirait par lui raconter, peut-être même par le menu, parce qu'ils partageaient tous leurs soucis avec franchise, mais c'était trop tôt, pensait-elle. Elle trahirait sa sœur si elle en parlait avec lui avant même d'avoir eu l'occasion d'en discuter avec elle. D'autant plus qu'elle ignorait le sentiment de Cate. Si elle lançait simplement : « Cate est enceinte », cela paraîtrait banal, et Helen n'était pas du tout sûre que ce fût banal ; mais qu'était-ce donc ? Elle se demandait comment Cate voyait les choses, et la soupçonnait d'être secrètement enchantée, même si pendant un jour ou deux elle avait fait semblant de partager le point de vue de sa mère, selon lequel Cate avait été frappée par une calamité. Cette pensée lui rappela sa mère, et elle eut un frisson en songeant à la manière dont elle lui avait parlé plus tôt ce jour-là. Elle monta dans sa chambre et composa le numéro de la maison. Ce fut Sally qui décrocha.

« Je suis contente que tu appelles, je pensais te téléphoner plus tard de toute manière.

— Je voulais dire à maman que je regrettais d'avoir crié tout à l'heure.

— Je lui transmettrai le message, mais, à la vérité, tu n'aurais pu mieux faire, ça a marché comme un charme, répondit Sally calmement. J'ai banni la situation de Cate de la conversation pour le reste de la soirée, et je vais m'assurer que nous passerons toutes une bonne nuit. Voici ce que je voulais te demander : est-ce que Cate peut aller à Belfast demain et passer la nuit chez toi ?

— Bien sûr, pas de problème. Dis-lui de venir à mon

bureau pour prendre une clef, au cas où elle arriverait avant que je sois rentrée du travail.

— Mille mercis, Helen. Tout ce que je veux dans l'immédiat, c'est que maman puisse passer un peu de temps loin de Cate, pour s'habituer à l'idée de ce qui arrive. J'aimerais aussi lui parler seule à seule.

— Tu es sûre que c'est une bonne idée ?

— Crois-moi. Je sais ce que je fais. Et, écoute, ne t'inquiète pas. Il y a eu beaucoup de larmes aujourd'hui, c'est sûr, mais ça va passer, tout va s'arranger. »

Cette conversation la réconforta plus qu'elle ne s'y attendait, et elle retourna dans le salon où David finissait de disposer les plats de salade et de charcuterie. Comme prévu, il fut impressionné par le vin.

« C'est Cate qui me l'a donné. Elle est rentrée ce week-end. Elle a des problèmes en ce moment et nous sommes toutes un peu agitées à cause de ça, mais je t'en parlerai la prochaine fois qu'on se verra. » Il hocha la tête et n'insista pas. « Comment ça va, avec Steve ? Tu as dit qu'il était de nouveau à Londres. » David fit une grimace et soupira :

« Je ne sais pas quoi penser, sérieusement. Il est parti pour une semaine. À cause de son travail, soi-disant, mais je sais que ce n'est qu'un prétexte. On pourrait dire que c'est exactement comme avant, sauf qu'à l'époque c'était moi qui allais le voir là-bas le plus souvent possible ; et maintenant, c'est lui qui y retourne dès qu'il le peut. »

La venue de Steve en Irlande du Nord et sa décision d'y rester était un sujet dans lequel Helen avait été impliquée. Au début de leur amitié, David lui avait avoué qu'il avait une histoire avec un homme à Londres, auquel il rendait souvent visite parce que cet homme avait trop peur de venir à Belfast. « Insiste, avait dit Helen. Il changera peut-être d'avis. » Et, finalement, Steve avait décidé de prendre le risque, le temps d'un week-end.

Mais David n'était pas aussi enchanté que Helen l'avait imaginé. « Et si ça ne lui plaît pas ? De voir des soldats partout, les casernes fortifiées, et tout et tout ; il va mourir de peur. Et s'il arrive quelque chose ? Je veux dire, si une bombe explose ou si la voiture se fait détourner ?

— Écoute, c'était ton idée, avait répliqué Helen. Trop tard pour reculer. Tout ce que tu peux faire, maintenant, c'est organiser cette visite le plus soigneusement possible, et espérer que tout se passera bien. »

Elle lui proposa son aide, si bien qu'ils se retrouvèrent pour discuter longuement de ce que Steve devait voir et ne pas voir, et de ce dont il devait être protégé à tout prix. Steve arriva un vendredi soir ; le samedi matin, Helen se rendit chez David pour lui être présentée.

« Comment ça se passe ? murmura Helen lorsque Steve fut sorti de la pièce.

— Formidable, jusqu'ici. Aucun problème, répondit David sur le même ton. Il n'a pas fait attention au poste de contrôle à l'aéroport et, une fois sur l'autoroute, on a foncé tout droit jusqu'en ville. J'ai eu de la chance : tu sais quelle merveilleuse soirée on a eue hier. Belfast Lough était comme du verre, le soleil éclairait les montagnes, on n'aurait pas pu faire mieux. Steve n'en revenait pas, à quel point c'était beau, et ça a compensé la laideur de la ville. Il dit qu'elle lui rappelle Manchester, et par bonheur il aime bien Manchester. Jusqu'ici tout va bien. Espérons que le temps ne se dégradera pas. »

Et le temps resta au beau fixe tout au long du week-end. David appela Helen à son travail le lundi pour annoncer que tout s'était passé conformément aux prévisions. Il avait emmené Steve dans les Mourne le samedi, et ils avaient déjeuné à Newcastle. À Belfast, il l'avait installé dans une alcôve du Crown, avec Guinness et huîtres à volonté.

« Et rien de ce qu'il a vu ne lui a fait perdre les pédales ?

— Non, mais il ne s'est pas rendu compte des efforts que je faisais pour qu'il en voie le moins possible. Nous avons aperçu quelques jeeps de soldats dans le centre, mais ça, il s'y attendait. En fait, il s'attendait à bien plus, à bien pire. Non, je pense que nous sommes en droit de parler d'un incomparable succès. »

Quelques semaines plus tard, David partait pour Londres. À son retour il passa chez Helen.

« Je ne sais pas comment te raconter ça, déclara-t-il, mais j'ai été victime de mon propre succès. Steve veut venir vivre ici.

— Que dire ? Félicitations ?

— Non ! s'écria-t-il. Ce n'est pas ce que je voulais, pas du tout. Je voulais simplement que cela lui fasse plaisir de venir de temps en temps.

— Il faut croire qu'il a aimé l'Irlande du Nord bien plus que tu ne t'y attendais. »

David la regarda comme si elle était devenue cinglée. « *Aimer*, Helen ? Comment aurait-il pu l'aimer ? Il ne l'a même pas vue. Roscoffs, le Crown et les montagnes de Mourne : comment peut-il se former une opinion à partir de ça ?

— Eh bien, dans ce cas, dit Helen après un instant de réflexion, il faut que tu le fasses revenir et qu'il y regarde à deux fois, n'est-ce pas ? » Elle sourit.

Steve revint quelques semaines plus tard. Ce jour-là,

lorsque David alla le chercher à l'aéroport, il ne regagna pas Belfast par l'autoroute, mais par la montagne de Divis, en passant par Turf Lodge et Falls Road, en lui montrant les casernes lourdement fortifiées et tout ce qu'il avait cherché à lui dissimuler précédemment. Il se gara devant le magasin de spiritueux au-dessus duquel travaillait Helen. « Un instant, dit-il en enfermant Steve à clef dans la voiture. Surtout, ne bouge pas. » Une patrouille de l'armée eut l'obligeance de passer à ce moment-là, et lorsque David revint, Steve paraissait inquiet à point.

Le samedi, il lui fit faire le trajet dans l'autre sens, jusqu'à Belfast Ouest, le guida dans l'étroit lacis de ruelles en lui montrant les fresques républicaines sur les murs d'angle dans le bas de Falls, puis il l'emmena à Shankill Road, où se trouvaient les peintures murales des loyalistes*. La « ligne de paix », hideuse structure de tôle ondulée et de fil de fer barbelé qui séparait les deux communautés, réussit apparemment à choquer Steve plus que tout le reste. Dans le cimetière de Milltown, David lui montra les nombreuses tombes de l'IRA, et la concession républicaine où étaient enterrés Bobby Sands et certains autres grévistes de la faim* ; et il lui fit voir comment l'homme armé qui avait attaqué un cortège funèbre, en 1987, avait pu pénétrer dans la partie basse du cimetière en passant par le « Village » loyaliste. Pendant tout le temps que David et Stephen passèrent dans le cimetière, un hélicoptère de l'armée resta suspendu au-dessus d'eux, et il pleuvait à verse.

« Ça n'a pas marché, dit David à Helen une semaine plus tard. Il est toujours aussi déterminé à venir vivre ici. » Steve était loin d'être bête. Il s'était déclaré choqué et déprimé par ce qu'il avait vu, mais il s'y attendait : il savait que sa première visite avait été peu représentative, au bas mot. « Sais-tu ce qu'il a dit ? "Ce qui me frappe, c'est que ce qui se passe ici est presque autant une histoire de classe qu'une histoire de religion." C'est rusé ça, non ? Et puis il a ajouté qu'il ne serait pas très exposé au conflit, dans mon quartier.

— Si je comprends bien, il n'a pas encore emménagé qu'il nous sert déjà le vieux refrain : "Là où je vis on est en sécurité, mais à tel et tel endroit on risque de se faire descendre à tout moment" ? »

David haussa les épaules : « On dirait. Et puis, il en a marre de Londres. Je soupçonne que c'est là un argument capital. Il a remarqué le niveau de vie élevé ici ; il a vu comment l'argent circule dans certains milieux. Il a été stupéfié par les prix de l'immobilier : on peut trouver quelque chose de vraiment bien pour une fraction de ce qu'on devrait payer n'importe où en Angleterre, sans même parler de Londres. Il dit qu'il ne supporte plus de passer des heures entassé dans le métro pour se rendre au travail chaque jour ; que Londres est devenu sale et dangereux. Non, Steve a décidé qu'il veut se sortir de là, et qu'il veut venir ici.

— Regarde l'aspect positif, alors, dit Helen : il va peut-être vraiment se plaire, mais David fit non de la tête.

— Il va s'ennuyer, affirma-t-il. Ce sera OK pendant un moment, et puis il commencera à regretter Londres, quoi qu'il en dise. Crois-moi, je le connais bien. Et comprends une chose : la chaîne de magasins de vêtements pour laquelle il travaille ouvre une succursale à Belfast, et ils ont besoin d'un directeur anglais. Comme tu peux t'y attendre, les gens ne font pas la queue pour poser leur candidature, ce qui signifie qu'il a vraiment de bonnes chances d'obtenir le boulot.

— Au fond, tu ne veux pas qu'il vienne ?

— Non, c'est juste que ça ne va pas marcher. Je le sais.

— As-tu jamais envisagé d'aller vivre à Londres ? »

Il lui jeta un regard incrédule : « Tu plaisantes ou quoi ? Et mon boulot ? Et s'ils m'envoyaient couvrir... je ne sais pas, moi... des conneries comme la conférence du Liberal Democratic Party ? Tu *imagines* ? Quel ennui ! »

Et ainsi Steve emménagea à Belfast. David ne s'était trompé que sur un point : le temps que mettrait l'effet de nouveauté à s'émousser. Steve résista six bons mois avant de commencer à maugréer, plus encore avant de refaire des voyages à Londres.

« Il s'est passé quelque chose ? demandait Helen à présent, pendant le dîner, et David secoua la tête.

— Non, c'est exactement ce que j'avais prévu. Je ne sais pas ce qui va arriver maintenant. Ou peut-être que si, je le sais, et c'est ça le problème. » Helen lui versa un autre verre de vin. Il tordait le bord d'un set de table en osier, le déformant complètement, et il paraissait si malheureux que, pour une fois, elle ne fit pas de commentaire. « C'est terrible, s'excusa-t-il. Je pensais que j'étais venu ici pour te remonter le moral. Écoute, il y a un documentaire à la télévision ce soir pour le vingt-cinquième anniversaire du début des Troubles. Nous devrions le regarder ; ça va nous mettre de bonne humeur. »

Et ce fut étrangement le cas : ils regardèrent, partagés entre le chagrin et l'hilarité, les vieux films en noir et blanc des défilés et des émeutes. Les jeunes femmes portaient des minijupes et de longs cheveux raides ; les femmes plus âgées avaient toutes la tête couverte d'un foulard.

« Ça paraît tellement démodé, je n'arrive pas à y

croire, s'exclama Helen. On ne mesure pas à quel point les choses ont changé avant d'avoir vu ça.

— Mais on voit aussi comment cela a commencé », répliqua David. Les gens sur l'écran paraissaient épuisés et soumis à rude épreuve : ils semblaient trop effrayés, trop intimidés pour représenter jamais une menace, et David et Helen imaginaient bien le choc que cela avait dû être quand leur patience avait cédé enfin.

« Quelle est, selon toi, la plus grande différence entre alors et maintenant ? » demanda Helen.

David répondit sans hésiter : « C'est nous, la classe moyenne cultivée catholique. Je ne pense pas que quelqu'un l'ait vraiment anticipé, ou ait réfléchi aux implications, mais cela aurait dû être facile à prévoir.

— Les gens comme eux, dit-elle en montrant l'écran, n'auraient jamais pu croire que leurs enfants s'en sortiraient si bien, si vite.

— Certains enfants, la corrigea-t-il.

— Je me souviens encore, à l'école, de la manière dont les bonnes sœurs nous serinaient : "Travaillez dur, les filles, car vous avez plus à donner à la société que vous ne le pensez. Nous avons besoin de nos docteurs, de nos infirmières et de nos professeurs d'université catholiques ; de nos avocats et de nos fonctionnaires catholiques." On te disait la même chose, à toi ?

— Bien sûr. Il y avait beaucoup plus de pression dans ce sens-là que dans la voie de l'Église. Et cela a fait toute la différence, de même que la campagne de l'IRA a fait beaucoup plus pour changer les attitudes que la plupart des gens ne sont prêts à l'admettre. »

Les images sur l'écran attristaient Helen. Cela avait été ainsi, et pourtant non : elles ne racontaient qu'une partie de l'histoire. Elle se rappelait l'austérité, même si elle n'en avait pas eu conscience à l'époque, et elle se demanda comment on parvenait jamais à l'essence des choses, de son époque, de sa société, de soi-même. Il lui parut étrange soudain que, de toute sa famille, elle, dont la vie était soi-disant consacrée à administrer la justice, fût la seule à ne pas y voir un fait spirituel, la seule peut-être à ne pas y croire du tout. L'émission n'était pas finie, mais elle sentit qu'elle ne supporterait pas d'en regarder davantage.

Ils choisirent une vidéo et finirent le vin. David partit vers minuit, en promettant de la rappeler en fin de semaine.

6

En grandissant, Sally continuait d'être frêle, faible et beaucoup moins assurée que ses deux sœurs. Les saignements de nez dont elle souffrait se produisaient encore par intermittence, mais les médecins affirmaient qu'ils ne pouvaient rien y faire. Selon eux, ce n'était pas grave, et cela disparaîtrait dans un an ou deux. Mamie Kate s'intéressait beaucoup à cette question, comme à tout ce qui touchait ses petits-enfants. Elle persuada Charlie de les conduire, Sally et elle, jusqu'au monastère de Portglenone, afin de demander aux moines de prier pour Sally. Kate et Helen n'étaient pas de l'excursion, à leur grand dépit. Sally revint, l'air effrayé et fier, tenant un livre de prières que mamie lui avait acheté au monastère. Elle rapportait aussi des médailles bleues pour ses sœurs, qu'elles suspendirent aux chaînes déjà surchargées qu'elles portaient autour du cou. Quelque temps plus tard, mamie entendit parler d'une personne à Ardboe qui connaissait un remède contre les saignements de nez ; elle expliqua à Emily et à Charlie qu'il fallait y conduire Sally. Cette fois, Helen et Kate insistèrent bruyamment pour les accompagner et, à leur grande surprise, leur père et leur mamie n'y virent pas d'inconvénient.

Mamie avait réussi à obtenir le numéro de téléphone de la guérisseuse, et avait appelé celle-ci pour s'assurer qu'elle serait là dans la soirée, parce que, disait-elle, cela n'aurait pas de sens de faire toute cette route pour rien. La femme avait donné aussi des indications précises à mamie pour trouver sa maison, qui se révéla être une petite bâtisse quelconque, avec un toit de tôle, cachée au bout d'une allée pleine d'ornières. « Vous restez ici sagement, vous deux », dit leur papa sur un ton qui signifiait à Helen et à Kate qu'il ne servait à rien de discuter. Il accompagna Sally et mamie jusqu'à la maison, qui les engloutit.

Les minutes s'égrenèrent comme des heures, comme toujours quand on devait attendre dans la voiture. Kate tripotait les serrures des portières en marmonnant : « Je parie qu'elle n'a rien. Je parie qu'elle a juste découvert un moyen de saigner du nez quand ça l'arrange, pour qu'on s'occupe d'elle. Tu as remarqué que ça lui arrive toujours pendant les leçons de calcul, à l'école, ou bien quand on est tous prêts à aller à la messe, ou à d'autres moments du même genre ? Ça ne lui prend jamais chez oncle Brian, quand on est tous là à regarder le film du dimanche après-midi à la télé, ni à la maison, quand maman nous fait du pain perdu, et jamais, jamais chez mamie Kelly, parce que Sally sait bien qu'elle deviendrait folle si on se mettait à saigner sur son canapé. » Elles regardèrent quelques poules faméliques qui picoraient misérablement près de la porte de la maison. Pendant cinq minutes elles ne dirent plus rien, et le silence fut aussi profond qu'à l'église. « Je parie qu'on est là depuis plus d'une heure, soupira Kate.

— Je me demande ce que la femme est en train

de faire à Sally », ajouta Helen avec satisfaction. Elles savaient vaguement en quoi consistaient ces remèdes. On racontait que le frère de mamie Kate avait une recette contre les entorses et les foulures ; il s'agissait entre autres d'envelopper le bras ou la jambe blessés dans du lin et de réciter des prières spéciales, mais elles avaient entendu parler d'autres remèdes plus intéressants, plus spectaculaires : un traitement contre les orgelets à base d'épines de groseille à maquereau, et un autre contre le zona, où l'on devait prendre dans le feu deux bouts de bois enflammés et les tenir en forme de croix. Elles firent passer le temps jusqu'au retour de Sally en imaginant les traitements auxquels la femme était peut-être en train de la soumettre, à base de bouses de vache, d'orties, d'œufs crus et ainsi de suite, en riant comme des folles aux idées qui leur venaient.

La guérisseuse paraissait aussi peu extraordinaire que la maison dans laquelle elle vivait : elles l'aperçurent au moment où Sally, mamie et leur père prenaient congé car elle les avait raccompagnés jusqu'à la porte. Helen et Kate voulurent à tout prix savoir ce qu'elles avaient raté : « Qu'est-ce qu'elle t'a fait ? Qu'est-ce qu'elle a dit ?

— Je n'ai pas le droit de raconter, fit Sally d'un air avantageux, sinon le remède ne marchera pas.

— Qu'est-ce je te disais ! » s'écria Kate.

Mais la soirée ne fut pas aussi décevante qu'elle l'avait semblé au début, parce que leur papa s'arrêta à une station-service pour faire le plein et, lorsqu'il ressortit après avoir payé, il tenait un grand sac de papier kraft rempli de chips et de chocolats qu'il fit passer sur la banquette arrière sans aucune des conditions ou des recommandations dont leur mère aurait assorti ce geste. Il déballa un paquet de Senior Service de son enveloppe de cellophane et alluma une cigarette, en plissant les yeux d'une manière que Helen adorait. Elle s'était promis qu'elle commencerait à fumer dès qu'elle serait en âge de le faire, mais se gardait bien d'en parler à qui que ce soit. Elle aimait l'odeur de l'allumette brûlée lorsque son père l'agitait pour éteindre la flamme.

Ensuite, mamie Kate proposa qu'ils fassent un détour pour voir la Vieille Croix d'Ardboe, non loin de là : ce serait dommage d'avoir fait tout ce chemin sans lui rendre visite, surtout par une soirée aussi belle. « Y êtes-vous déjà allées ? demanda-t-elle aux enfants.

— Oui, mais on aimerait beaucoup y retourner », répondit Kate.

Alors, au lieu de rentrer directement à la maison, ils empruntèrent une série de routes étroites bordées de grandes haies. Leur papa arrêta la voiture tout à côté de la haute croix, qui était entourée d'une grille. Elle était si usée que certaines des scènes bibliques gravées dans la pierre ne se distinguaient plus qu'à peine. Leur père leur montra, en les nommant, Adam et Ève, les noces de Canaan, le Jugement dernier. Ce n'était pas grave qu'on ne puisse pas bien voir les images, pensa Helen : la présence de la croix suffisait. La pensée qu'elle était restée là pendant tous ces siècles l'émerveillait presque autant qu'elle émerveillait et enchantait son père. Il aimait l'Histoire, et il en parlait toujours. Oncle Brian en parlait beaucoup, lui aussi, mais Helen n'aurait jamais dit de lui qu'il l'aimait. Il y avait une différence, même si elle ne savait l'expliquer ou la définir. Son papa trouvait fascinant de penser aux gens qui avaient vécu des centaines, voire des milliers d'années plus tôt, à l'endroit où lui-même vivait à présent ; il y avait là, dans cette étrange combinaison de proximité et de distance, quelque chose qui enflammait son imagination. Un jour il les avait emmenées voir la tête d'élan retrouvée près de Toome bien des années auparavant : une chose grise et osseuse qui les avait fait mourir de peur, avec ses bois massifs et ses orbites creuses. « Vous imaginez un truc pareil se baladant dans le coin ? N'est-ce pas formidable ? » Helen n'avait jamais oublié le sanglot d'excitation dans sa voix. « Le monde n'est-il pas un endroit merveilleux ! » De temps à autre, le journal annonçait qu'un fermier avait découvert quelque chose sur ses terres : une épée de Viking, un bocal de pièces de monnaie, ou même un canoë de l'âge de fer enfoui dans le sol, et il attirait toujours leur attention là-dessus, leur lisait l'article à haute voix. « Tu voudrais que cela t'arrive à toi aussi ? » demandait leur maman, et il répondait toujours : « Je mourrais heureux, pour sûr. »

Ils franchirent le portail du cimetière qui s'étendait derrière la croix. Il y avait là une petite église en ruine, et le cimetière proprement dit surplombait la grande étendue du lac. C'était une soirée chaude et poisseuse, et mamie Kate s'éventait pour chasser les moucherons qui bourdonnaient autour d'elle. « Il fait terriblement lourd, non ? se plaignit-elle. Cela ne m'étonnerait pas qu'on ait bientôt un orage. » Le ciel immense était rempli de nuages bleu sombre et, malgré l'heure tardive, une lumière intense, étrange, illuminait encore les arbres et les vaches noir et blanc qui broutaient dans une prairie en contrebas du cimetière. En entendant leurs voix, les vaches levèrent lentement la tête, puis traversèrent pesamment la prairie pour voir ce qui se passait.

Charlie fouilla dans la poche de sa veste et en tira une poignée de pièces de monnaie. Il leur donna un penny chacune pour qu'elles l'enfoncent dans l'arbre qui se dressait au bout du cimetière. De loin, l'arbre paraissait assez ordinaire, peut-être un peu rabougri, mais en approchant, on voyait bien que le tronc comportait presque plus de métal que de bois, parce que les gens y avaient fiché des pièces, des épingles et des clous. Leur papa les aida à tour de rôle à trouver un endroit où enfoncer leur penny. Ce n'était pas difficile, le bois de l'arbre étant assez tendre.

« N'oubliez pas de faire un vœu, dit mamie.

— Je vais faire le vœu que le nez de Sally ne guérisse pas pour qu'on ait encore plein de jolies excursions comme celle-ci, plaisanta Kate.

— Eh bien, espèce de petit singe effronté ! », s'exclama mamie, mais elle riait, même si elle essayait de le cacher.

De retour dans la voiture, Kate entreprit de soudoyer Sally avec des Smarties pour lui faire avouer en quoi avait consisté le remède, pendant que Helen écoutait la conversation des adultes.

« Brian m'a priée de ne pas oublier de te demander si tu veux aller avec lui à la manifestation de samedi, dit mamie.

— Quelle manifestation ?

— La marche pour les droits civiques qui doit avoir lieu à Coalisland. Je croyais qu'il t'en avait déjà parlé.

— Oui, maintenant que tu me le dis, je me souviens qu'il m'en a touché deux mots il y a quelque temps. Peter y va ?

— Tu plaisantes ? »

Leur papa resta silencieux un moment, avant de répondre : « Bah, je ne sais pas. Crois-tu que cela servira à quelque chose ?

— En tout cas, ça ne fera pas de mal, répliqua

mamie. J'aurais cru que tu avais un peu plus de nerf, Charlie. J'y serais allée moi-même si j'avais été plus jeune. Quand on pense à ce que les gens endurent dans ce pays, on se dit qu'il faut bien commencer quelque part si on veut leur faire comprendre qu'on en a assez.

— Tu as sans doute raison. Dis à Brian que j'irai avec lui. »

Mais, en fin de compte, il n'y alla pas, parce que l'une des vaches était tombée malade. Il veilla auprès d'elle toute la nuit du vendredi au samedi, et il fallut appeler le vétérinaire deux fois. Lorsque Brian s'arrêta à la maison pour prendre son frère, sur le chemin de Coalisland, Charlie se contenta de secouer la tête. « Marcher ? Je m'effondrerais sur-le-champ, tellement je suis épuisé. Mais la prochaine fois j'irai, c'est sûr. »

Le dimanche, lorsque les sœurs se rendirent chez Brian, leurs cousins Johnny et Declan ne parlaient que de la marche. « C'était génial. On s'est tous assis sur la route et on a chanté des chants rebelles. La police ne pouvait rien faire pour nous en empêcher. Demandez à votre papa de vous emmener la prochaine fois. »

L'été toucha à sa fin, l'école reprit, et les saignements de nez de Sally aussi. Helen et Kate étaient gênées lorsqu'on venait les chercher en classe ; elles redoutaient le moment où une fillette apparaîtrait à la porte en disant : « S'il vous plaît, mademoiselle, Sally Quinn a encore un problème et elle a besoin d'une de ses grandes sœurs. »

« Et alors il faut aller dans sa classe et on la trouve par terre sur un tapis dans le cagibi comme une idiote, expliquait Helen à leur mère.

— Je n'y peux rien, pleurnichait Sally.

— Oh que si ! » protesta Kate un matin, alors que leur mère avait décidé de garder Sally à la maison après un saignement de nez, le lundi d'abord, puis à nouveau le mardi. Toute cette semaine-là, pendant que Helen et Kate devaient avaler leur petit déjeuner à toute allure et partir à l'école en emportant quelques sandwiches au fromage, Sally se glissait dans le lit encore chaud de ses parents, où elle roupillait et rêvassait tranquillement jusqu'à midi. Elle se levait à l'heure du déjeuner et passait l'après-midi à jouer avec les chatons dans la cour, à aider sa mère à faire de la pâtisserie, ou simplement à colorier, assise à la table de la cuisine. Elle ne saigna pas du nez une seule fois au cours de ces journées, et pas davantage pendant le week-end, mais, le lundi suivant, alors qu'elles se levaient pour aller à l'école, Helen et Kate entendirent Sally geindre : « Je ne me sens pas bien, maman. »

Kate, encore en pyjama, se précipita dans l'autre chambre. « Si elle ne va pas à l'école, alors Helen et moi on n'y va pas non plus, parce que c'est injuste. » Leur mère prit la défense de Sally, mais leur père intervint en disant qu'elles iraient à l'école toutes les trois, et qu'il ne voulait plus entendre de bêtises. Sally protesta un peu, mais elle savait, et sa maman aussi, que dans la mesure où son père ne se mêlait presque jamais de ce genre de chose il n'y avait pas à discuter. Kate souriait pendant qu'elles montaient toutes les trois en voiture, y compris Sally avec son cartable et ses tartines. « Et si tu ne te sens pas bien, ne demande pas qu'on vienne nous chercher, Helen ou moi, parce qu'on ne viendra pas. »

Sally se porta bien ce jour-là, et au cours des semaines suivantes elle se montra, comme disait oncle Peter, « fraîche comme un gardon ».

Une autre manifestation était annoncée ; cette fois, elle devait avoir lieu à Derry. À la maison, on ne parlait plus que des droits civiques, et leur père déclara qu'il ne manquerait pas cette manifestation, « même si toutes mes bêtes devaient tourner de l'œil la nuit d'avant ». Les Apprentis* prévoyaient une contre-manifestation pour le même jour, si bien que toutes deux avaient été déclarées hors la loi, ce qui rendait encore plus important pour tout le monde d'y aller, bien sûr. Les filles réclamèrent à grands cris le droit d'y participer, elles aussi, mais leurs parents ne voulurent pas en entendre parler.

« Vous êtes trop petites, insista leur père. S'il y avait du grabuge et que vous soyez blessées, même un tout petit peu, même si vous en étiez quittes pour la peur, je ne me le pardonnerais jamais.

— Mais Declan et Johnny y vont.

— Peut-être, mais pas Una. » Cela n'expliquait et n'excusait rien aux yeux de Helen et Kate, au contraire.

« J'en ai assez d'être petite, déclara Helen. Quand je serai grande, je ferai tout ce que je voudrai ! »

Pour les consoler, mamie proposa de les emmener en excursion : « Nous irons au Puits Sacré, dit-elle.

— Comment on va y aller ?

— À pied.

— Mais c'est à des kilomètres ! On n'y arrivera jamais ! »

Mamie éclata de rire : « Bien sûr que si, vous vous imaginez seulement que c'est loin. Sûr que si vous alliez à la manifestation, vous devriez marcher au moins autant, peut-être même plus. »

Kate ne paraissait pas convaincue : elle avait cru voir mamie sourire. « Vous savez quoi ? Je vais demander à Peter de venir nous chercher en voiture, comme ça vous ne devrez pas faire tout le chemin du retour à pied. »

La promenade se révéla beaucoup plus agréable qu'elles ne l'auraient cru, et elles flânèrent le long des routes, qui montaient et descendaient en serpentant ; des routes bordées de haies dans leur parure d'automne, couvertes de baies brillantes. L'herbe haute et drue des talus était mouillée lorsqu'elles y montaient pour éviter les voitures et les tracteurs qui passaient de temps à autre. Les gens les saluaient de la main, même ceux qui ne les connaissaient pas, et mamie Kate leur répondait. Un tracteur les dépassa, conduit par un jeune homme aux cheveux épais et noirs.

« C'est Tony, le grand frère de Willy Larkin, expliqua Kate. Willy affirme que quelqu'un a vu un homme mystère dans les bois derrière l'école, la semaine dernière. Avec un grand manteau sombre et un chapeau noir. Mais, à la place du visage, il n'y avait qu'un trou.

— Est-ce que Willy a vu cet homme de ses propres yeux ? demanda mamie, et Sally lui serra la main plus fort.

— Non, quelqu'un lui en a parlé, et il me l'a répété.

— Si tout le monde sait qu'il rôde dans les bois, comment peut-il être un tel mystère ?

— Je ne sais pas. » Kate était déçue que mamie ne prît pas au sérieux cette histoire : pour sa part, elle avait eu un frisson de peur très agréable en imaginant la silhouette sombre et sans visage.

« S'il n'avait pas de visage, il passerait son temps à trébucher, non ? Comment verrait-il où il met les pieds ? Comment mangerait-il, s'il n'avait pas de bouche ?

— Je ne sais pas, peut-être qu'on ne pouvait pas voir son visage, simplement », répondit Kate, plus très sûre d'elle à présent.

Helen n'écoutait qu'à moitié : elle pensait encore à Tony Larkin, à quelque chose qu'il avait fait lors de la fête foraine, pendant le dernier tournoi de football, au début de l'été, et qui l'avait troublée, car elle n'avait pu en comprendre la raison.

Elles allaient toujours à la fête foraine au moins une fois. En général, c'était leur papa qui les y emmenait, et il leur distribuait des poignées de monnaie pour jouer aux machines à sous ou pour payer la femme qui tenait le stand du jeu d'anneaux, celle qui ressemblait à une reine africaine avec ses bras chargés d'anneaux de bois du poignet jusqu'au-dessus du coude. Elles montaient sur les balançoires ou dans les autos tamponneuses. Helen aimait le vacarme, l'excitation : le bruit du grand générateur qui commandait les attractions, les cris et les hurlements des gens, la musique assourdissante. Il y avait des lumières crues, tapageuses, des camionnettes où l'on vendait des glaces, des boissons gazeuses et des frites, et une grande tente où avait lieu un bal pour les adultes, tard dans la soirée. D'habitude, Helen n'aimait rien tant que la fête, mais cette fois-ci, elle se sentait un peu mal à l'aise, parce que oncle Peter était là et se promenait en titubant, le col d'une bouteille émergeant de la poche de son pardessus. À un moment, elle s'aperçut que son papa allait le voir et lui parlait sérieusement, comme s'il essayait de lui expliquer un détail difficile. Elle remarqua à quel point ils se ressemblaient. C'était comme si son papa avait deux personnalités, et celui qui était bon et sobre essayait de convaincre celui qui s'enivrait toujours de changer ses habitudes. Oncle Peter ne voulait rien écouter. Pour finir, elle le vit repousser le bras que lui tendait son père et s'éloigner d'un pas mal assuré. Elle joua aux anneaux un moment avec ses sœurs. Plus tard, elle vit oncle Peter aux prises avec une bande de garçons qui l'agaçaient, se moquaient de lui. Helen était furieuse et triste à la fois, mais ne pouvait rien faire pour l'aider. Elle se détourna. Sally et Kate étaient montées dans les autos tamponneuses, et elle les regardait lorsque son papa la rejoignit et la prit à part pour que ses paroles ne soient pas noyées sous la musique.

« Je dois ramener oncle Peter à la maison, dit-il en lui fourrant quelques pièces dans la main. Surveille les deux autres jusqu'à mon retour. Achetez-vous des glaces, ou ce que vous voudrez. Je vais faire le plus vite possible. » Elle se retourna pour le suivre du regard, jusqu'à l'endroit où était assis oncle Peter, sur le sol mouillé, derrière la camionnette d'un marchand de frites. Il avait les bras autour des genoux et la tête dans les bras, comme s'il voulait dormir. Helen vit son père l'aider à se mettre debout et le conduire hors du champ où se déroulait la fête jusqu'aux voitures garées sur la route.

Lorsque Sally et Kate descendirent des autos tamponneuses, Helen ne s'étendit pas sur les raisons du départ de leur père. Elle leur acheta un cornet de glace chacune et offrit à ses sœurs un tour de soucoupes volantes. Elle resta un moment à les regarder, tandis qu'elles tourbillonnaient en hurlant, puis elle se retourna vers les balançoires, juste à côté. Il y avait surtout des enfants, mais la dernière nacelle était occupée par Tony Larkin et une fille blonde du même âge que lui, dont Helen ignorait le nom, mais qu'elle reconnaissait vaguement pour l'avoir vue à l'église le dimanche. Tony venait de quitter l'école, cela voulait dire qu'il était adulte.

Il paya l'homme des balançoires, qui rangea l'argent dans une bourse en cuir suspendue à son cou avant d'amorcer le mouvement de la nacelle d'un geste brusque. Tony et la fille tiraient sur les cordes de toutes leurs forces pour amplifier le balancement, puis ils se levèrent tous les deux et, pliant les genoux, se servant de tout le poids de leurs corps, ils firent monter la nacelle de plus en plus vite, de plus en plus haut. Helen n'était plus seule à les observer : les gens tout autour s'étaient interrompus dans leurs occupations pour voir la balançoire monter jusqu'à une hauteur vertigineuse, au point qu'on avait l'impression que le couple allait tomber. Puis, soudain, elle plongeait et remontait de l'autre côté, aussi haut. Chaque fois, elle semblait s'immobiliser quelques secondes à son point culminant, et cette pause lui conférait un rythme lent, étrange, malgré les plongées abruptes entre l'un et l'autre sommet. La musique jouait encore, mais une sorte de silence était descendu sur le champ, tandis que les gens s'immobilisaient et les regardaient, en se demandant comment cela allait finir. Le propriétaire des balançoires voulut les arrêter, mais la nacelle montait trop haut, trop vite. Il essaya de soulever la planche qui aurait suffi en temps normal à l'immobiliser, mais là, c'était trop dangereux : la planche lui sauta des mains, et il dut attendre que le couple ralentisse et s'arrête de son propre gré.

Tony aida la fille à descendre. Quelqu'un rit, quelqu'un siffla, quelqu'un marmonna, à côté de Helen : « Garce insolente. » La fille blonde, qui passait à ce moment-là, l'entendit et rougit, sans se départir d'un air de défi cependant, puis Helen la vit tourner anxieusement la tête à la recherche de Tony. Helen ne comprenait pas pourquoi la scène dont elle venait d'être témoin lui faisait cet effet-là ; elle se sentait toute bizarre, confuse. Elle savait seulement qu'elle voulait son père, et lorsqu'elle l'aperçut soudain, qui franchissait le portail et revenait dans le champ, elle courut vers lui et enfouit son visage dans sa veste.

Aujourd'hui encore, alors qu'elle marchait avec ses sœurs et sa grand-mère, elle regrettait que son père ne fût pas avec elles. Elle n'appréciait pas autant les excursions quand il n'était pas là. Il aimait ce genre d'endroits, il les comprenait. La veille encore, il leur avait raconté que, lorsque mamie Kate était petite, elle y était allée en pèlerinage avec sa mère, en autocar décapotable depuis Magherafelt, et que les gens venaient de loin, chaque année, pour le visiter. « Imaginez-les quand vous y serez », avait-il dit. Il leur avait aussi parlé du puits, en affirmant qu'il contenait des pierres censées protéger de la noyade, et que les personnes obligées d'émigrer en Amérique voulaient toujours emporter avec elles l'une de ces pierres. Mais c'était oncle Peter qui lui avait appris qu'il s'agissait d'un lieu de culte païen que les chrétiens avaient simplement repris à leur compte, en faisant croire qu'il leur appartenait.

Le puits était entouré d'une grille, et ombragé par un noisetier auquel étaient accrochés des chiffons et des mouchoirs. Helen se souvint des paroles d'oncle Peter : il régnait autour du puits une atmosphère étrange, qui ne ressemblait en rien à la paix profonde et calme d'une église vide ; une atmosphère puissante, farouche, secrète en quelque sorte. Mamie Kate sortit quelques chiffons de coton propres qu'elle avait emportés dans son sac et leur en donna un chacune, en leur disant de le plonger dans l'eau du puits et de se signer avant de l'attacher à l'arbuste. Elle aida Sally et lui tapota le nez avec le chiffon humide avant de ployer une branche de l'arbre pour qu'elle puisse y attacher son chiffon.

« Qu'est-ce qu'on s'amuse ! » s'exclama Kate, mais Helen se rendit compte qu'elle se sentait idiote. Elle accomplissait cet acte étrange parce qu'on lui avait dit de le faire, mais elle n'en comprenait pas l'utilité. Dieu guérirait-il vraiment les saignements de nez de Sally sous prétexte que Notre-Dame le lui demandait, parce que Sally l'avait demandé à Notre-Dame avant d'attacher un bout de chiffon mouillé à un arbuste ? Avant de partir, mamie les fit mettre en cercle et réciter une prière toutes ensemble, les mains jointes.

Elles se promenèrent au bord de l'eau en attendant qu'oncle Peter vienne les chercher. Elles se trouvaient juste au bord du Lough Neagh, et de cet endroit on voyait l'immense nappe d'eau plus nettement que de chez elles ; on distinguait jusqu'à la rive opposée du lac, au loin. Elles regardèrent les Sperrins et Slieve Gallion qui se dressait à l'horizon, et elles pensèrent à leur père, qui participait à la manifestation à Derry. Helen regrettait encore de n'avoir pu l'accompagner.

Mais, de retour à la maison, elles apprirent que la manifestation ne s'était pas déroulée dans le calme. Il y avait eu des émeutes, Brian et leur père n'étaient toujours pas rentrés, et elles virent bien à quel point leur mère était inquiète, même si elle s'efforçait de n'en rien laisser paraître. La police avait arrêté les manifestants et chargé à la matraque. À la télévision, elles découvrirent des images de foule en noir et blanc, de gens en train de courir, le visage et la chemise en sang ; d'hommes qu'on traînait par les cheveux, ou qu'on battait alors qu'ils étaient à terre. Elles virent l'un des organisateurs plaider pour le retour au calme et à la raison, et il n'avait pas fini de parler qu'il fut frappé au ventre d'un coup de matraque. Après cela, Emily ne pouvait plus cacher son angoisse. Lorsque enfin elles entendirent une voiture s'arrêter devant la maison, elles se précipitèrent dehors, à sa rencontre.

« Ça n'a pas de sens, ce qui s'est passé aujourd'hui, leur dit-il, furieux et bouleversé. Ils ont frappé comme des brutes. » Il leur expliqua qu'ils avaient pris du retard parce que Brian avait reçu un vilain coup au visage et qu'ils avaient décidé de l'emmener à l'hôpital, au cas où il aurait eu besoin de points de suture. Ils avaient dû attendre longtemps, en raison du grand nombre de blessés, et puis il avait fallu retourner à l'endroit où était garée la voiture. Il était content qu'on ait montré les images à la télévision. « Cela les aurait arrangés qu'on n'en parle pas. »*

D'autres manifestations pour les droits civiques eurent lieu à Belfast, cette année-là, dont certaines organisées par les étudiants de l'université. Charlie et Brian n'y participèrent pas, mais on ne parlait plus à la maison que des droits civiques, et de la nécessité d'un changement. Les enfants ne comprenaient pas tout ce qui se disait. Une phrase revenait sans cesse : « Encore un effort, vieux cheval, et tu auras de l'herbe*. »

Le jour de Halloween, leur papa les conduisit chez Brian pour célébrer la fête avec leurs cousins, comme chaque année. Lorsqu'il monta en voiture et qu'il vit, en se retournant, les trois petites sorcières assises sur la banquette arrière, il éclata de rire. Elles étaient coiffées de chapeaux en papier, des chapeaux pointus décorés de lunes et d'étoiles : il les avait achetés lui-même, chez McGovern. Toutes trois portaient les masques qu'elles avaient fabriqués aux travaux manuels, à l'école. « J'ai failli mourir de peur », déclara-t-il en démarrant.

Les enfants couraient en hurlant autour du feu de joie que leur avait préparé oncle Peter ; Helen se sentait à la fois effrayée et excitée par les lueurs qui illuminaient le visage noirci de ses sœurs et de ses cousins. Il y avait aussi des feux d'artifice : des chandelles romaines, des soleils, des feux de Bengale et des fusées. Les lumières colorées ondoyaient brièvement comme des liquides magiques quand oncle Peter allumait la mèche, et les enfants se bouchaient les oreilles à cause du bruit. Après coup, on ne pouvait se rappeler exactement ce qu'on avait vu. Quelque chose dans la nature des fusées faisait que c'était impossible, jusqu'à ce que la suivante fût mise à feu. Plus tard, ils se replièrent dans l'arrière-cuisine. Tante Lucy remplit d'eau une bassine en zinc où flottaient des pommes jaunes qu'ils devaient essayer d'attraper entre les dents. Elle versa de grands tas de farine sur des assiettes, en plaçant au sommet un caramel enveloppé qu'ils devaient saisir sans les doigts. « Salissez-vous autant que vous le voulez », dit-elle avec indulgence ; ils ne se firent pas prier.

Quand ils en eurent assez de ce jeu, ils allèrent à la cuisine où mamie était assise près du fourneau. Elle éclata de rire en les voyant : « Regardez-moi ce spectacle ! » On leur donna du thé fort et sucré, des tranches de pain aux raisins beurrées ; il y avait aussi des bols de cacahuètes, et des oranges ; et une tourte aux pommes faite par mamie, dans laquelle elle avait caché des pièces de monnaie.

« J'ai toujours adoré Halloween, commença mamie. Je me souviens d'un jeu auquel je jouais – j'étais plus âgée que vous – pour savoir qui j'épouserais. » Elle leur raconta qu'un soir, alors qu'elle avait seize ans, elle était assise devant un miroir et se peignait les cheveux tout en mangeant une pomme. « L'idée de ce jeu, c'était qu'au premier coup de minuit le visage de l'homme qu'on allait épouser apparaîtrait dans le miroir.

— Ça ferait tellement peur, mamie ! s'exclama Una. Ce serait comme de voir un fantôme.

— Ce serait pire de ne rien voir du tout, rétorqua Kate. Imagine la déception ! Ne pas savoir si cela veut dire qu'on ne se mariera jamais, ou simplement que le jeu n'a pas marché.

— Oh, j'ai bien vu quelque chose », affirma mamie. Elle leur raconta qu'un visage était apparu dans le miroir : vaguement d'abord, comme dans un brouillard, mais peu à peu, il avait gagné en netteté, jusqu'au moment où elle avait eu l'impression qu'une personne en chair et en os se tenait derrière elle, se penchait par-dessus son épaule et lui souriait dans le miroir. « J'aurais juré sur tout ce que j'avais de plus cher qu'en me retournant je l'aurais trouvé là, debout près de moi : mais je n'ai pas osé bouger, bien sûr.

— Je serais morte sur le coup ! » s'écria Una. Helen remarqua qu'elle avait les yeux si écarquillés qu'on voyait un bord blanc autour du bleu de ses iris.

« Moi, je lui ai jeté un bon coup d'œil, poursuivit mamie. Je voulais être sûre de le reconnaître lorsque je le rencontrerais dans la vie. Mais cela n'a pas été si simple. »

Ils connaissaient déjà l'histoire de la rencontre de mamie et papy : elle travaillait chez un marchand de nouveautés de Magherafelt, et il était entré un jour, à la recherche d'une veste. Elle leur avait raconté cette histoire tant de fois qu'ils avaient une vision très nette de la boutique : la pénombre, le haut comptoir en bois, l'odeur de la laine, le grand livre dans lequel elle devait noter tous les achats. Mais c'était difficile d'imaginer mamie et papy jeunes, avec l'allure qu'ils avaient sur les photographies encadrées du salon : mamie avec ses cheveux relevés sur la tête en un chignon extravagant, et papy en jeune garçon, frêle et timide.

« Il y avait au-dessus de la porte une petite clochette, si bien qu'en l'entendant tinter, même quand on était dans l'arrière-boutique, on savait qu'un client venait d'entrer. Je me souviens bien aussi du premier jour où Francis est entré. Il voulait une veste en tweed, et au moment où il pénétrait dans la boutique en faisant tinter la clochette, je venais de remettre en magasin une veste qui correspondait exactement à ce qu'il cherchait. Mais je savais que, si je la lui vendais, il ne reviendrait peut-être jamais. Alors, je lui ai apporté trois vestes à essayer, en sachant très bien qu'il flotterait dedans. Mon Dieu, je le vois encore, avec les manches qui lui arrivaient au bout des doigts. Alors, j'ai affirmé qu'on en recevrait bientôt, et que le mieux était qu'il repasse à l'occasion, lorsqu'il serait en ville. "Je viens toujours le mercredi", a-t-il dit. Alors, le mercredi suivant, j'ai caché toutes les vestes à sa taille, et je lui ai dit qu'elles n'étaient toujours pas arrivées. Je me souviens encore de son sourire quand je lui ai dit ça. "Je reviendrai la semaine prochaine alors." Le mercredi suivant, de nouveau j'enlève de la boutique toutes les vestes à sa taille. Onze heures du matin, Francis passe la porte, et nous nous penchons sur les cintres. Mais j'en avais oublié une ! À la cinquième veste, ne voilà-t-il pas que l'étiquette indique exactement la taille qu'il lui fallait ! Il la regarde, puis il me regarde, puis il passe à la veste suivante, et ainsi de suite jusqu'au bout de la rangée. "Rien, a-t-il soupiré en arrivant à la fin. On dirait que je suis condamné à revenir chaque semaine. Mais ce n'est pas un grand sacrifice." À ce moment-là, conclut mamie Kate, j'ai su que j'avais gagné !

« Mais voici la partie inquiétante de l'histoire, poursuivit-elle. Un soir, alors que nous étions mariés depuis quelques années, j'étais assise devant le grand miroir qui se trouve dans cette maison encore aujourd'hui, et je me peignais les cheveux lorsque Francis est entré et s'est approché de moi. J'ai levé les yeux, et c'est alors seulement que je l'ai reconnu : l'homme que j'avais vu dans le miroir à minuit le jour de Halloween, bien des années auparavant. » Una poussa un petit cri.

« Tu vas leur faire faire des cauchemars », protesta tante Lucy.

Mamie Kate parut surprise. « Mais, c'est une histoire charmante. Je veux dire, ce n'est pas comme s'il avait été mort : d'ailleurs, cela ne m'aurait pas effrayée. Je n'aurais jamais pu avoir peur de Francis, mort ou vivant. Lorsqu'il n'a plus été là, j'ai souvent pensé que ce serait merveilleux de lever les yeux et de le revoir, là, devant moi, parce qu'il me manquait terriblement. » Tante Lucy mit un bol de cacahuètes sous le nez d'Una. « Mange ça, gronda-t-elle, et oublie les fantômes. » Mais ce n'aurait pas été un vrai Halloween si mamie ne leur avait pas donné la chair de poule : cela faisait autant partie de la fête que le pain aux raisins ou les masques qu'on fabriquait soi-même.

Car le rythme de leur vie était aussi prévisible que les saisons. La ronde régulière de la nécessité était interrompue par les fêtes et les cérémonies : Noël, Pâques, les anniversaires. Le rayon de leur vie était minuscule, mais il était profond, et pour elles, il était immense. Les limites physiques de leur univers se réduisaient pratiquement à quelques champs et à quelques maisons, mais elles connaissaient ces lieux de manière absolue et inconsciente, comme un oiseau ou un renard connaît son habitat. « La maison » était une réalité qu'elles vivaient si complètement qu'elles n'auraient pu la définir. Cependant elles auraient ressenti le côté inadéquat d'expressions telles que : c'est l'endroit d'où l'on vient, c'est l'endroit où l'on vit, c'est l'endroit où habite votre famille.

Et pourtant, elles savaient que leur vie, si complète en elle-même, était décalée par rapport à la société au-delà de ces quelques champs et de ces quelques maisons. Elles s'en rendaient compte avec le plus d'acuité au mois de juillet de chaque année, lorsque leurs parents les emmenaient sur la côte d'Antrim pour la journée ; en traversant Ballymena et Broughshane, elles voyaient tous les drapeaux britanniques flottant aux fenêtres, les banderoles rouge-blanc-bleu qui décoraient les rues. Elles pensaient que les arches orangistes* enjambant les rues dans les petites villes étaient laides, et inquiétantes aussi, avec leurs symboles étranges : une échelle, un carré, un compas, une étoile à cinq branches. Elles savaient qu'elles n'étaient pas censées comprendre ce que signifiaient ces choses, et aussi, sans qu'on eût besoin de le leur dire, que la devise « Bienvenue à nos Frères ! » peinte sur les arches ne concernait pas la famille Quinn.

Elles voyaient des photographies des défilés orangistes dans les journaux ou les reportages à la télévision mais, de toute leur enfance, elles n'avaient jamais été témoins d'un défilé orangiste, parce que leurs parents tenaient toujours à rester à la maison ces jours-là, en se plaignant amèrement d'être retenus prisonniers contre leur gré. Ce n'était pas tant qu'elles n'eussent jamais eu l'idée de demander à assister à un défilé. Elles savaient juste que ce n'était pas pour elles : cela ne les intéressait pas spécialement, et elles n'y étaient pas désirées. Pour l'essentiel, elles n'y pensaient même pas, parce que leur vie était complète en elle-même.

Dans les semaines précédant Noël, il y avait deux événements fixes à leur calendrier : une visite chez miss Regan, la femme avec laquelle avait vécu leur mère lorsqu'elle enseignait à Belfast, et une visite à mamie Kelly à Ballymena. Le premier samedi de décembre, ils prenaient la route, avec des pommes de terre et de la tourbe plein le coffre, un plateau d'œufs sur la plage arrière de la voiture et un gâteau de Noël confectionné par leur mère. Elle apportait aussi un cadeau de Noël pour miss Regan, du savon et du talc parfumés au muguet, enveloppés de papier imprimé de poinsettias. Elle ne se rongeait jamais les sangs pour savoir ce qu'elle achèterait à son amie, comme lorsqu'elle devait choisir un cadeau pour mamie Kelly.

Le moment où ils arrivaient avait toujours quelque chose d'embarrassant et d'excitant à la fois. Le minuscule salon encombré de miss Regan suffisait à peine à contenir toute cette agitation, car Emily et miss Regan parlaient toutes les deux en même temps et pleuraient un petit peu, même si elles faisaient semblant de rien et essuyaient leurs larmes presque avant qu'elles ne coulent. Après toutes ces années, miss Regan était encore éberluée par la vie d'Emily ; les enfants, et la manière dont elles avaient grandi depuis leur dernière visite, étaient pour elle une source d'émerveillement particulier.

Après trois verres de limonade, Helen devait aller aux toilettes et, tandis qu'elle se lavait les mains dans le lavabo, elle regardait par la fenêtre les rangées innombrables de cheminées et de toits d'ardoise léchées par la pluie, sous un ciel bas et gris. Elle se demandait comment sa mère avait pu vivre ici, lorsqu'elle pensait aux champs, au ciel immense et à la lumière de la maison. Elle se disait qu'elle aurait eu l'impression d'étouffer si elle avait dû habiter dans un endroit où toutes les maisons étaient collées les unes aux autres et donnaient directement sur la rue, sans même un petit carré de pelouse devant. Et pourtant, leur mère avait adoré cela : elle parlait encore de son année dans l'enseignement comme d'une époque spéciale, une époque où elle avait été heureuse. Helen essayait d'imaginer sa mère en très jeune femme, mais lorsqu'elle tentait de se la représenter comme quelqu'un qui n'était pas sa mère, elle n'y arrivait pas : elle se rendait compte qu'elle n'aimait pas cette idée. Elle s'essuya les mains et se dépêcha de redescendre.

Ses parents et miss Regan parlaient de politique et de droits civiques. Tous les adultes qu'elle connaissait ne parlaient de rien d'autre, ces temps-ci, sauf oncle Peter. Il leur venait un air excité, plein de défi, lorsqu'ils évoquaient ces choses, un air qu'elle n'avait pas l'habitude de voir dans sa famille, ou chez sa maîtresse, ou chez quiconque de son entourage.

Leur père finit son thé et partit avec les enfants dans le centre-ville, laissant Emily passer quelques heures avec son amie. Il les emmena voir le Père Noël au grand magasin et faire quelques courses, jusqu'au moment où leur mère les rejoignit dans un endroit convenu. À Cornmarket, un homme se promenait avec une sorte de bavoir en plastique noir couvert de grandes lettres blanches : « À quoi bon gagner le monde si l'on perd son âme ? » L'homme criait des choses à propos de Dieu, de Jésus, du péché et de la rédemption, et Kate décida qu'elle voulait regarder l'un des prospectus qu'il distribuait aux passants. Elle profita d'un instant où ses parents avaient le dos tourné pour en prendre un. « Tiens, Sally, mets ça dans ta poche », dit-elle en le fourrant dans l'anorak de Sally, avant que sa petite sœur ait eu le temps de réagir. Et ce fut là que leur mère le trouva, un peu plus tard, en cherchant les moufles de Sally. « Qu'est-ce que c'est ? » demanda-t-elle en dépliant le prospectus froissé, et les enfants se pressèrent autour d'elle pour voir.

Le tract montrait une énorme bouteille, dessinée d'une main malhabile ; une foule de personnages minuscules, dont certains se débattaient à genoux, étaient rivés à la bouteille par des chaînes. « Es-tu l'esclave du démon de l'alcool ? » pouvait-on lire dessous, en lettres grasses ; venait ensuite un texte truffé de citations bibliques. Sally, bouche entrouverte, jeta un regard furtif à sa mère, puis à son père. Charlie partit d'un tel rire que les passants se retournèrent.

« J'espère que tu vas en prendre bonne note, Sally, dit-il, parce que ta maman et moi, on en a assez de te voir rentrer à la maison en titubant, soir après soir. » Sally, qui ne comprenait rien, sourit prudemment et prit un air encore plus coupable.

La visite à mamie Kelly, quelques jours avant Noël, fut une excursion tout à fait différente. Elles avaient dû mettre leurs vêtements du dimanche ; tandis qu'elles attendaient que leur père avance la voiture, Helen remarqua que sa mère, debout à la fenêtre, faisait tourner les bagues à ses doigts d'un air malheureux. Leur papa entra dans la maison. « Ça va ?

— Je voudrais changer de jupe », dit-elle en se dirigeant vers la porte.

Il sourit avec lassitude : « Ta jupe est très bien, elle te va à merveille. Il n'y a pas de raison d'en changer.

— Bah, je ne sais pas, je ne me sens pas bien dedans.

— Mets ta jupe verte, alors. »

Leurs parents ne se rendaient peut-être pas compte que les petites avaient une sensibilité affinée lorsqu'il s'agissait de détecter la fausseté des sentiments. Le contraste entre l'atmosphère tendue dans la voiture et l'enchantement manifesté à l'arrivée à Ballymena ne pouvait leur échapper. Mamie Kelly, tout sourire, vint elle-même à la porte leur souhaiter la bienvenue, et les conduisit dans le salon qui semblait plus chaleureux qu'à l'ordinaire, à cause du sapin de Noël scintillant et des guirlandes en papier d'aluminium. Oncle Michael, tante Rosemary et les cousins s'y trouvaient déjà, et un observateur étranger aurait pu se laisser abuser. Mais les petites remarquèrent que leur papa et oncle Michael parlaient tous deux plus fort que d'habitude, et que leur mère avait beau sourire, son sourire n'atteignait pas ses yeux. Quand elle riait, c'était d'un rire forcé, nerveux, très différent du rire franc et débridé qu'elles entendaient à la maison. Les filles, sagement assises sur le canapé, grignotaient des gaufrettes roses, sirotaient leur thé insipide et enregistraient bien plus de choses que les adultes n'auraient pu l'imaginer.

Après les bavardages d'usage, la conversation se tourna inévitablement vers les droits civiques et les manifestations qui s'étaient déroulées pendant l'automne.

« Ils sont fous, pour sûr, affirma oncle Michael.

— Ah oui ? » C'était leur mère qui avait répondu, et le ton de sa voix avait changé, mais oncle Michael ne le remarqua pas, ou alors cela lui était égal. Il eut un petit rire et secoua la tête comme si tout cela était absurde et digne de peu d'intérêt.

« Franchement, comment pensez-vous que cela va finir ? O'Neill* leur a offert quelques miettes pour les faire taire et, bien sûr, l'autre camp est enragé. Est-ce que ces types de People's Democracy* pensent vraiment que le Stormont* va changer d'avis et dire : "Mais c'est bien sûr, il y a des gens dans ce pays qui n'ont rien, et nous faisons moins que rien pour les aider ; donnons-leur donc du travail et des maisons et tout ce qu'ils réclament" ?

— Doivent-ils pour autant se terrer comme des souris et ne pas même réclamer leur dû ? »

Oncle Michael secoua de nouveau la tête. « Ça va se terminer par un bain de sang, prédit-il. L'autre camp va regretter la moindre concession qui aura été faite. Ils ont le pouvoir, et ils ne le laisseront pas filer. Souvenez-vous de mes paroles : un bain de sang, et ils l'auront bien cherché.

— Il ne s'agit pas de l'un ou l'autre camp, commença leur père, et il ajouta quelque chose à propos du socialisme, mais leur grand-mère l'interrompit.

— Des communistes, oui, s'indigna-t-elle. Ce sont les étudiants qui me mettent le plus en colère. Regardez l'opportunité qui leur est offerte. S'ils restaient sagement à l'université, s'ils étudiaient et travaillaient dur, ils n'auraient aucune raison de se plaindre, ils réussiraient dans la vie, ils auraient du travail et de l'argent ; oh, mais non, il faut qu'ils passent leur temps à défiler et à protester dans tout le pays. L'université devrait leur fermer ses portes, les jeter dehors et prendre plutôt des gens qui sont prêts à rester assis à leur table et à étudier.

— J'ai bien peur de n'être pas du tout d'accord avec vous, madame Kelly, répliqua leur père, et elles savaient cette fois qu'il ne se laisserait pas interrompre ou réduire au silence. J'ai participé à la manifestation de Derry en octobre, celle qui a été démantelée, j'ai rencontré certains étudiants là-bas, et je peux vous dire que je les ai trouvés admirables. Ils ne se battent pour leur propre compte. Ils se préoccupent des gens dans ce pays qui n'ont pas eu la même chance qu'eux, et qui n'obtiendront aucune aide, à moins que quelqu'un ne prenne parti et fasse bouger les choses, à moins que ceux qui ont quelque chose ne commencent à s'exprimer au nom de ceux qui n'ont rien.

— Chacun doit s'occuper de ce qui le regarde, rétorqua mamie, et oncle Michael hocha la tête. Je regrette beaucoup d'avoir à dire cela de ma propre communauté, mais les catholiques de ce pays sont un tas de paresseux et d'incapables. À supposer qu'on leur offre une opportunité, ils ne la saisiront pas, ils la laisseront passer. »

Les enfants voyaient bien que leurs parents étaient en colère, sans comprendre qu'aux yeux de leur père ces paroles visaient à humilier leur mère ; et leur mère les prenait pour une insulte voilée contre la famille de son mari.

« La prochaine manifestation qui sera organisée, déclara leur mère, j'y serai. »

Tout le monde se tourna vers elle avec surprise. « Et j'emmènerai les enfants. »

Dans la voiture sur le chemin du retour, Kate lança : « Voilà une bonne chose de faite, non ? Maintenant, on peut être tranquilles et profiter de Noël.

— Oh, Kate », fit leur mère, et elles crurent qu'elle allait rire ; au lieu de cela, elle se mit à pleurer.

Mais elle tint parole. Quand la marche de Belfast à Derry pour les droits civiques eut lieu, deux semaines plus tard, Emily insista pour que toute la famille y aille afin d'encourager les manifestants*. Ils attendirent longtemps, sous le ciel froid et humide ; lorsque, enfin, les étudiants apparurent, conduits par un homme aux traits tirés qui hurlait dans un porte-voix, les filles ressentirent un mélange aigu de peur et d'excitation, qui était nouveau pour elles, mais dont elles allaient faire l'expérience bien des fois, aux cours des années suivantes. Leur père se pencha et murmura à l'oreille de Helen : « Ce que tu vois là, c'est l'Histoire en train de se faire. » Mais Helen s'en rendait compte sans qu'il eût besoin de le lui dire. Ce soir-là, elle écouta sa mère raconter à mamie Kate comment l'homme au porte-voix avait crié : « Un homme ! », et tous les autres avaient répondu : « Une voix », « Une famille », « Une maison ». Elle ajouta : « Il y avait un policier juste à côté de moi, mais cela m'était égal, j'ai crié avec les autres. » Helen revit sa mère, debout dans l'herbe au bord de la route, Sally accrochée à ses jupes comme d'habitude. Elle avait le visage rougi par le froid mais, tandis qu'elle scandait les slogans, elle avait perdu sa timidité habituelle. Helen avait compris, en la regardant, à quel point tout cela était sérieux : quelque chose d'important avait changé.

7

Mardi

En quittant la maison ce matin-là pour se rendre à Belfast, Cate croisa Brian sur la route. Elle arrêta la voiture et baissa sa vitre.

« J'ai une nouvelle à t'annoncer, déclara-t-elle, et elle vit le sourire de Brian céder la place à l'appréhension. Je vais avoir un bébé.

— Christ tout-puissant ! » Cate sourit bêtement, malgré elle, et tambourina sur le volant, tandis que Brian la regardait bouche bée.

« Eh bien, reprit-il enfin, comme dit le vieux proverbe, ce sont des choses qui arrivent dans les meilleures familles. Comment ta maman prend-elle la nouvelle ?

— Comme on pouvait s'y attendre.

— Ces choses-là s'arrangent avec le temps, dit-il après un nouveau silence. Je passerai la voir dans la matinée.

— Oh, si j'étais toi, j'attendrais un peu, se hâta de

répondre Cate. Telle que tu me vois, je vais dormir chez Helen cette nuit, pour donner l'occasion à maman d'y réfléchir.

— C'est à ce point-là ?

— Je crois », murmura Cate, misérable tout à coup.

Brian se pencha vers elle. « Bah, ma fille, c'est le pire moment. Je me souviens de... Je me souviens... » Il se détourna. « Ta maman s'en remettra. C'est toujours un choc au début, pour sûr.

— Je ne te le fais pas dire. » Il lui recommanda de prendre soin d'elle. En redémarrant, elle se rendit compte qu'elle se sentait mieux de lui avoir parlé, sans pouvoir se l'expliquer vraiment.

L'espace d'un instant, elle se demanda même si elle se sentait suffisamment bien pour aller passer la journée quelque part ; peut-être dans le comté de Down, ce serait agréable, et elle arriverait à Belfast à l'heure où Helen rentrerait du travail. Mais elle rejeta aussitôt cette idée. Elle avait mal dormi la nuit précédente ; elle aurait peut-être besoin de se reposer une heure ou deux chez Helen dans l'après-midi. En plus, elle se sentait encore mal fichue après la nausée du matin. C'était là, au moins, l'un des avantages d'en avoir parlé à sa famille : elle n'aurait plus à faire semblant d'être en forme alors qu'elle se trouvait au plus bas. Mon Dieu, Sally était vraiment une fille formidable ! Elle avait frappé à la porte de la chambre de Cate ce matin avec du thé et des toasts. Cela lui avait fait du bien de prendre son petit déjeuner au lit, au lieu de devoir descendre à jeun en essayant de ne pas s'étouffer quand sa mère lui proposait des œufs brouillés. Elle avait toujours été merveilleuse, Sally, et Cate se sentait brusquement coupable d'avoir si longtemps considéré que cette sollicitude allait de soi. La manière aussi dont elle lui avait remis les clefs de sa voiture, sans en faire toute une histoire.

Mais cela non plus n'était pas nouveau. Souvent, lorsque Cate passait une semaine à la maison pendant l'été, elle partait pour la journée avec Sally et sa mère dans la voiture de Sally. Elles avaient toujours aimé se rendre à des endroits comme les gorges d'Antrim ou la Chaussée du Géant, d'où l'on pouvait contempler des paysages extraordinaires. Elles emportaient un pique-nique, ou Cate les invitait à déjeuner dans un hôtel. Mais Sally se rendait compte (bien qu'elle fît semblant de rien) que Cate aimait aussi aller ailleurs. « Les clefs sont là, disait-elle en montrant le trousseau, suspendu près du fourneau. Vas-y, si tu en as envie. »

Et, souvent, Cate partait en effet, conduisait pendant des heures dans la campagne, seule, essayant de concevoir l'Irlande du Nord d'une manière qui, si l'on y vivait encore, n'était pas nécessaire. Ni souhaitable, pensait-elle. Ni même possible.

Swatragh et Draperstown ; Magherafelt et Toome ; Plumbridge et Castledawson : sa famille ne comprenait pas son intérêt pour ces endroits. Elle traversait des villages resserrés où le bord des trottoirs était peint en rouge-blanc-bleu, où il y avait des loges d'Orange et des temples fermés ; croisait des bourgs plus prospères avec leurs monuments datant de la Grande Guerre et leur bacs de lobélies et de fuchsias suspendus aux lampadaires, avec leur certificat « Ville Propre » gravé sur des plaques de métal poli et leurs devantures soignées. Elle se dirigeait ensuite vers des villages, où les chômeurs traînaient au coin des rues en fumant des cigarettes, ou marchaient sans but entre le débit de friture et le bookmaker, devant des murs couverts de graffiti républicains ou d'immenses panneaux publicitaires d'un luxe incongru. Elle voyait des bourgs de Planteurs* dont le cœur avait été détruit par les bombes, des affiches proclamant : « Les affaires continuent comme d'habitude » collées sur le contre-plaqué cloué par-dessus les vitres brisées de la Northern Bank et de la quincaillerie Williamson. De temps à autre, elle apercevait la tente d'une mission ou un panneau temporaire indiquant le chemin d'un « Séminaire d'étude des Saintes Écritures ». Elle conduisait le long de routes étroites entre des haies d'églantiers et de charmes, détrempées et broussailleuses. Une fois, quelque part dans le sud du comté de Derry, elle vit un pré où quelques vaches pâles s'enfonçaient jusqu'aux jarrets dans les orties et le chiendent devant un bâtiment en ruine portant cette inscription en lettres blanches grossières : « INLA au pouvoir* ». Les vaches la contemplèrent tranquillement à son passage.

Elle voyait des poteaux indicateurs de lieux qui, autrefois, n'avaient pas de signification particulière mais dont le nom était à présent souillé par le souvenir des drames terribles qui s'y étaient produits : Claudy, Enniskillen, Ballykelly. Elle conduisait sans trêve sous des ciels gris et des nuages doux. Les villes et les villages défilaient jusqu'au moment où elle avait la sensation de regarder un film, et puis elle réalisait que, si elle avait dû résumer en un mot ses sentiments envers l'Irlande du Nord, elle n'aurait pas su que dire, au point qu'elle ignorait même entre un mot négatif et un mot positif lequel eût été le plus approprié.

Sur la route de Belfast, ce matin, elle se souvint qu'au cours de ces promenades d'été en voiture elle nourrissait parfois le fantasme de revenir vivre dans le Nord, surtout lorsqu'elle voyait une maison qui lui plaisait : c'était toujours une magnifique bâtisse de pierre croulant sous le lierre, avec, parfois, un jardin descendant vers une rivière, le tout entouré de tilleuls et de chênes. Admirant une haute fenêtre, elle s'imaginait debout derrière cette vitre, dans une autre vie. Mais cela ne signifiait rien ; elle faisait de même lorsqu'elle se trouvait en vacances dans les Cotswolds ou en Toscane, se construisant une existence vague autour d'une maison, d'une place de marché ou d'une ville entrevue et oubliant aussitôt tant le lieu que la rêverie qu'il avait suscitée.

Une fois, au cours de l'une de ses promenades, elle s'était arrêtée pour prendre de l'essence dans un village du Fermanagh, et l'endroit lui avait particulièrement plu. C'était une belle matinée ensoleillée, elle se souvenait des fleurs et d'une atmosphère de prospérité tranquille, de magasins bien tenus, dont l'un exhibait des bottes de carottes aux fanes intactes. Elle avait pensé que c'était le genre d'endroit où tant de gens qu'elle connaissait à Londres auraient voulu s'installer, et qu'il contredisait l'idée que beaucoup d'entre eux se faisaient de la vie en Irlande du Nord. Mais plus tard dans la journée, lorsqu'elle alluma l'autoradio, elle entendit aux nouvelles qu'un homme de vingt ans, un réserviste du RUC*, avait été abattu alors qu'il travaillait dans l'épicerie de son père, dans ce même village. Elle ne voulait pas le retraverser au retour, mais elle n'avait pas le choix. Le temps avait changé ; et le ruban de plastique que la police avait fixé aux lampadaires pour interdire l'accès du lieu battait au vent, sous la pluie. Un poste de contrôle avait été installé, les soldats arrêtaient chaque voiture ; tout était épouvantable et déprimant. Elle pensa au jeune homme qui était mort, et elle eut honte de la sentimentalité facile dont elle avait fait preuve plus tôt.

Mais elle prenait soin de ne jamais parler à sa famille, et surtout pas à sa mère, de cette idée de revenir dans le Nord, parce qu'elle craignait qu'on ne la prît au sérieux.

Au sortir d'Antrim, elle alluma l'autoradio et écouta les titres. Un homme avait été abattu pendant la nuit chez lui, dans le nord de Belfast. D'autres nouvelles lugubres suivirent, puis le bulletin météo annonça un temps « doux et dégagé », alors que Cate voyait déjà s'amonceler les nuages noirs dans le ciel. Un jour, à la maison, elle avait fait remarquer à Helen que les bulletins météo, en Irlande du Nord, se trompaient souvent dans leurs prévisions. « C'est sans doute délibéré, avait répondu Helen. S'ils débitaient le lot quotidien de nouvelles et terminaient en disant : "Oh, à propos, il va pleuvoir des cordes au cours des prochaines vingt-quatre heures", ce serait plus que les gens n'en pourraient supporter. »

Elle éteignit la radio et inséra une cassette dans la fente, mais, à l'approche de Belfast, lorsque la circulation devint plus dense et plus rapide, elle coupa la musique pour mieux se concentrer. Des camions la dépassaient des deux côtés en vrombissant. « L'Ulster a encore besoin de Jésus », lisait-on en grandes lettres sur le mur d'un temple. Au loin, sur sa gauche, elle apercevait un cimetière et, au-delà, le lac, Belfast Lough. Elle continua, dépassa les quais et les portiques jaunes. Elle prenait plaisir à regarder cette partie de la ville, même si elle n'avait jamais caressé l'idée de vivre à Belfast. Elle traversa le Westlink pour rejoindre le bureau de Helen, et dut mobiliser toute son adresse pour négocier le passage. Elle avait déjà effectué ce trajet dans le passé, mais ce matin-là avant de partir, elle avait demandé à Sally de revoir l'itinéraire avec elle.

Elle faillit manquer la sortie et se retrouver sur la route de Dublin. Le quartier du bas des Falls où se trouvait le bureau de Helen rappelait toujours à Cate sa mère plus que sa sœur, même s'il avait beaucoup changé depuis l'époque où elle y vivait et y enseignait. Cate n'était pas à l'aise dans ce quartier ; elle se sentait nerveuse, trop voyante, et craignait toujours qu'il n'arrive quelque chose. Savoir que c'était un préjugé ne lui était pas d'un grand secours.

Elle n'était jamais allée dans le bureau de Helen, mais le trouva sans difficulté. Elle sonna à la porte verte à côté du magasin de spiritueux (« Bien pratique à la fin d'une longue journée », selon le commentaire laconique de Helen). L'interphone bourdonna. En haut de l'étroit escalier, elle tourna à droite et se retrouva dans une pièce minuscule où un jeune homme et une femme portant un bébé étaient assis, l'air malheureux et perdu, sur deux chaises usées. Les murs étaient tapissés de lambris de pin bon marché, et une misère expirait dans un coin. Cate comprenait à présent la remarque de Helen, à propos du magasin de spiritueux. Les bureaux dans lesquels travaillait Cate à Londres étaient certes fonctionnels et ternes, comparés à l'image luxueuse du magazine ; mais ceci, c'était une autre affaire. Une porte s'ouvrit et un homme d'une quarantaine d'années apparut sur le seuil. « Alors, monsieur et madame... », commença-t-il, mais il s'interrompit en reconnaissant Cate. « Oh, bonjour, reprit-il, Helen a dit que vous passeriez », et il la fit entrer dans son bureau. « J'en ai pour une minute », lança-t-il par-dessus son épaule au couple qui attendait, avant de refermer la porte. Le bureau était peut-être un peu plus spacieux que la salle d'attente, mais il paraissait plus petit à cause des dossiers qui s'empilaient partout : sur deux tables, sur l'appui de la fenêtre, sur une chaise, à même le sol. Un univers à la Dickens, pensa Cate, et ce fut un choc pour elle d'imaginer que sa sœur passait ses journées dans un endroit pareil.

« Helen a dû se rendre à la prison de Crumlin Road pour voir quelqu'un ce matin. Elle a laissé ceci pour vous », dit Owen en ouvrant un tiroir et en prenant une clef qu'il lui tendit. Cate n'avait rencontré Owen que deux fois, mais il se montrait toujours très cordial envers elle. « Plus qu'envers moi, avait remarqué Sally un jour avec humeur. Il me refuserait la lumière du jour s'il le pouvait. Je ne suis qu'une petite institutrice ; que gagne-t-on à fréquenter des gens comme moi ? »

« Ma femme Mary m'a montré cette interview de Robert De Niro que vous avez faite le mois dernier, poursuivit Owen. Très impressionnant !

— Oh, ça, dit Cate. Vous savez ce que c'est, ces choses-là paraissent beaucoup plus intéressantes qu'elles ne le sont en réalité. De Niro est notoirement difficile à interviewer.

— Ah, n'essayez pas de me faire croire que rencontrer des stars de cinéma est moins excitant que ceci », et Cate, jetant un coup d'œil au tapis élimé, aux piles de dossiers et de classeurs miteux, comprit et n'insista pas. Owen suivit son regard puis ramassa un dossier sur le bureau. « Helen me lisait quelque chose l'autre jour à propos des fameux bureaux sans paperasse, et elle m'a lancé : “Pourquoi pas nous ?” Nous avons bien ri. »

Cate se força à sourire. « Remerciez Helen pour moi, fit-elle, et dites-lui que je la verrai ce soir. Je ne vais pas vous retenir davantage ; vous avez des personnes qui attendent.

— Ils sont habitués, répliqua Owen en la raccompagnant jusqu'à la porte. Si vous êtes encore là, plus tard dans la semaine, appelez-nous. Mary serait enchantée de vous recevoir à dîner. » Cate lui décocha l'un de ses merveilleux sourires et s'enfuit. En remontant en voiture, elle se rendit compte qu'elle se sentait à nouveau misérable. Tout lui paraissait blafard, et elle ne trouvait pas la force de lutter contre cette impression. Elle n'était pas ainsi, d'habitude, pensa-t-elle en tournant la clef de contact.

Son humeur ne s'améliora pas lorsqu'elle se gara, un peu plus tard, devant la maison de Helen, avec son jardin austère orné d'un arbre solitaire dans un bac. Penser que sa sœur quittait chaque soir ce bureau, cet horrible bureau, pour revenir dans ce lieu qui lui convenait si mal la déprimait. Même Helen n'avait pas réussi à résister à la pression sociale, même Helen s'y conformait. Elle n'était pas comme Owen, qui se jetait aveuglément et sans vergogne dans la quête de l'approbation sociale, telle une loutre dans une rivière ; ni comme Cate elle-même, dont la carrière et la réputation auprès de ses collègues dépendaient de sa capacité à interpréter les signes des temps plus vite et mieux que la plupart des gens, et à y souscrire avec enthousiasme. Helen aurait dû rester à Andersonstown*, où elle vivait lorsqu'elle avait commencé à travailler avec Owen, pensa Cate. Elle se plaisait bien là-bas, mais la pression du conformisme avait été trop forte, même pour une pareille idéaliste. Cate ouvrit la porte de la maison et ne trouva aucun réconfort dans le vestibule dépouillé et le salon froid. Elle resta immobile quelques instants en essayant de déterminer quels changements auraient été nécessaires : une couleur plus soutenue, plus chaude pour les murs, tout d'abord. La pièce était grande, elle le supporterait. Il faudrait peut-être une urne dans le coin là-bas, ou alors mettre en valeur la cheminée... C'était une habitude à laquelle Cate se livrait malgré elle, même dans des maisons mieux meublées que celle-ci. Elle faisait de même avec les autres femmes, évaluant leurs vêtements, leur coiffure, leur maquillage, professionnellement mais, aimait-elle à penser, sans méchanceté.

L'élément le plus frappant du salon dans son état actuel était une grande photographie encadrée de Helen et de son père sur la pelouse de Queen's, Helen revêtue de sa toge d'étudiante tenant à la main le rouleau de son diplôme. Ils se souriaient d'une manière telle que le cliché aurait plu même à quelqu'un qui ne les connaissait ni l'un ni l'autre : la tendresse qui s'en dégageait en faisait bien plus qu'une simple photo de remise de diplôme. En contemplant intensément l'image de Helen, Cate se souvint des mots qu'avait employés sa cousine Una lorsqu'elle était venue la chercher à l'aéroport ce soir-là, deux ans plus tôt. « Helen est en petits morceaux » : voilà ce qu'elle avait dit quand Cate lui avait demandé comment allaient sa mère et ses sœurs. En voyant Helen plus tard dans la soirée et au cours des jours suivants, cette phrase lui était revenue, et elle lui semblait d'une exactitude terrifiante.

À côté de la photographie de la remise de diplôme se trouvait une autre photo beaucoup plus petite : un instantané noir et blanc, encadré lui aussi, montrant les trois sœurs lorsqu'elles étaient petites, assises sur les marches à l'arrière de la maison, en train de manger des glaces. Cate la prit en souriant et s'assit sur le canapé pour mieux la regarder. Les filles de Charlie Quinn. N'importe qui, les voyant adultes, les aurait reconnues sans difficulté, la ressemblance était presque comique.

Au cours de la première année de Cate à Londres,

une collègue avait mentionné à la mi-décembre qu'elle passerait Noël avec ses parents, et que sa sœur serait là, elle aussi.

« Non que cela m'importe beaucoup, avait-elle ajouté. Nous ne sommes pas très proches.

— Quand as-tu eu de ses nouvelles pour la dernière fois ? »

La femme avait froncé les sourcils et réfléchi un moment.

« Je ne crois pas que nous nous soyons parlé depuis la fête du nouvel an, maintenant que j'y pense. » Cate fut si abasourdie qu'elle ne sut que répondre. C'était à peu près à cette époque qu'elle avait modifié l'orthographe de son nom, et que sa famille l'avait mal pris : Helen se montrait particulièrement irritable et difficile mais, en dépit de ce malaise, l'idée de n'avoir aucun contact avec elle pendant une année entière et de ne pas en concevoir d'émotion particulière lui paraissait impossible.

Sa collègue remarqua sa réaction, alors même que Cate n'avait pas formulé de commentaire. « Il n'y a pas de quoi en faire une histoire, dit-elle. Nous n'avons rien en commun. »

Cela ne fit qu'accentuer la perplexité de Cate. Qu'avait-elle « en commun » avec Sally et Helen, à part le fait qu'elles étaient sœurs ? C'était bien là le sens même de la famille. Pour que des étrangers deviennent des amis, on avait besoin de partager avec eux des centres d'intérêt, des croyances et des aspirations, mais avec ses sœurs, ce qu'on avait « en commun », c'était soi-même. En y repensant, bien des années plus tard, elle se sentait même un peu honteuse de se rendre compte à quel point elle avait considéré sa famille comme une évidence, à quel point la chaleur et l'amour extraordinaires qui avaient baigné son enfance lui avaient semblé un fait acquis, allant de soi. Elle savait depuis toujours que l'enfance était importante, et cette perception fugitive du malheur des autres l'avait choquée et troublée.

Elle replaça la photographie sur l'étagère et alla à la cuisine, sans savoir que Helen l'avait nettoyée depuis le week-end, et que ce qu'elle prit pour du désordre représentait une amélioration considérable par rapport à son état antérieur. Elle chercha de quoi se préparer un en-cas. Il y avait du pain et des crackers, mais le pain était dur et les crackers mous ; alors, elle prit une tasse de soupe instantanée et une pomme. Ensuite, elle rinça sa tasse et sa cuillère, nettoya la cuisinière et l'évier du même coup, en pensant vaguement que cela pourrait adoucir un tant soit peu les dispositions de Helen à son égard : Cate savait qu'elle avait besoin de toute l'aide qu'on voudrait bien lui offrir.

Lorsqu'elle eut fini, elle se fit du thé et rapporta la théière dans l'autre pièce, où elle s'installa sur le canapé pour lire. Une heure plus tard, lassée de son livre, elle fouilla dans la collection de cassettes vidéo de Helen et décida de regarder *Le Troisième Homme*. Le film achevé, elle mangea encore quelque chose. Elle aurait bien fait une promenade, mais la pluie tombait à verse. Elle se rassit dans le canapé et reprit son livre. Une fatigue irrépressible la submergea aussitôt. Elle ôta ses chaussures, plaça un coussin sous sa tête et sombra vite dans un sommeil profond, d'où elle fut tirée quelques heures plus tard par la sonnerie du téléphone.

« C'est moi. » Quand les sœurs se parlaient au téléphone, elles ne se présentaient jamais autrement que par cette phrase, et celle qui recevait l'appel savait immédiatement, et sans la moindre hésitation, qui était au bout du fil. « Oh, salut, Helen.

— Ça va ?

— Oui, très bien, formidable », mentit Cate, parce qu'elle avait été tirée d'un rêve où figurait l'homme dont elle attendait l'enfant, et qu'elle se sentait désorientée d'entendre tout à coup Helen lui parler de l'heure à laquelle elle pensait rentrer. Elle comptait prendre des pizzas sur le chemin pour leur éviter de faire la cuisine et est-ce que cela lui convenait, et préférait-elle une quatre saisons ou une pepperoni, et Cate répondait oui, oui, ce qui t'arrange, ce que tu penses être le mieux. Et puis, brusquement, la conversation prit fin et elle resta assise l'écouteur à la main, en essayant de ne pas pleurer.

Le rêve avait été horrible. Elle n'avait jamais rêvé de lui auparavant, elle pensait même moins à lui qu'elle ne l'aurait jamais cru possible, compte tenu des circonstances. Elle avait cependant souvent rêvé de l'enfant, et ce n'était pas agréable non plus. C'était toujours le même rêve qui revenait : elle entrait dans une chambre, voyait un berceau de l'autre côté de la pièce, et l'enfant assis, dans une posture plutôt adulte, le dos droit. Lorsque Cate approchait, l'enfant se retournait vers elle et la considérait avec un certain scepticisme, et Cate était reconnaissante de ce qu'il fût trop petit pour parler, parce qu'il paraissait avoir beaucoup de choses à dire.

Dans ce nouveau rêve, le père de l'enfant avait paru très sceptique, lui aussi. Ils étaient attablés dans un restaurant où ils s'étaient souvent rendus ensemble, mais qu'elle n'aurait jamais considéré une seule seconde comme un lieu approprié pour lui annoncer la nouvelle. C'était pourtant bien ce qu'elle venait de faire, et il réagissait comme elle l'avait redouté. Dans son rêve, il surpassait même ses pires craintes, la dénonçant à voix haute de manière que tout le monde l'entende. Le silence se faisait dans le restaurant, le bruit des conversations et le cliquetis des couverts s'estompaient peu à peu ; les gens feignaient de ne pas écouter, mais tout le monde était scandalisé, à l'évidence. Comment pouvaient-ils manquer d'entendre ces accusations bruyantes d'égoïsme et de tromperie, et comment interpréteraient-ils son incapacité à y répondre ? Elle ne trouvait pas un mot à dire pour sa défense mais, au réveil, il lui fallut rassembler tout son courage pour ne pas bredouiller des excuses et des explications à sa sœur.

Non qu'elle ait eu besoin de s'expliquer, avant la veille. En réalité, il s'était montré plein de gentillesse, lui avait proposé son aide et tout le soutien qu'elle désirait, c'est-à-dire aucun ; elle avait l'intention de continuer sa vie sans lui, et elle se demanda même, après coup, pourquoi elle lui en avait parlé, pourquoi elle avait risqué les ennuis. La seule raison qu'elle réussissait à trouver était qu'il aurait été injuste et incorrect de ne pas l'informer de la situation, et c'était très important pour elle de pouvoir se dire qu'elle agissait de façon juste et correcte. Mais à présent, à la suite de ce rêve, elle n'en était plus si sûre.

Il y avait deux évidences claires que Cate ne parvenait pas à concilier. D'un côté, elle n'aurait jamais admis qu'elle avait délibérément cherché à tomber enceinte ; elle l'aurait juré sur tout ce qu'elle avait de plus cher. D'un autre côté, lorsqu'elle avait eu le résultat du test de grossesse, elle avait éprouvé une ivresse de bonheur pur. Et cela non plus, elle ne l'aurait jamais avoué à quiconque.

Que s'était-il passé ? Était-ce seulement à cause de son âge ? Elle ne le pensait pas ; et elle ne voulait pas le penser. Elle ne voulait pas faire de rapprochement entre cela et la mort de son père, mais tout était différent maintenant, à cause de sa mort. Même si, en apparence, son existence avait continué à peu près comme avant, pour Cate elle était entièrement changée, d'une manière qu'elle n'aurait jamais pu prévoir. Ses réactions initiales l'avaient prise au dépourvu. Le chagrin et la colère qu'elle éprouvait étaient compréhensibles. Mais elle n'aurait pu expliquer pourquoi, à son retour à Londres, elle s'était rejetée dans le tourbillon comme si sa vie en dépendait. L'une de ses premières initiatives, après l'enterrement, avait été de faire redécorer son appartement dans des tons pâles qui donnaient une impression de lumière et d'espace accrus. Il lui arrivait d'acheter plus de fleurs que ne pouvaient en contenir ses vases ; elle commença à s'intéresser sérieusement à la cuisine et se mit à donner des dîners plus souvent qu'elle ne l'avait fait jusque-là. Elle s'acheta quelques vêtements d'un prix insensé, même à l'aune de ses propres critères extravagants. Mais lorsqu'elle se trouvait avec ses amis, elle remarquait parfois qu'ils n'étaient pas à l'aise avec elle, telle qu'elle était devenue. Quelque chose clochait. Alors, parfois, elle partait toute seule le soir, se mêlait aux inconnus et regardait la foule déferler dans le West End ; elle avait un besoin impérieux de bruit, de lumière et de couleur.

Pourtant, malgré tout cela, sa vie avait pris un tour amer. La douleur était là en permanence. C'était comme si elle avait marché pendant des années sur une corde raide, mais avec un talent si consommé qu'elle ne s'en était même pas aperçu. Tout à coup, elle avait vacillé, elle avait jeté un coup d'œil en bas, et vu qu'elle pourrait bien tomber, et tomber de très haut. Pis encore, personne ne s'en soucierait, ce serait à peine plus qu'un spectacle curieux ; certains seraient même contents de secouer la corde.

Il y avait eu une froideur et une réserve de la part de certains de ses collègues après l'enterrement, et pas seulement parce que les Anglais étaient moins familiers du deuil que ne l'étaient les Irlandais. Petit à petit, seulement, elle avait compris ce qu'ils pensaient, et c'était une réalité tellement horrible qu'elle l'avait d'abord fuie, de crainte de devoir l'affronter ; mais, bien entendu, elle y avait été rapidement contrainte.

Un jour, trois semaines environ après qu'elle eut repris le travail, un journaliste free-lance qui collaborait souvent au magazine était passé afin de discuter d'un supplément commandé en l'absence de Cate. En feuilletant le travail préparatoire qu'il avait apporté, elle dit : « Je regrette de n'avoir pas suivi ce projet depuis le début, mais j'étais en Irlande » et, sans savoir pourquoi, elle ajouta : « Mon père est mort.

— Oui, je sais, répondit l'homme. Je l'ai lu dans les journaux. » Cate leva la tête et le dévisagea durement, mais il lui rendit son regard, et n'ajouta rien. Il pense que mon père était un terroriste, se dit-elle. Il pense qu'il l'a bien cherché ; qu'il méritait la mort qu'il a eue.

Après coup, elle ne parvint pas à se rappeler la manière dont elle avait conclu l'entretien. Elle se souvenait d'être restée assise derrière son bureau à feuilleter sans les voir les pages qu'il lui avait laissées, en se demandant si le cœur pouvait vraiment se glacer, parce qu'elle sentait que c'était ce qui lui arrivait. Elle qui ne pensait pas réussir à contenir sa colère s'étonna du calme avec lequel elle annonça à la collègue entrée dans son bureau à ce moment-là : « Nous allons mener ce projet à terme parce qu'il a été commandé en mon absence, mais je ne veux pas que nous ayons recours à lui à l'avenir. La qualité de ses photos a baissé ; nous avons besoin de talents neufs. » La collègue avait protesté (comme elle aurait pu le faire elle-même, dans d'autres circonstances, parce qu'il n'y avait rien à redire au travail de cet homme), et ce fut alors que sa colère se déchaîna :

« Vous avez entendu ? cria-t-elle en frappant du poing sur la table. C'est moi qui dirige ce service. C'est moi qui décide. Et je dis qu'il ne travaillera plus pour nous. Est-ce que c'est clair ? »

Elle vit que la femme tremblait de peur en quittant son bureau après cette explosion inattendue, et les mains de Cate tremblaient également lorsque, à nouveau seule, elle se couvrit les yeux. Elle savait qu'elle était dans son tort. Plus tard, elle pourrait faire ses excuses à cette femme, mais elle ne reviendrait pas sur sa décision concernant le journaliste. Ainsi donc, elle était injuste : eh bien soit, la vie était injuste, et s'il ne le savait pas encore il était temps qu'il l'apprenne. Pourtant, au moment même où elle reconnaissait et acceptait sa propre mesquinerie, elle en fut révoltée. Sa colère de l'après-midi jaillissait de la même source qui avait conduit Sally, la douce Sally au grand cœur, à prononcer des mots que Cate n'aurait jamais crus possibles de sa part : « Je hais ces gens, et j'espère que quelqu'un les tuera. »

En quittant le bureau à la fin de cette journée-là, elle se sentait inexplicablement lasse. D'habitude, elle rejoignait sans réfléchir le flot des banlieusards qui l'avait choquée et dérangée à son arrivée à Londres, mais qui faisait si complètement partie de la ville qu'elle ne le remarquait plus. Étant devenue elle-même partie intégrante de ce phénomène, elle avait été surprise par la force de la réaction de Sally lors de sa première visite, devant le déferlement de la foule aux heures de pointe.

Ce soir-là, Cate eut cependant l'impression qu'elle venait juste d'arriver dans la ville, et que c'en était trop pour elle. Sur Hungerford Bridge, les gens la bousculaient et la repoussaient avec impatience. Les rails jetèrent des étincelles bleutées lorsqu'un train bondé sortit lentement de la gare de Charing Cross. Elle voyait les visages et les corps de gens pressés contre les vitres, comme des fruits en conserve. La masse assourdissante du train qui passait tout près lui mit les nerfs à vif. Cate se fraya sans ménagement un passage dans la foule, se réfugia dans une niche du pont, s'appuya contre la balustrade, et regarda couler l'eau verte du fleuve. Puis elle leva les yeux pour embrasser du regard l'immense ville scintillante : les festons de lumière blanche oscillant le long de la rive gauche, le ciel d'hiver sombre, le dôme de Saint-Paul et les grappes de bâtiments illuminés qui l'entouraient : toute l'irrépressible machine de la ville elle-même.

Dans son appartement, il y avait un vase de roses jaunes raides et sans épines. Avant de partir au travail ce matin-là, elle avait doucement incliné l'une des fleurs vers elle et en avait fixement contemplé le cœur, les cercles denses de couleur pure. Y avait-il jamais eu une autre rose pareille à celle-là ? Mais oui ! Elle se souvenait des grosses roses jaunes et douces que cultivait sa grand-mère, et qui poussaient encore : Brian les apportait à la mère de Cate en bouquets indolents, aux tiges enveloppées de papier aluminium. Les roses poussaient, fanaient, et poussaient de nouveau ; le rosier produisait des feuilles, puis des boutons, puis des fleurs, sans se soucier de qui vivait ou mourait, sans se soucier de qui le voyait fleurir ou se préoccupait de son existence. Et la ville sous ses yeux, pensait-elle à présent, était aussi fragile que les roses, constamment renouvelée, mais néanmoins limitée, une illusion. Et même si elle ne se souvenait pas d'avoir pris une décision consciente à ce moment-là, lorsqu'elle repenserait plus tard à la raison pour laquelle elle voulait un enfant, elle se rappellerait toujours cette soirée sur le pont ; et ces pétales jaunes qu'elle avait trouvés, en revenant à son appartement, éparpillés sur la table. La seule explication qu'elle serait jamais capable de donner était celle-ci : « Je voulais quelque chose de réel. »

Elle se retourna et regarda l'horloge. Helen serait de retour d'un instant à l'autre.

8

À présent, tous les journaux de Londres et de Dublin, comme ceux de Belfast, étaient remplis d'articles sur ce qui se passait en Irlande du Nord. La télévision faisait état de manifestations qui se terminaient dans la violence ; d'attaques à la bombe contre des réservoirs d'eau et des centrales électriques ; et d'interminables altercations politiques. Les filles mesuraient l'importance de ces événements à cause de l'attention qu'y portaient non seulement leurs parents, mais presque tous les adultes de leur entourage ; ils parlaient pendant des heures de ce qui se passait, de ce qui pourrait se passer, et de ce qui devrait se passer. Les sœurs apprirent vite à ne pas interrompre ces discussions, ni à faire le moindre bruit à l'heure des nouvelles à la radio ou à la télévision ; mais elles étaient encore trop jeunes pour comprendre vraiment de quoi il retournait. Il y eut beaucoup d'allégresse et d'excitation à la maison lorsque Bernadette Devlin fut élue à Westminster* ; mais la vie de Helen, de Kate et de Sally était encore davantage centrée sur des sujets tels qu'un contrôle d'orthographe à l'école, une visite chez le dentiste, la perspective d'une sortie au cinéma à Magherafelt ou à Ballymena. Au mois d'avril, elles découvrirent que leur chatte Tigger allait avoir des chatons, et elles la regardèrent enfler avec bonheur au fil des semaines jusqu'à ressembler à une torpille de fourrure se dandinant dans la cour. Elles la cajolaient et lui préparèrent une nouvelle couche, supplièrent leur mère d'augmenter ses rations de nourriture et de lait, en spéculant sur le nombre de chatons qu'elle pourrait avoir, et les noms qu'elles leur donneraient.

Mais ensuite lord O'Neill, le Premier ministre d'Irlande du Nord, démissionna le jour même où Tigger mit bas, « et gâcha tout le plaisir », comme l'exprima Kate ce soir-là. Elle s'était précipitée dans la maison pour annoncer la nouvelle, mais avait été réduite au silence par ses parents qui échangeaient des regards consternés et incrédules tout en écoutant une voix distinguée qui discourait à la radio*.

« C'était le meilleur du lot, s'indigna leur père à la fin des informations, et si c'est ce qu'il pense de nous, tu peux imaginer comment les autres nous voient. Qu'y a-t-il, ma chérie ?

— Tigger a eu ses bébés, dit Kate. Il y en a six. »

Elle ne comprit pas pourquoi sa mère eut un rire ironique, ni pourquoi elle répliqua : « Ça en fait trois de plus que moi ! »

La situation se détériora rapidement dans les mois qui suivirent, et la crise culmina au cours de l'été. Pendant quelque temps encore, les reportages de la télévision contrastèrent avec le monde qui les entourait. Elles virent des images de policiers en tenue de combat, à Derry, se battre avec des gens qui leur jetaient des pierres et des cocktails Molotov*. Derry n'était qu'à une heure de route de la maison, mais elles n'y allaient jamais, contrairement à leurs cousins : tante Lucy avait une sœur là-bas et Johnny, Declan et Una s'y rendaient parfois en visite. Elles regardaient les images en noir et blanc pendant que leurs parents se tracassaient, puis elles ressortaient de la maison dans la lumière d'une soirée d'août, où les hirondelles plongeaient en zigzag dans la cour ; où les vaches déambulaient dans l'herbe haute, où le chèvrefeuille fleurissait près du portail vert.

Mais ensuite, les émeutes gagnèrent Belfast, et le drame fit irruption dans leur univers. Au cours d'un reportage à la télévision, elles reconnurent la rue où habitait l'amie de leur mère, miss Regan, chez qui ils allaient chaque année à Noël. On voyait une voiture incendiée au bout de la rue, et le journaliste disait que beaucoup d'habitants du quartier avaient été forcés de quitter leur maison. Leur père pressa leur mère d'appeler miss Regan et de l'inviter à venir s'installer chez eux jusqu'à ce que la situation se calme. Le téléphone sonna dans le vide, et ils s'inquiétèrent jusque tard dans l'après-midi, lorsque miss Regan leur téléphona pour les informer qu'elle était partie chez sa sœur à Newry : « Qui sait si je pourrai jamais retourner chez moi, soupira-t-elle, ou si j'aurai encore une maison quand je rentrerai. C'est comme une guerre, Emily. »

Emily essaya de la réconforter en disant que c'était une bonne chose que le gouvernement britannique eût décidé d'envoyer des troupes en Irlande du Nord. Les habitants des endroits où il y avait eu des troubles au cours de l'été étaient soulagés et pensaient qu'ils seraient désormais protégés. Emily et Charlie partageaient cet avis, mais oncle Brian n'était pas d'accord : « Il aurait mieux valu que les nôtres s'occupent de nous, dit-il. Dublin nous a vraiment laissés tomber.

Lynch aura l'occasion de regretter ses promesses creuses*.

— Mais si l'armée irlandaise s'en mêlait, ce serait une guerre civile déclarée », protesta son frère.

Brian haussa les épaules :

« On dirait que c'est ce qui va nous arriver de toute façon. »

Les troupes britanniques occupèrent d'abord Derry, puis Belfast, puis l'ensemble du Nord. C'était étrange, au début, de voir leurs lourds véhicules blindés sur les routes de campagne tranquilles. Des hélicoptères se posaient dans les prairies près de la maison, leurs hélices fouettaient l'herbe et dérangeaient les vaches au pâturage. « J'imagine qu'on s'y habituera », dit Charlie, mais Brian répliqua :

« Eh bien, ce serait un tort. Ils ne devraient pas être là, ne l'oublie pas. »

Brian n'était pas le seul à faire preuve d'un militantisme croissant. Avant la fin de l'année, l'attitude de la plupart des gens de leur entourage vis-à-vis des soldats s'était considérablement modifiée. Charlie refusait de se laisser entraîner, et rétorquait doucement qu'ils ne lui avaient fait aucun mal. Son contact avec l'armée se réduisait pour l'essentiel à de brefs échanges aux points de contrôle, jusqu'au jour où les militaires débarquèrent dans leur maison.

Ils étaient tous assis à la table de la cuisine un samedi vers midi lorsque Kate, qui se tenait face à la fenêtre, s'écria soudain : « Papa, il y a un soldat dans la cour ; non, ils sont plusieurs, regarde ! »

Au même moment, on frappa à la porte de la cuisine. « Restez là », ordonna leur père en allant ouvrir. Elles restèrent assises, en silence, essayant d'entendre ce qui se disait. Lorsque leur père revint dans la cuisine, deux soldats l'accompagnaient.

« Ces hommes veulent nous poser quelques questions, expliqua-t-il à Emily.

— Allons dans le salon », proposa-t-elle en voyant les soldats jeter un coup d'œil aux reliefs du repas sur la table.

Ils sortirent tous. Le salon était une pièce sombre, compassée, qui servait rarement. Emily et les petites s'assirent avec raideur sur les fauteuils et sur le canapé, Charlie s'adossa à la cheminée froide, et le plus jeune des deux soldats, qui portait un long fusil, alla se placer devant la vitrine contenant la porcelaine. Par les fenêtres, étroites et profondes, ils distinguaient l'ombre d'un militaire près de la porte d'entrée, et un autre encore, accroupi au pied de l'arbre. Celui qui était visiblement le chef sortit un calepin et un stylo en leur expliquant poliment que leur régiment – il le nomma – venait d'arriver, et qu'ils avaient besoin de certaines informations concernant les gens du coin. Il ajouta que leur aide et leur coopération seraient appréciées.

« Je commencerai par vous, monsieur, si vous le permettez. Votre nom ?

— Charles Quinn.

— Pourriez-vous me l'épeler, s'il vous plaît ? »

Le soldat lui demanda ensuite ses autres prénoms, sa profession et sa date de naissance. « Et vous, madame ?

— Emily Mary Quinn.

— Nom de jeune fille ? »

Elle parut surprise, mais répondit.

« Date de naissance ? »

Elle jeta un bref coup d'œil aux filles, puis contempla ses ongles et marmonna quelque chose.

« Pardon, madame ? » Elle répéta, assez fort pour qu'on l'entende, mais à contrecœur.

« Et maintenant, à ces demoiselles », dit-il en souriant aux trois sœurs. Elles virent leurs parents se regarder avec perplexité et une certaine inquiétude. Leur père haussa les épaules et toussa. « Eh bien, voici Helen, annonça-t-il avant que Helen ait eu le temps de réagir, et elle est née le 10 janvier 1959. » Lorsque le soldat eut obtenu tous les détails concernant chaque membre de la maisonnée, y compris Sally, il demanda si quelqu'un d'autre vivait avec eux, ou séjournait fréquemment à la maison. Il voulait connaître le nombre de bâtiments que comprenait l'enceinte de la ferme, et s'ils avaient ou non un chien.

« Vous voulez aussi savoir le nom du chien ? » intervint Sally. Le soldat leva aussitôt les yeux de son calepin et la regarda durement. « Il s'appelle Brandy, ajouta-t-elle, d'une toute petite voix.

— Ah vraiment ? fit le soldat, en souriant. Et c'est un gentil chien ? »

Sally hocha la tête.

« Moi aussi j'ai un chien, chez moi en Angleterre, reprit-il sur un ton agréable en rangeant son calepin et son stylo. Il s'appelle Muffin. C'est un labrador.

— Je ne sais pas de quelle race est Brandy, dit Charlie. Je crois qu'il est un peu de tout. » Le soldat et lui firent semblant de rire. Ensuite, le soldat les remercia et Charlie raccompagna les deux hommes jusqu'à la porte.

Aussitôt que ce fut fini, il leur sembla presque impossible de croire que cette scène avait vraiment eu lieu. Ils regardèrent par la fenêtre les soldats quitter l'ombre de la maison et marcher sous le grand soleil, en s'éventant pour chasser les moucherons. Dès qu'ils eurent disparu, ce fut comme s'ils avaient rêvé cet événement étrange : que deux soldats, l'un en tenue de combat et portant un fusil, l'autre avec un accent qu'ils pouvaient à peine comprendre, étaient entrés dans leur salon pour leur poser toutes sortes de questions bizarres et personnelles, avant de repartir comme ils étaient venus.

« Au nom du Christ, à quoi cela peut-il bien leur servir ? s'exclama Emily lorsque Charlie fut revenu dans la pièce.

— Je n'en sais fichtre rien. As-tu remarqué celui qui se tenait devant la vitrine, le visage qu'il avait ? C'était un enfant ; je suis sûr que sa maman ne ferme pas l'œil à la pensée qu'on l'a envoyé ici. Je suis content d'avoir été correct avec eux, poursuivit-il en fouillant dans sa poche à la recherche de ses cigarettes et de ses allumettes. Il n'y a pas de mal à être correct. »

Il répéta cette phrase ce soir-là à son frère qui avait, lui aussi, reçu la visite des soldats.

« Tu aurais dû les envoyer promener, insista Brian. Tu es beaucoup trop tendre, Charlie, voilà ton problème. Crois-moi, ils ont les moyens de savoir tout ce qu'ils veulent à ton sujet sans te le demander, sans que tu leur dises quoi que ce soit.

— Je crois que Brian a raison, intervint Emily. Quel droit ont-ils de venir demander à une femme comme moi, dans ma propre maison, mon âge et le nom que je portais avant d'être mariée ?

— C'est le coup du chien qui m'a sidéré, reprit Charlie. Qu'est-ce que ça peut leur faire, que j'aie un chien ou non ? » Brian leva les yeux au ciel :

« Ça leur fait que, lorsqu'ils viendront rôder autour de tes cinq bâtiments de ferme en pleine nuit, ils sauront quelle probabilité il y a qu'un chien aille leur mordre le cul. Bon Dieu, Charlie, tu es né de la dernière pluie ou quoi ?

— Eh bien, je suis sûr qu'il y en a beaucoup parmi eux qui n'ont pas plus envie d'être ici que nous n'avons envie de les voir », répondit-il.

Une semaine plus tard environ, Kate et son père se trouvaient dans la boutique de McGovern lorsqu'un soldat entra pour acheter des cigarettes.

« Je regrette, je ne peux pas vous servir, dit Mme McGovern.

— Y a-t-il une raison ?

— Vous la connaissez aussi bien que moi », répliqua-t-elle. L'homme haussa les épaules et sortit du magasin.

« Je regrette, Charlie, mais que dois-je faire ? soupira-t-elle en prenant un bocal de Clove Rock et en commençant à peser les bonbons. Je ne veux pas contrarier l'armée, mais d'un autre côté il y a des hommes dans ce pays qui, s'ils apprenaient que je servais les soldats, feraient sauter ma maison et mon magasin.

— Vous n'avez pas besoin de vous excuser, dit-il, je connais votre situation.

— Ce n'est pas juste de leur part de venir m'acheter des cigarettes, poursuivit-elle. Ils savent très bien le genre de coin que c'est ici, et ils le font seulement pour tester ma réaction. »

À la longue, les soldats cessèrent de se rendre dans les maisons pour demander des renseignements, et cessèrent aussi d'essayer d'acheter quoi que ce fût dans les magasins. Des histoires commençaient à circuler à propos de jeunes gens, des amis d'amis, ou les fils de gens qu'ils connaissaient. On disait qu'en rentrant tard le soir après être allés danser, ils se faisaient arrêter aux postes de contrôle où on les battait sans raison apparente. Charlie était stoppé en plein jour à un barrage routier à quelques centaines de mètres de la maison, et devait décliner son nom et sa profession. Les soldats examinaient son permis de conduire et lui ordonnaient d'ouvrir le coffre de la voiture. Ils lui demandaient d'où il venait : « La maison grise, là-bas, derrière l'arbre » ; et où il allait : « Au magasin, acheter le journal. » Lorsqu'il rentrait, moins de cinq minutes plus tard, le même soldat l'interceptait et, l'air impassible, lui posait exactement les mêmes questions, comme s'il ne l'avait jamais vu, et lui faisait à nouveau ouvrir son coffre. Cette scène se répéta, encore et encore. Pour finir, même la patience légendaire de Charlie n'y résista plus, et il commença à nourrir de la rancune vis-à-vis des forces de sécurité.

Au printemps, mamie Kate tomba et se cassa le bras. Elle prit la chose à la légère et toute la famille s'amusa de la voir apparaître à la messe, le dimanche suivant, le bras passé dans un foulard de soie coordonné à la couleur de son tailleur. « Ce n'est pas parce que je suis blessée que je dois cesser d'être élégante, n'est-ce pas ? » L'école ferma ses portes pour l'été, et les trois sœurs s'abandonnèrent à la paresse des longues journées vides, sans jamais oublier cependant que la situation continuait d'empirer autour d'elles.

Puis, un matin, au mois d'août – tellement tôt qu'ils étaient encore tous au lit –, le téléphone sonna et réveilla Helen, qui se faufila jusqu'à la porte de sa chambre pour entendre. C'était à l'évidence mamie Kate, et elle était très émue, parce que leur père répétait sans cesse des paroles d'apaisement et de réconfort. « J'arrive tout de suite », entendit Helen. Puis elle retint son souffle tandis qu'il remontait l'escalier et passait devant la porte derrière laquelle elle se tenait à l'affût. Elle tendit l'oreille pour distinguer ce qu'il racontait à leur mère en revenant dans leur chambre.

« C'était maman. Les soldats sont venus ce matin et ils ont emmené Peter et Brian. Ils sont sens dessus dessous, là-bas ; j'ai dit que j'arrivais.

— Je peux venir aussi ? » Helen était apparue à la porte de la chambre de ses parents. « S'il te plaît ? »

Son père commença à protester mais, pour une fois, Emily intercéda en sa faveur. « Emmène-la. Si les soldats t'arrêtent sur la route, tu auras peut-être moins d'ennuis avec Helen.

— Tu es plus optimiste que moi, si tu crois cela », répliqua-t-il, mais il dit néanmoins à Helen de s'habiller le plus vite possible.

Il faisait encore nuit lorsqu'ils quittèrent la maison, à part un minuscule trait de lumière à l'horizon, à l'est. En arrivant à la maison de Brian et de Lucy, son père frappa à la porte en criant : « Ce n'est que moi. » Lucy les fit entrer par l'arrière-cuisine et les précéda dans la cuisine, où régnait une complète pagaille. Tous les enfants étaient réveillés, et tous pleuraient. Lucy aussi avait les yeux rougis. Seule mamie Kate, enveloppée dans une robe de chambre bleu pâle, semblait avoir conservé son calme — un calme teinté de colère.

« Nous avons entendu des coups à la porte, qui ont réveillé tout le monde. Brian s'apprêtait à aller ouvrir ; il était dans l'escalier lorsqu'il les a entendus crier que c'était l'armée. “Qu'est-ce que je fais ?” a-t-il demandé, mais au même moment les soldats enfonçaient la porte. Ils l'ont vu dans l'escalier, ils se sont précipités et l'ont attrapé par les cheveux en hurlant : “C'est vous, Brian Quinn ?” Brian répond oui, et ils lui disent qu'il a trois minutes pour s'habiller ; parce qu'ils vont l'emmener.

Alors Peter sort de sa chambre, il entend ça et il crie : "Qu'est-ce qui se passe, qu'est-ce que vous faites à mon frère ?" Et le chef fait un signe de tête en montrant Peter et il dit : "On l'embarque aussi." Et ils les ont à moitié poussés dans l'escalier et les ont jetés à l'arrière d'un grand camion militaire qui attendait dehors. Je leur ai demandé où ils les conduisaient, et pour quelle raison, mais ils ne m'ont pas répondu.

— Dans quel état était Peter ?

— Il allait bien, ces dernières semaines ; il dormait ici, à la maison. Mais ils avaient peur, tous les deux.

— Mon Dieu, c'est terrible.

— Je craignais qu'ils t'aient emmené aussi. Quel soulagement quand tu as répondu au téléphone. »

Le père de Helen se tourna soudain vers Lucy : « Est-ce que tu nous ferais une tasse de thé, ma chérie ? Regarde Declan, il claque des dents, regarde Una. Allez vite aider votre maman. »

Lucy et ses enfants sortirent. Profitant du bruit du robinet tandis qu'on remplissait la bouilloire dans l'arrière-cuisine, le père de Helen demanda à mamie d'une voix sourde et pressante : « Tu es sûre que nous n'avons pas de raisons de nous inquiéter, pour Brian ? » Elle secoua la tête avec véhémence, le regard rivé à la porte de l'arrière-cuisine. « Tu en es sûre, maman ? répéta-t-il à voix basse. Tu es sûre qu'il n'est pas impliqué dans quoi que ce soit, qu'il n'y a rien dans la maison ?

— J'en suis sûre, répondit-elle tout aussi doucement. J'avais peur qu'il arrive... ce qui vient de se produire. Je craignais aussi qu'il y ait des choses cachées ici, que les enfants les trouvent, ou l'armée – je ne pourrais jamais continuer à vivre dans cette maison si quelqu'un y était blessé ou tué. Alors j'ai pris Brian à part, il y a trois semaines environ. Je lui ai demandé sans détour s'il était dans l'IRA, et il a dit non ; et je lui ai demandé s'il cachait des fusils ou d'autres choses pour le compte de quelqu'un, et là encore, il a répondu non. Je lui ai dit que ce serait la fin de tout, et je l'ai prévenu que si jamais il faisait quelque chose qui pouvait attirer des ennuis à Peter ou blesser quelqu'un d'une manière ou d'une autre, je quitterais cette maison et j'irais vivre ailleurs. Et il m'a affirmé que je pouvais être tranquille sur ce point.

— Alors, pourquoi l'ont-ils emmené ? »

Sa mère haussa les épaules. « Pourquoi ont-ils emmené Peter ? » répliqua-t-elle, mais au même moment Declan entra dans la pièce, portant un plateau chargé de tasses et de soucoupes.

Plus tard dans la matinée, lorsqu'ils apprirent que des gens avaient été internés dans tout le Nord et qu'ils entendirent citer le nom de certains de leurs voisins, leur père ne s'interrogea plus sur la raison pour laquelle ses frères avaient été arrêtés ; il semblait plutôt étrange qu'ils ne soient pas venus le chercher, lui aussi. En plus des sympathisants républicains notoires, comme Brian et le père de Willy Larkin, ils avaient arrêté d'autres hommes, parmi lesquels les deux frères de Mme McGovern, dont l'un était impliqué dans le mouvement des droits civiques et l'autre n'avait aucun engagement politique quel qu'il fût ; même si, selon le sombre commentaire de Mme McGovern, « cela pourrait bien changer ».

Charlie passa le reste de cette journée à essayer de découvrir où l'on avait emmené Peter et Brian. Mme McGovern téléphona tard dans l'après-midi pour annoncer qu'elle avait appris que ses frères à elle se trouvaient dans une caserne de l'armée près de Derry, et que tous les hommes d'une même région étaient peut-être retenus dans le même endroit. Le lendemain, après une nuit agitée au cours de laquelle Charlie avait craint qu'ils ne viennent le chercher à son tour, sans savoir comment l'éviter, il apparut qu'elle avait deviné juste.

Ils furent relâchés en début de soirée, le deuxième jour, et lorsque Lucy téléphona pour dire à Charlie que ses frères étaient rentrés, il se rendit immédiatement là-bas en voiture pour les voir et, une fois de plus, emmena Helen avec lui.

Ce qu'ils découvrirent en arrivant prit Helen au dépourvu. Elle savait qu'ils seraient contents d'être de retour, et elle s'était attendue à trouver une atmosphère de soulagement, de bonheur même, et non une famille en colère à la suite de l'arrestation des frères et du traitement qu'on leur avait fait subir. Il semblait difficile de croire qu'ils n'étaient partis que deux jours, tant ils paraissaient changés ; épuisés, mal rasés, comme s'ils avaient fait un long voyage. Brian avait aussi une entaille sous l'œil droit. Il leur dit que les soldats l'avaient interrogé pendant des heures pour connaître le nom de membres de l'IRA, et de gens de sa connaissance qui détenaient des armes et des explosifs. Ils l'avaient rudoyé et menacé, et lorsqu'il avait dit qu'il ne connaissait pas de gens comme ça, on l'avait frappé au visage. Sa fureur et la violence de son langage alors qu'il décrivait ce qui lui était arrivé effrayèrent Helen.

Elle se retira à l'autre bout de la pièce, sur le canapé où était assis Peter. Le chien de Brian, Spike, avait la tête posée sur ses genoux. Peter lui caressait le poil d'une main et, de l'autre, il tenait un verre de whiskey pur, qu'il buvait sans faiblir. Il parlait à peine, hochait la tête ou marmonnait « Oui » lorsque Brian lui demandait une confirmation. Tandis qu'il portait le verre à ses lèvres, Helen remarqua le poignet effrangé de sa chemise et, soudain, elle fit le rapprochement entre Peter et ce qu'était en train de raconter Brian. Elle vit Peter traîné hors d'une jeep de l'armée, insulté et frappé à coups de pied, elle vit les soldats lui hurler des mots orduriers au visage et lui tordre les bras derrière le dos jusqu'à ce qu'il crie. Il vida son verre comme s'il avait contenu de l'eau, et demanda doucement à Declan de lui apporter la bouteille qui était sur la table. Helen ressentait une terrible colère elle aussi, à présent, une colère qu'elle n'oublierait jamais*.

Mais à peine eurent-elles repris l'école et retrouvé leurs habitudes d'automne qu'un nouvel événement fit irruption dans leur vie et les bouleversa. Un soir, à la fin du mois de septembre, Tony Larkin, le frère aîné de Willy, le camarade de classe de Helen, fut tué alors qu'il posait une bombe au pied d'un pylône électrique près de Magherafelt. « Un pylône, dit leur père avec amertume en apprenant la nouvelle. Un putain de pylône », et cela les fit tressaillir, parce qu'il n'utilisait presque jamais un tel langage. « Qu'est-ce qu'il croyait ? Qu'il allait libérer l'Irlande ? » Tony avait dix-neuf ans. Lucy leur avait téléphoné tôt le matin pour leur raconter ce qui s'était passé, après qu'elle-même eut reçu un appel de Mme McGovern. Chacun voulait épargner aux autres le choc d'apprendre la nouvelle par la radio. Mais on avait beau être averti, ce fut extrêmement troublant de regarder la télévision ce soir-là, et d'entendre un nom familier prononcé sur un ton si distant, si officiel. Le présentateur trébucha sur le nom de l'endroit où Tony avait été tué. Tout au long de cette journée, elles avaient entendu les gens parler à voix basse, douloureuse, de ce qui s'était passé, et c'était étrange à présent d'entendre la même histoire racontée de façon neutre et sans émotion.

Helen se souvenait de l'admiration éperdue de Willy pour son frère ; de la manière dont il s'en vantait : « Notre Tony n'a peur de rien, pour sûr. » Un jour, Tony avait tué un renard. Il avait donné la fourrure à Willy, qui l'avait apportée à l'école afin de la montrer à tout le monde ; c'était ce dont Helen se souvenait à présent, l'odeur rance de la dépouille rousse, et Willy caressant la fourrure des deux mains en disant : « Personne dans tout le pays n'est aussi courageux que notre Tony. » En fermant les yeux, Helen vit le champ désolé où vivaient les renards, et où Tony était mort ; un champ bordé par des haies touffues d'aubépine et de prunelle. Kate et elle avaient entendu l'explosion de la bombe. Juste au moment où elles s'endormaient, la veille au soir, il y avait eu comme un long roulement dans le lointain. Elles avaient aussitôt compris que ce n'était pas le tonnerre, et pas seulement parce que le temps n'était pas à l'orage. Elles avaient déjà appris à distinguer le bruit du tonnerre du grondement sourd, prolongé, que faisait une bombe. « Je me demande où c'était... », avait dit Kate et, tout de suite après, elles s'étaient endormies.

Ce soir-là, leurs parents se rendirent à la veillée funèbre et, à leur retour, elles virent que leur mère avait pleuré. Une atmosphère étrange pesait sur tout et sur tous à l'époque de la mort de Tony, un silence lourd et douloureux, et une distance s'était instaurée entre les gens ; ils avaient beau se parler, c'était comme s'ils restaient profondément isolés les uns des autres. Les filles le remarquaient à la maison, à l'école où elles récitaient des prières pour Tony et pour sa famille, et elles le ressentirent plus clairement encore à l'église, le jour de l'enterrement de Tony, auquel elles assistèrent sur l'insistance de leur père. Elles eurent un choc en voyant Willy et sa famille, parce qu'ils paraissaient vivre dans une autre dimension ; et il leur sembla que, si elles avaient essayé de leur parler, ils auraient été incapables de répondre. Mme Larkin semblait enfermée dans un horrible cauchemar dont elle n'avait pas la force de se réveiller. On aurait dit qu'elle pleurait depuis deux jours entiers ; et lorsque Kate en fit la remarque à Emily, plus tard dans la journée, sa mère répondit : « Tu as sans doute raison. » Elles n'avaient encore jamais vu autant de monde dans la petite église et, à la fin de la cérémonie, Kate crut qu'elle allait s'évanouir à cause de la chaleur, de l'atmosphère suffocante et de la lourde odeur d'encens qui montait tandis que le cercueil était porté au-dehors. Dès que la procession eut franchi le portail de l'église, un drapeau tricolore fut placé sur le cercueil, ainsi qu'un béret et des gants noirs. Brian raconta après coup qu'il avait entendu le père Black leur défendre de placer le drapeau sur le cercueil à l'intérieur de l'église. Six hommes et femmes surgirent de la foule. Tout de noir vêtus, avec des bérets noirs et des lunettes noires, ils escortèrent le cercueil, trois de chaque côté, depuis le portail de l'église jusqu'à la tombe ouverte*. Parmi eux, Helen reconnut la fille blonde qu'elle avait vue avec Tony à la fête foraine et en d'autres occasions ; en dépit des lunettes noires, on voyait qu'elle avait pleuré, elle aussi. Le père Black prononça les dernières prières tandis que le cercueil descendait lentement en terre, et les gens qui se tenaient à côté de Mme Larkin l'entendirent murmurer : « Tony, Tony, comment vais-je vivre sans toi ? »

Alors, quelque chose brisa net l'atmosphère de tristesse recueillie qui avait marqué la journée jusqu'à cet instant. Les hommes et les femmes en noir produisirent des armes et, au signal donné par quelqu'un en irlandais, ils levèrent le bras et tirèrent une salve au-dessus de la tombe ouverte. Plusieurs personnes applaudirent avec force, certains hommes poussèrent même des sifflements et des hourras. Leur oncle Brian était de ceux qui applaudirent le plus fort, mais leur père ne se joignit pas à eux.

Dans la voiture qui les ramenait à la maison, ils étaient tous silencieux. Puis leur père dit : « N'oubliez jamais ce que vous avez vu aujourd'hui et ne laissez jamais quiconque vous faire croire que c'était autre chose qu'une vie gâchée, et des vies détruites. »

9

Mercredi

Elle avait toujours aimé les fleurs et les plantes, mais après la mort de Charlie, cela devint une obsession ; la seule occupation dans laquelle elle pût s'absorber complètement, et souvent la seule qui eût un sens pour elle. Elle cultivait des pois de senteur sur un treillis et, dans un coin ombragé du jardin, des tulipes rouges ennuagées de myosotis. Sous les fenêtres elle faisait pousser des giroflées, et, au crépuscule, leur lourd parfum montait par effluves du creux des étoiles violettes et blanches. À Pâques, la maison s'illuminait des jonquilles dont elle remplissait les vases, les pots et les bocaux, leurs trompettes dorées claironnant dans la lumière pâle ; plus elle en coupait, plus il semblait en rester sur le talus où elles ondulaient comme une houle épaisse de vert et de jaune. Chaque automne, elle plaçait dans l'eau des bulbes de jacinthes. À mesure que les jours raccourcissaient, elle regardait les racines blanches se développer et les pousses vertes monter toujours plus haut, jusqu'au jour où les fleurs extraordinaires explosaient soudain dans la pénombre de la fin de l'année et noyaient la maison sous leur parfum. Elle fit un jardin de la tombe de son mari. Elle ne savait comment prier pour lui, alors elle cultivait des roses dans la terre qui protégeait son corps, et lui disait dans son cœur : « Pour toi, Charlie. » Ses filles la taquinaient à propos de cette manie, mais elle se contentait de sourire. Elle savait qu'elles la comprenaient. Cela lui permettait de supporter le temps, en la rivant au cercle des saisons – le temps qui, sans cela, aurait été une horrible ligne droite, un voyage sans pitié, droit vers la mort. Au lieu de quoi, elle avait ramené Charlie dans le cercle, et dans sa vie, d'une manière qu'elle comprenait sans jamais l'exprimer, et qui lui offrait ce qui se rapprochait le plus d'une consolation qu'elle savait impossible.

Elle était assise dans la serre que ses filles avaient fait construire pour son soixantième anniversaire. C'était là qu'elle se trouvait, la veille, tentant d'accepter la nouvelle de Cate, lorsque Sally était venue lui parler. Elle avait insisté pour retourner dans la cuisine de crainte que, si des mots durs devaient empoisonner l'atmosphère, elle n'eût plus jamais été capable de s'asseoir parmi les fleurs sans être assaillie par des souvenirs pénibles. Les fleurs étaient importantes parce que les objets ne signifiaient rien pour elle, depuis qu'elle était toute petite. Elle n'avait aucun attachement sentimental à leur égard. Peu de temps après son mariage, les missions étrangères avaient lancé une collecte de robes de mariées au profit des femmes en Afrique. Elle était rentrée de l'église et avait emballé la sienne sur-le-champ, mais Charlie avait tout fait pour l'en dissuader, et ils avaient atteint une sorte de compromis : elle donnerait la robe, mais garderait le voile et le diadème en strass.

Après sa mort, elles avaient découvert dans sa penderie une cachette à souvenirs dont Emily ignorait l'existence : le programme d'un bal avec dîner auquel ils avaient assisté au Halls Hotel d'Antrim en 1962, un cahier de Cate datant de sa quatrième année d'école primaire, des cartes de Noël et d'anniversaire que les filles lui avaient confectionnées quand elles étaient petites, et une lettre solennelle de Helen alors qu'elle avait dix ans et que Charlie était à l'hôpital pour des calculs biliaires, lui disant de ne pas s'inquiéter pour les vaches « parce que oncle Peter et moi, on s'en occupe jusqu'à ton retour ». Après avoir regardé ces choses, elle avait voulu les jeter, mais les filles s'y étaient fermement opposées. Elle ne voyait pas l'intérêt de les conserver, si bien que les sœurs s'étaient partagé le butin à l'amiable.

Oui, elle avait gardé le diadème pour apaiser Charlie, mais elle n'y accordait aucune valeur. Elle laissait les filles s'en servir lorsqu'elles jouaient à se déguiser en princesses et, à la longue, il avait perdu ses pierres, le voile s'était déchiré. À seize ans environ, Cate l'avait retrouvé un jour, et avait bondi dessus : « Oh maman, tu me le prêteras pour quand je me marierai ? » avait-elle demandé, en s'en coiffant aussitôt. Tout le monde avait ri, même Charlie : elle avait l'air si drôle, avec son visage rayonnant sous la couronne cassée de fausses pierres.

C'était une déception pour elle qu'aucune des trois ne fût mariée. Quand elles étaient adolescentes, il lui paraissait évident qu'elles se marieraient : bon, peut-être pas Sally, mais Helen probablement, et Cate sans aucun doute. Maintenant, cela semblait peu vraisemblable. On disait que les temps avaient changé, mais Cate découvrirait qu'ils n'avaient pas tant changé que cela, les gens la regarderaient encore de haut parce qu'elle avait un bébé toute seule. Rare était encore l'homme qui accepterait de prendre en charge l'enfant d'un autre ; et si jamais ils ne s'entendaient pas, ce serait la première chose qu'il lui reprocherait.

« Je ne voulais pas que tu ailles à Londres ! avait-elle crié à Cate, le lundi. Je savais que ça se terminerait par des ennuis. » Sally et Cate l'avaient toutes deux dévisagée d'un air incrédule. « Je crois que ce n'est pas la question, maman », avait rétorqué Sally. En vérité, Emily avait toujours eu peur en pensant à la vie que Cate menait en Angleterre. Il n'y avait aucune logique à cela, lorsqu'elle y réfléchissait, parce que Cate était, et avait toujours été, ouverte jusqu'à la transparence. Si elle avait eu quelque chose à cacher, aurait-elle demandé à sa mère de lui rendre visite aussi souvent ? Ses invitations ne furent jamais acceptées, mais Sally et Helen avaient séjourné chez Cate et, tout comme Michael et Rosemary, n'avaient jamais rencontré que la gentillesse, le luxe et la générosité qui étaient l'essence même de Cate. Mais une fois, lorsque Cate se trouvait à la maison pendant les vacances, Emily était entrée dans sa chambre, et elle avait compris tout à coup ce qui la troublait. Elle avait regardé l'épais filofax noir sur la table de chevet, la coupe de verre remplie de bagues et de chaînes en or, les merveilleuses chaussures bien alignées sous la fenêtre : la sophistication même des affaires de Cate faisait qu'Emily ne la voyait pas seulement comme sa fille, mais comme une femme ; une femme menant une vie de femme dans une grande ville anonyme, et elle se rendit compte que c'était cette pensée qui lui avait inconsciemment fait peur.

Et puis, il y avait Helen. Contrairement à Cate, elle était complètement rétive à l'idée du mariage, à tel point qu'Emily s'en sentait blessée. Elle se souvenait qu'aux noces du jeune Michael (et Dieu sait qu'il avait fallu cajoler Helen pour qu'elle accepte d'y aller !) Rosemary avait dit, en plaisantant à moitié : « Et toi, Helen, quand vas-tu nous donner une grande fête ? » La réflexion manquait de tact, bien sûr, et Helen avait le droit de s'en formaliser, mais le rejet glacial qu'elle exprima était si absolu, si définitif, qu'Emily en avait été choquée et attristée. Elle ne comprenait pas pourquoi Helen ressentait les choses ainsi, dans la mesure où elle avait grandi au sein d'un ménage heureux. Ce n'était pas comme si elle avait vu Emily et Charlie se disputer tout le temps, ou Charlie rentrer ivre mort, comme certains autres hommes. Elle aurait souhaité poser la question à Helen, mais elle avait trop peur. Elle ne voulait pas admettre qu'elle était intimidée par sa propre fille, pourtant c'était le cas. Parfois, lorsque Cate revenait à la maison, elle se sentait un peu mal à l'aise avec elle au début, parce que Cate était si belle. Elle ressemblait aux mannequins du magazine pour lequel elle travaillait, mais sa personnalité transparaissait presque aussitôt sous le vernis. Dix minutes après son arrivée, elle se débarrassait de ses souliers, soulevait le couvercle de la boîte à gâteaux, faisait entrer les chats dans la cuisine pour jouer avec eux, vous rendait folle et vous faisait rire comme lorsqu'elle avait dix ans. Mais Helen était différente, et l'avait toujours été.

Cate lui avait donné plus de souci que Helen et Sally réunies ; dans quel pétrin ne s'était-elle pas fourrée à présent, et à son âge encore ! Quand Cate était adolescente, Emily craignait par-dessus tout qu'elle pût tomber enceinte. Elle se souvenait des nuits passées à écouter le vent et la pluie tandis que Charlie ronflait à ses côtés ; elle ne fermait pas l'œil avant d'avoir entendu le bruit d'une vieille voiture remontant l'allée en cahotant, puis le son de la porte de l'arrière-cuisine qui s'ouvrait ; et plus long était l'intervalle entre le moment où la voiture s'arrêtait et où la porte s'ouvrait, plus elle était anxieuse. Ensuite, elle distinguait dans l'escalier le pas léger de Cate, de retour du bal qui, la plupart du temps, avait été source d'interminables discussions jusqu'à ce que Emily lui donne, à contrecœur, la permission d'y aller. Elle n'avait pas apprécié certains des garçons que fréquentait Cate à cette époque, un peu trop remuants à son goût, et elle s'inquiétait encore plus en pensant à ceux qu'elle ne connaissait pas. Puis un jour, au milieu d'une discussion, elle s'était mise en colère : « Et si tu t'attires des ennuis, que tu te retrouves enceinte ? Tu y as pensé ? Ta vie gâchée, sans parler de tes études... »

— Mes études ? s'était indignée Cate. Et moi alors ? Et le bébé ? Est-ce que rien d'autre ne compte dans la vie que les études ? Et, de toute façon, comment peux-tu me dire une chose pareille ? Tout le monde s'imagine toujours que je suis bien pire que je ne le suis. » Elle avait fondu en larmes, et Emily avait fini par s'excuser, mais une certaine froideur avait longtemps subsisté entre elles après cet épisode. Cate s'était sentie profondément insultée et blessée par les paroles de sa mère.

Ils n'avaient jamais eu de problèmes avec Helen, parce qu'elle ne voulait jamais aller danser, elle ne pensait qu'à ses livres. Emily n'avait jamais vu quelqu'un étudier autant et elle songeait à présent que Charlie et elle auraient peut-être dû la pousser à sortir davantage, même si, à l'époque, elle en avait été contente. Elle disait souvent que si ses trois filles avaient été comme Cate, elle serait devenue folle. Oh, c'était très bien que Helen eût un bon travail, de l'argent et une maison, elle avait grimpé jusqu'en haut de l'échelle, mais le prix était trop élevé. Elle avait toujours été sérieuse, même toute petite, pourtant Emily n'avait jamais pensé qu'elle pourrait devenir si froide et si intimidante à l'âge adulte. Une fois, à l'époque où elles étaient toutes à l'école au couvent, sœur Benedict avait confié à Emily : « Helen est, à tout prendre, un modèle trop parfait. Kate est un diablotin, mais aussi une des filles les plus adorables de cette école. Et Sally fait ce qu'on lui dit de faire. »

Elle n'avait jamais voulu avoir de filles, de toute façon. Le savaient-elles ? Elle ne le leur avait jamais dit, bien sûr, mais elle avait lu quelque part que les enfants, même très jeunes, sentaient et comprenaient bien plus de choses qu'on ne pouvait l'imaginer. Elle avait eu honte de sa propre déception lorsque Helen était née : solide et en bonne santé, mais ce n'était pas le fils qu'elle avait désiré. Quant à Charlie, cela lui était égal, de fait il avait été enchanté. Il disait qu'il ne comprenait pas pourquoi tout le monde voulait des garçons. « Nous ne sommes pas une famille royale, que je sache. Et, le temps qu'elle grandisse, les femmes seront moins opprimées qu'elles ne le sont maintenant. » Tous les Quinn avaient été ravis à la naissance de Helen, parce que Charlie n'avait pas de sœurs et que le premier enfant de Brian et de Lucy était un garçon, lui aussi, si bien que l'arrivée d'une fille était une grande nouveauté dans la famille. C'était peut-être la raison pour laquelle Helen et Cate avaient été plus proches de Charlie, depuis le début. Helen était toujours si maîtresse d'elle-même, à la différence de Cate, qui ne s'était jamais gênée pour exprimer à cor et à cri ses désirs ou ses besoins, Cate qui avait appris à charmer les gens avant même de savoir marcher. « Elle fait de moi ce qu'elle veut », disait Charlie, comme si rien n'eût pu lui donner plus de plaisir.

Et lorsque Emily s'était retrouvée enceinte pour la troisième fois, elle avait redouté de ne pouvoir aimer du tout cet enfant, si c'était encore une fille. Ironiquement, elle était en réalité plus proche de Sally que des deux autres. Toutes les infirmières à l'hôpital avaient fait remarquer à quel point ce dernier bébé ressemblait à Emily ; et puis, elle s'était montrée faible et fragile dès sa naissance, si bien qu'elle était plus dépendante de sa mère que ne l'avaient été Helen ou Cate. Avait-elle compris alors que Sally serait son dernier enfant, et qu'il lui fallait oublier son rêve d'avoir un fils ? Depuis le début, elles s'étaient cramponnées l'une à l'autre, littéralement, Sally s'accrochant à ses jupes, lui tenant la main, s'asseyant toujours près de sa mère et se serrant contre elle comme si elle voulait retourner à l'intérieur d'Emily, devenir elle. Et puis, quelle période affreuse lorsque Sally avait commencé l'école ! Helen, à son époque, était partie sans faire d'histoire et Cate, qui s'ennuyait à la maison sans sa grande sœur, avait insisté à grands cris pour aller à l'école, elle aussi. Mais Sally s'était agrippée à la grille chaque matin en hurlant, tout au long des six premières semaines. Le premier jour, Charlie avait dû desserrer ses doigts un à un et l'avait portée, braillant et frappant des poings, jusqu'à la voiture où attendaient Helen et Cate, perplexes et vaguement amusées par le spectacle qu'offrait leur petite sœur. Emily elle-même pleurait sur son lit tandis que la voiture s'éloignait. La maison était vide et silencieuse sans les enfants ; elle détestait cela, et gardait

Sally auprès d'elle sous le moindre prétexte, pour le moindre reniflement, le moindre bobo.

À présent encore, Sally était plus menue et plus frêle que ses sœurs, mais elle possédait une force qu'Emily, qui pensait connaître sa fille cadette jusqu'aux moindres recoins de son âme, n'avait jamais perçue. Elle l'avait découverte pour la première fois lorsque Charlie avait été tué, pas tout de suite, mais au cours des semaines et des mois qui suivirent, alors que les autres s'imaginaient qu'elle commençait sans doute à surmonter ce qui s'était passé (comme si cela pouvait jamais être le cas !). Sally devinait instinctivement ses besoins, sentait les moments où Emily était réellement anéantie par la douleur, et alors elle lui faisait la cuisine et s'occupait d'elle. Mais elle sentait aussi les moments où Emily avait besoin de fermeté. Alors, Sally lui demandait de leur préparer des *scones*, de modifier pour elle la longueur d'une jupe, ou toute autre tâche domestique : exactement la distraction qu'il fallait à Emily. Parfois, Sally l'écoutait parler, jusque tard dans la nuit, de Charlie, Charlie, Charlie... Parfois, elle lui disait durement que cela ne servait à rien de s'abîmer dans le chagrin, lui ordonnait de parler d'autre chose ; et toute cette tendresse et cette sévérité étaient administrées avec une connaissance exacte, presque inquiétante, de ce dont Emily avait besoin à tel ou tel moment.

Mais, bien qu'elle eût appris à connaître ce côté de Sally, Emily avait été décontenancée par son assurance le lundi, lorsque Cate leur avait annoncé qu'elle attendait un bébé ; Sally prenant les commandes, envoyant Cate à Belfast le lendemain et se mettant ensuite au travail pour gagner Emily à sa cause. C'était la première fois qu'un différend grave l'opposait à Sally.

Elles étaient d'habitude parfaitement accordées, même pour les plus petits détails, jusqu'à la couleur dont il convenait de repeindre la chambre d'amis, si bien que toute dissension n'était qu'initiale, comme l'hésitation qu'on peut formuler intérieurement entre le vert feuille et le rose coquillage. Elles ne discutaient pas comme l'auraient fait deux personnes distinctes, mais plutôt comme un seul esprit réfléchissant à voix haute, débattant avec lui-même pour savoir où allait sa préférence.

Emily avait mal dormi dans la nuit de lundi à mardi, non à cause de Cate, mais parce qu'elle s'était mise à réfléchir à sa propre vie, à son enfance en particulier, avec un luxe de détails qu'elle se permettait rarement.

Elle ne se souvenait pas bien du visage de son père, et cela l'avait toujours troublée, parce qu'elle se rappelait très clairement d'autres aspects de lui : le gilet en tweed qui sentait le tabac quand on y enfouissait son visage, la bague d'héliotrope, le capuchon de son stylo-plume dépassant de la poche de sa veste. Les images se déployaient comme des fleurs. Elle était installée sur ses genoux près de l'âtre, et il lui montrait comment discerner des dessins dans les braises : un homme qui longeait une route, un chat en train de faire sa toilette, une maison dans la forêt. Elle était assise en classe dans l'école toute blanche dont il était le directeur. Ils avaient tous posé leur tête sur leurs bras repliés pour se reposer, et elle entendait le bourdonnement apaisant des enfants récitant leurs tables de multiplication dans la salle voisine : « Deux fois un deux, deux fois deux quatre, deux fois trois six, deux fois quatre huit... », et le son l'enveloppait comme une couverture chaude. Après la pluie il y avait une odeur riche de terre et de végétation. Son père l'emmenait à la plage, et ils marchaient dans le sable pâle, le long du rivage. Ils ramassaient des coquillages dans un seau en fer-blanc, et il lui racontait que toutes les mers étaient une seule mer, lui décrivait la manière dont un océan se mêlait imperceptiblement à l'autre. La mer au sommet du monde était froide, il y avait là-bas des ours polaires et des icebergs ; mais l'océan des tropiques était chaud et bleu, plein de corail et de poissons aux couleurs merveilleuses. Plus tard, elle en vint à comprendre que le temps était comme l'océan, parce que toutes les choses qui s'étaient produites dans le passé étaient reliées d'une manière extraordinairement simple. L'Histoire n'était que le fruit de l'enchaînement des jours, l'un après l'autre, comme un fil qu'on pouvait rembobiner jusqu'à l'époque où les femmes portaient d'étranges jupes à crinoline et des bonnets qui leur cachaient le visage, jusqu'à une autre époque où les hommes se massacraient avec des épées et pensaient que la terre était plate, jusqu'à une autre époque encore où les gens vivaient dans des cavernes.

Et puis un matin sa mère s'était approchée de son lit, l'avait secouée pour la réveiller, puis précipitée hors du rêve chaud et heureux qu'avait été sa vie jusqu'à cet instant en lui disant que son papa était mort, que son papa était parti au paradis. Elle ne l'avait jamais revu.

Plus tard dans la matinée, Michael et elle furent conduits à travers un paysage enfermé dans la pluie et le brouillard jusqu'à Ballymena, chez la sœur de leur mère. Ils y passèrent trois jours, sans pouvoir jouer comme on leur demandait de le faire, dans les hautes pièces poussiéreuses où la lumière était grise et les seuls livres disponibles énormes et lourds, avec des lettres serrées et noires, sans aucune image. Michael pleurait en réclamant ses parents, pleurait d'ennui, pleurait de peur ; et Emily faisait des efforts de grande sœur, des efforts sans suite pour le réconforter, lui disant qu'ils rentreraient bientôt à la maison.

Mais lorsqu'on les ramena chez leur mère, celle-ci était en train d'empaqueter leurs affaires. « Ce n'est pas notre maison, expliqua-t-elle brièvement. Nous devons faire place au nouveau professeur qui va reprendre le travail de votre papa. » Jusqu'à cet instant, elle n'avait jamais pensé que leur foyer puisse être constitué d'une série d'objets indépendants. Elle avait cru que le buffet et la longue table pâle ne pouvaient exister que l'un par rapport à l'autre dans leur cuisine, et cela la troubla beaucoup de voir sa mère décider tranquillement de vendre l'un et d'emporter l'autre. Il n'y aurait pas assez de place dans la maison de leur tante pour toutes leurs affaires, et leur mère s'attendait à ce qu'ils le comprennent et qu'ils coopèrent, au lieu de se montrer sentimentaux et égoïstes ; si bien qu'il y eut une énorme dispute à propos du seau de coquillages d'Emily, une dispute qui commença par un ordre, continua par des cajoleries, des prières, des cris et des larmes, et se termina par une crise de rage, Emily envoyant valser le seau d'un coup de pied en hurlant que si elle ne pouvait avoir les coquillages, alors elle ne voulait plus jamais rien avoir.

Au cours des années suivantes, cette rage resurgit parfois. Son âme s'était brisée à l'âge de douze ans, mais les âmes, celle d'un enfant ou d'une société, ne se brisent jamais net, et les gens qui ne comprenaient pas cela furent choqués lorsque la fillette terne et silencieuse, si désireuse de faire plaisir, manifesta à l'improviste un tempérament violent. Ils pensaient que ces deux aspects étaient incompatibles, ne comprenaient pas que la malveillance était le corollaire logique de l'obséquiosité. Les jours passèrent, et l'image de l'homme qu'elle avait aimé, qui savait transformer son mouchoir en souris pour la faire rire, qui avait marché avec elle sur la plage et lui avait expliqué les choses, fut remplacée par un mythe, un personnage distant fronçant les sourcils sur une photographie encadrée, qu'elle ne pouvait honorer qu'en devenant institutrice comme lui, et tous ses souvenirs devinrent comme des rêves.

« Personne ne m'a demandé si j'avais envie d'enseigner, racontait-elle à ses filles, bien des années plus tard. On m'y a poussée. Maman n'aurait jamais songé que je puisse préférer autre chose. Mais j'ai eu de la chance, cela m'a plu au-delà de tout ce que j'aurais pu imaginer. »

Une fois, Cate avait dit que c'était seulement en vivant loin de l'Irlande du Nord qu'on se rendait compte, en y revenant, à quel point cette société était divisée, et à quel point cela pouvait produire des effets étranges. À titre d'exemple, elle avait mentionné le jour où Sally avait distraitement répondu à la question anodine d'une coiffeuse : « Où passerez-vous les vacances, cet été ? » par ces mots : « En Italie », et elle avait vu le visage de la femme changer de couleur dans le miroir. Elle avait continué de lui couper les cheveux en silence pendant quelques instants, avant de demander : « Allez-vous habiter au Vatican ?

— Non, avait répondu Sally. Je vais à Rimini. »

La famille entière avait ri aux larmes quand Sally leur avait raconté l'anecdote ; et, en y repensant, Emily comprenait mieux ce qu'avait voulu dire Cate. Mais lorsqu'elle était adolescente, il avait semblé naturel de l'envoyer au couvent du coin, puis dans un établissement de formation pédagogique catholique, afin d'enseigner ensuite dans une école catholique. Même si ses propres filles étaient assez âgées pour se rappeler l'Irlande du Nord avant le début des Troubles à la fin des années soixante, elles avaient été trop petites pour comprendre à quel point les choses étaient difficiles pour les catholiques à cette époque. Emily elle-même, en tant que jeune adulte dans les années cinquante, ne l'avait que vaguement compris. Elle se revoyait assise dans le jardin de sa tante à Ballymena par une chaude soirée d'été, écoutant distraitement un groupe de joueurs de pipeau qui répétait au loin, dans les rues, en prévision du défilé du 12 juillet. D'abord, elle avait seulement trouvé la musique indigente, comme un bruit de boîtes de conserve, puis elle avait réfléchi à la raison qui les faisait jouer et, tandis que les pipeaux cédaient la place au roulement dur des gros tambours, elle se rendit compte que ces gens-là la haïssaient, la *haïssaient*, et ne lui feraient pas de quartier, pas plus qu'à sa famille. Et elle ressentit alors non seulement cette peur vague, si habituelle qu'on n'y pensait même pas, mais aussi une colère teintée d'amertume. Sa mère était sortie au jardin à ce moment-là et Emily avait explosé : « Pourquoi devons-nous écouter cela ? Pourquoi devons-nous le supporter ? » Et sa mère l'avait regardée sans comprendre. Ce fut, jusqu'au jour où elle rencontra Charlie et Brian, son moment de plus grande prise de conscience politique, mais à l'époque elle n'aurait pas été en mesure de le définir ainsi.

« La politique » signifiait alors le Stormont, c'est-à-dire un gouvernement protestant pour un peuple protestant, si bien que lorsqu'on était par hasard catholique, le message était clair. Il fallait se contenter de travailler le plus dur possible à l'intérieur des étroites limites prescrites, et cela demandait en soi tant de temps et d'effort que fort peu de gens – et certainement pas Emily – avaient la conscience ou l'énergie nécessaire ne fût-ce que pour réfléchir à la manière dont les choses auraient dû, ou auraient pu, changer. L'éducation était l'unique chance, c'était comme une corde à laquelle on se raccrochait de toutes ses forces, dans l'espoir de se hisser jusqu'à une position moins défavorisée que celle qu'on avait eue au départ. Baissez la tête, occupez-vous de vos affaires, et n'en espérez pas trop de toute manière. Personne ne le formulait explicitement, mais ce n'était pas nécessaire, parce que son entourage lui transmettait implicitement ce message chaque jour de sa vie.

Elle avait honte à présent de son manque de conscience politique ; mais, d'un autre côté, elle souffrait d'un sentiment de dépossession personnelle si intense que ç'aurait peut-être été trop demander à la jeune fille d'alors de démêler l'écheveau de son chagrin, d'identifier et de nommer chaque cause à tour de rôle. Parfois, elle se souvenait de ce que lui avait dit son père, à propos du temps et de l'océan ; et elle avait un tel sentiment de dislocation par rapport à sa vie d'avant, sa vie avec lui, qu'elle ne parvenait pas à croire que la seule chose la séparant de son passé fût cette simple chaîne, un jour après l'autre, encore et toujours. La perte de son père, qui avait marqué la fin de son enfance, laissa dans sa vie une terrible blessure que rien ne put guérir, jusqu'au jour où elle franchit le seuil d'une école primaire de Belfast en tant qu'institutrice stagiaire. Allongée dans son lit maintenant, plus de quarante ans après, le nom et le visage des enfants lui revenaient : Martin, Bernadette, Mary, Henry et Joe, leur visage ouvert, leur accent dur, leurs taches de rousseur, leurs genoux écorchés, leurs culottes courtes et leurs robes en coton — des enfants adorables. Ils lui avaient donné bien plus qu'ils ne pouvaient l'imaginer ;

non pas un improbable chemin pour retourner dans son enfance, mais l'occasion de construire quelque chose à partir du bonheur de ces années d'enfance d'une manière qu'elle n'aurait jamais crue possible.

Ballymena était une petite ville marchande, tranquille et provinciale, et même si Emily n'avait pas aimé y grandir, elle était habituée à son air de droiture presbytérienne, à sa pluie et à ses silences dominicaux. Elle ne s'attendait pas à aimer Belfast ; au cours des rares visites qu'elle y avait effectuées, la ville lui avait semblé bruyante, sale et laide. Lorsqu'elle partit là-bas pour suivre les cours de formation pédagogique, elle découvrit que ses impressions étaient justes, mais dénuées de pertinence. Laide, certes, la cité était cependant magnifiquement située, entre mer et montagnes. Les rangées interminables de maisons accolées en briques rouges, les usines, les portiques jaunes des chantiers navals, les flèches des églises et les pentes dénudées de la Montagne Noire s'associaient pour lui donner une atmosphère particulière. L'air y était enfumé et, lorsqu'elle se réveillait le matin, elle entendait le fracas des trolleybus qui montaient et descendaient Falls Road. Elle décida, sans en parler à sa mère, que lorsqu'elle aurait son diplôme elle ferait tout son possible pour trouver un poste à Belfast, au lieu de retourner à Ballymena comme on le lui demandait tacitement.

Elle s'épanouit dans cet établissement, s'y fit des amies, ce qui n'avait pas été le cas à Ballymena parce qu'on lui avait fait comprendre que sa tante leur accordait une grande faveur en les accueillant chez elle ; qu'en amenant d'autres petites filles à la maison elle aurait abusé de son hospitalité. Au cours du premier trimestre, elle sympathisa avec une femme du nom d'Agnes Bell, dont le père possédait un pub près de

Randalstown. On l'appelait Anguleuse Aggie parce que elle avait beau manger comme quatre, elle restait toujours aussi maigre. « Regardez-moi ! Un sacré sac d'os, pour sûr », se plaignait-elle en pinçant la chair de ses bras et de ses jambes. Elle adorait néanmois les vêtements, et elles partaient souvent ensemble faire la tournée des magasins du centre-ville. Son père avait une si belle situation qu'Agnes pouvait s'offrir des tailleurs et des robes magnifiques dans des boutiques telles que The Bank Buildings ou Robinson & Cleaver's, qui étaient bien au-dessus des moyens d'Emily, même après qu'elle eut passé son diplôme et commencé à toucher un bon salaire.

Sa première paie fit l'objet d'une dispute avec sa mère ; une dispute qu'elle n'oublia jamais et ne lui pardonna jamais, parce qu'elle lui gâcha le plaisir longuement attendu d'avoir enfin son argent à elle, qu'elle avait elle-même gagné. Michael allait encore à l'école, et elle acceptait l'idée de devoir apporter une contribution substantielle à la famille, mais sa mère trouva que ce n'était pas assez. Non seulement cela : elle dit que si Emily était douée de la moindre gratitude, après tout ce qu'on avait fait pour elle, et les études qu'on lui avait offertes, elle remettrait son enveloppe de paie tous les vendredis sans même l'ouvrir, en laissant à sa mère le soin de décider ce qui revenait à la famille et ce qu'il convenait de donner à Emily pour ses divertissements. Les « divertissements » comprenaient le logement dans la minuscule maison de briques rouges de miss Regan près de Clonard. La mère d'Emily considérait cette dépense comme un luxe qui aurait pu être évité si Emily avait eu la correction de chercher du travail à Ballymena, ce qui lui aurait permis de revenir vivre à la maison. « Plutôt mourir », avait dit Emily à

Agnes, et elles avaient dansé comme des folles dans la chambre le jour où on leur proposa deux postes dans la même école du bas des Falls, où Emily avait fait son apprentissage. Il lui fallait donc aussi de bons vêtements, pas aussi chics que ceux d'Agnes bien sûr, mais en plus grande quantité et de meilleure qualité que ne pouvait le comprendre sa mère, parce qu'à l'époque une institutrice se devait d'être bien habillée. Tout le monde attendait cela d'elle, même les enfants, et elle n'aurait pas été respectée à moins.

Cette vie, terriblement dure de l'avis de ses filles, ne lui avait pas paru si mauvaise, à elle. « Comment as-tu fait pour tenir le coup ? » demandaient-elles, mais elle y avait pris plaisir, et elle prenait encore plaisir à leur raconter son existence d'alors. Elle leur décrivait la chambre austère dans la maison de miss Regan, miss Regan qui ne savait pas cuisiner, dont les œufs sur le plat étaient toujours brûlés dessous et crus dessus, dont les saucisses se fendaient toujours dans la poêle, dont le gâteau à la graisse de bœuf défiait toute description. Une fois par semaine, elles se rendaient ensemble à la Confraternité des femmes de Clonard (« Tu parles d'une aubaine ! » s'exclamait Helen). Parfois, pour faire plaisir à miss Regan et pour s'épargner elle-même, Emily lui disait de ne rien préparer, et elle leur offrait à toutes les deux un dîner de poissons panés et de frites. Comme elle aimait ces soirées ! Aujourd'hui encore, après toutes ces années, lorsqu'il lui arrivait de croiser dans la rue quelqu'un qui mangeait des frites, l'odeur du vinaigre et des pommes de terre lui rappelait combien elle avait apprécié ces moments dans le salon minuscule ; et le feu dans la cheminée, les grands yeux indulgents de miss Regan, le fracas des bus et le bruit de la pluie, les lumières de la rue qui dessinaient sur les persiennes des taches pommelées. Elle ne cherchait pas trop à expliquer aux filles son bonheur de l'époque, parce qu'il lui aurait fallu évoquer la froideur de sa vie chez elle, et cela lui aurait semblé déloyal. Dans le salon de Belfast, il y avait eu une douceur, une intimité qu'elle n'avait jamais connues dans sa propre famille.

Emily n'était toujours pas convaincue que le métier d'enseignant fût devenu plus facile. « C'était une vraie profession, de mon temps, disait-elle à Sally. On était bien considéré et la société nous soutenait. » Les enfants d'autrefois ne se seraient jamais montrés insolents ; Emily avait peine à croire certaines histoires qu'elle entendait, à propos de gamins, même très jeunes, qui juraient et prenaient leurs professeurs à partie.

Les conditions étaient dures, pourtant, on ne pouvait le nier : il n'était pas inhabituel d'avoir quarante élèves par classe. Parfois, il fallait partager une salle avec un autre professeur, et alors les cours devaient être soigneusement coordonnés pour qu'un groupe ne dérange pas l'autre. Sally avait été choquée lorsque Emily lui apprit qu'elle n'avait pas même une chaise, par manque de place : rien qu'un bureau repoussé contre le mur. Elle devait donc rester debout de la première à la dernière sonnerie. Souvent, à la fin de la semaine, le vendredi après-midi, elle avait tout juste la force de se traîner dans le centre-ville pour prendre le car de Ballymena. Comme la plupart des voyageurs, elle avait tendance à s'endormir tandis qu'ils traversaient la campagne. Pas étonnant qu'elle rechignât à remettre sa paie à sa mère !

Parfois, cela l'attristait de penser à l'avenir difficile qui attendait ses élèves. Emily regrettait leur manque d'ambition, mais, à d'autres moments, elle se disait que c'était une bénédiction pour eux de ne pas nourrir d'aspirations qui resteraient de toute façon frustrées. Lorsqu'elle leur demandait ce qu'ils voulaient faire quand ils seraient grands, les garçons répondaient en général : « Conduire un cheval pour Wordie, madame », désignant par là Wordie Cowan, le brasseur. Les filles n'avaient même pas la perspective de rejoindre les filatures où travaillaient leurs mères, parce que, dans les années cinquante, mêmes celles-ci commençaient à fermer. Dans le bus, Emily redoutait de s'asseoir à côté des ouvrières du textile, de crainte que les longs fils blancs qui collaient à leurs vêtements n'adhèrent à son propre manteau ou à sa robe. Elle se sentait coupable, cependant, de ce mouvement de recul devant ces femmes épuisées, dont les mères conduisaient les enfants à l'école chaque jour, pour les confier à ses soins. Quant aux pères chômeurs, les grands chantiers navals et autres industries lourdes de Belfast auraient pu se trouver sur la lune, tant était minime la possibilité qu'eux-mêmes ou leurs fils y trouvent du travail, parce qu'ils étaient catholiques. Seuls les plus doués, les plus résolus et les plus travailleurs avaient la moindre chance de s'en sortir : pourtant, l'instruction était leur espoir.

Au cours de ce premier trimestre d'automne, Paul, le frère d'Agnes, commença à s'intéresser à elle. Il venait à Belfast dans la Zephyr noire de son père, et l'emmenait au cinéma, ou danser au Floral Hall, pendant les rares week-ends où elle restait à Belfast. Elle comprit après coup qu'elle ne s'était jamais vraiment intéressée à lui – il était aussi maigre qu'Agnes –, mais l'attention qu'il lui manifestait la flattait. Elle parla de lui à sa mère et à sa tante, sans vraiment savoir pourquoi : elle aurait été choquée si quelqu'un lui avait dit qu'elle se vantait, pourtant c'était exactement cela. Elle ne se rendit compte de sa bêtise que lorsqu'elle leur montra fièrement le collier de cristal qu'il lui avait offert pour Noël. Elle se rappelait la manière dont sa mère l'avait évalué à la lumière, admirant son brillant, et soudain sa tante avait déclaré : « Il est prêt à passer aux choses sérieuses, Emily. » Elle avait éprouvé une drôle de sensation froide au creux de l'estomac. « Oh, je ne sais pas, avait-elle bafouillé en tendant les mains pour récupérer les perles qui lui semblaient à présent des débris de glace. Il a plein d'argent, je suis sûre que pour lui ce n'est qu'un petit cadeau de Noël ordinaire », ce qui d'une certaine manière ne coïncidait pas avec le triomphe qu'elle avait manifesté quelques instants plus tôt en exhibant le collier. Sa tante et sa mère sourirent, et sa tante lui lança : « À d'autres ! » Emily rangea les perles dans leur écrin.

Si bien que, quand elle commença à sortir avec Charlie quelques mois plus tard, elle n'en parla pas à sa famille. Étrangement, elle le rencontra lui aussi par l'intermédiaire d'Agnes. Son amie avait un oncle prêtre dans les missions du Nigeria, et lorsqu'il était rentré pour des vacances la famille avait organisé un grand bal dans une grange pour collecter de l'argent qu'il pourrait rapporter à sa paroisse.

Tout au long de leur mariage, Charlie l'avait taquinée parce qu'elle ne se souvenait pas du moment exact où ils s'étaient rencontrés. Agnes l'avait traînée partout ce soir-là en la présentant à tant d'amis d'enfance que le moment où elle annonça : « Emily, voici Charlie Quinn » se perdit aussitôt dans le flot des phrases semblables. Ce dont Emily se souvenait, c'était la fin de la soirée, lorsqu'elle avait dit au revoir à Charlie. « La prochaine fois que vous viendrez à Belfast, passez me voir, avait-elle murmuré. Cela me ferait plaisir. Agnes sait où je suis. » Il avait paru surpris, et à juste titre, par cette invite audacieuse. Mais elle était prête à prendre le risque qu'il la tienne en piètre estime, si l'alternative était de ne pas le revoir parce qu'elle s'accrochait trop à sa dignité. À un moment de la soirée, après la présentation initiale, ils s'étaient retrouvés à nouveau ensemble, assis sur un ballot de paille, à bavarder en buvant du Coca Cola. Elle s'était alors rendu compte à quel point Paul lui était indifférent. Ce qui importait n'était pas Paul lui-même, mais plutôt le fait que sa mère serait impressionnée par les cadeaux qu'il lui faisait, que miss Regan remarquerait et admirerait la belle voiture avec laquelle il venait chercher Emily ; ce qui importait, c'étaient les déjeuners, les bals, les sorties au cinéma, mais Paul, lui, ne comptait pas du tout.

Lorsque Charlie vint en effet à Belfast et qu'elle commença à sortir avec lui, ce fut sa personne, et non ses possessions, qui suscita les commentaires de miss Regan. « Il est merveilleux, ce grand garçon, Emily », dit-elle au cours de leur petit déjeuner habituel fait de toasts brûlés et de porridge gluant, le lendemain du jour où elle l'avait rencontré. Agnes se révéla une bonne amie, disant à Emily de ne pas s'inquiéter pour Paul. « Je lui ai déjà expliqué qu'il ne faisait plus partie du décor. » Plus tard, au cours du printemps, elle demanda à Emily si elle avait parlé de Charlie à sa famille.

Emily répondit non. « Eh bien, je le ferais si j'étais toi, parce qu'ils vont avoir un choc quand tu leur annonceras que tu te maries avec quelqu'un dont ils n'auront jamais entendu parler. » Emily ne répliqua pas, mais suivit ce conseil. Sa mère, cependant, n'y prêta que peu d'attention, surtout lorsqu'elle découvrit à quel point la ferme de Charlie était petite et pauvre. Emily avait insisté sur ce point et sa mère, elle s'en rendit compte longtemps après, avait mal interprété cette information, y voyant un signe qu'Emily n'était pas, ne pouvait être sérieuse à son sujet. Oh, elle avait trouvé sa propre mère si froide, comparée à celle de Charlie lorsqu'elle la rencontra, et la différence entre les deux femmes se manifesta on ne peut plus clairement quand ils décidèrent de se marier : la colère et les larmes de la mère d'Emily ; les larmes et le bonheur de la mère de Charlie. « Bien sûr qu'ils sont enchantés, ricana la mère d'Emily, ils ont tout à gagner et rien à perdre. Et ta carrière ? Je n'arrive pas à croire que tu t'apprêtes à l'abandonner comme ça. »

Le pire, c'était que sa mère avait raison sur ce point. Emily elle-même avait réfléchi à ce problème, sans pour autant le résoudre. À la fin de sa première année d'enseignement, ils étaient tous partis en excursion avec les enfants à Groomsport, dans le comté de Down. Les seules photographies qu'elle eût de sa période d'institutrice avaient été prises ce jour-là, avec un Box Brownie, par un autre professeur, et elle les regardait régulièrement. Les enfants étaient si excités : c'était une telle joie pour eux d'aller à la mer. La veille au soir, Charlie lui avait demandé de l'épouser, et elle avait dit oui. Assise sur la plage, elle réalisa qu'elle avait toujours pensé se marier un jour, mais pas avant longtemps. Si elle partait vivre à la campagne, elle devrait renoncer à son travail à Belfast, mais en tant que femme mariée il lui serait difficile, peut-être impossible, de trouver un autre emploi là-bas. C'était mal vu qu'une femme continue à travailler alors qu'elle était mariée, elle devait rester à la maison et s'occuper de ses enfants. Quelle injustice qu'elle ne puisse avoir les deux, pensait-elle, tandis qu'elle regardait ses élèves courir sur la plage en criant. Même Agnes, lorsqu'elle lui posa la question plus tard, ne put lui offrir de réconfort : elles se souvenaient toutes deux des histoires qu'elles avaient entendues pendant leur période de formation, à propos de femmes qui cachaient leur bague de fiançailles dans leur poche avant de se rendre à des entretiens d'embauche. Mais on les démasquait toujours, elles n'obtenaient jamais le poste, on les traitait de menteuses et de rusées pour avoir cherché à dissimuler leurs intentions.

Une semaine après qu'Emily eut appris à sa mère qu'elle était fiancée, celle-ci lui envoya un courrier de lecteur découpé dans l'*Irish News*. Emily avait déjà vu des lettres semblables à celle-là, mais de la recevoir ainsi par la poste, sans message personnel de sa mère, lui avait fait l'effet d'une lettre anonyme dirigée contre elle personnellement, et les mots s'étaient gravés dans sa mémoire :

Monsieur,

On constate avec regret le nombre croissant de filles qui, au moment de se marier, conservent égoïstement leur travail dans nos écoles catholiques, refusant ainsi un emploi à des filles non mariées qui en ont bien besoin et, pire, à des hommes dont beaucoup ont une femme et des enfants à nourrir. Lorsqu'on constate chez elles un tel manque de compréhension de leur vocation chrétienne en tant qu'épouse et mère, on se demande s'il ne conviendrait pas de sélectionner avec plus de discernement le genre de fille qu'on choisit de former à ce métier. Des filles si ignorantes du rôle que Dieu leur a destiné sont-elles dignes que nous leur confiions nos enfants ? Veuillez agréer, etc.,

Patrick Gallagher

En réponse, elle avait déchiré la coupure et l'avait renvoyée à sa mère sans un mot d'explication. Après cela, la situation ne fit qu'empirer. Emily devint de plus en plus hargneuse : elle était prête à le reconnaître, à présent. Donc, elle ne pouvait garder à la fois son mari et son travail. Ainsi soit-il : elle choisit de se marier. De la sorte, ses coûteuses études seraient gâchées : n'était-ce pas la faute de la société, qui lui refusait d'exercer son métier ? Pourquoi blâmer Emily ? Elle n'eut pas de mal à faire admettre à sa mère que c'était le fait d'y avoir renoncé pour si peu qui la choquait. Si Emily avait décidé d'épouser Paul, qui hériterait du pub et de la maison de son père, elle n'aurait rien trouvé à redire. Les études en tant qu'appât pour ferrer un gros poisson n'étaient pas, à l'évidence, un gâchis ; épouser un homme sans le sou l'était.

« Elle m'acceptera avec le temps », disait Charlie avec un optimisme attachant. Ce ne fut jamais le cas.

Et Sally connaissait si bien sa mère que c'était précisément ce point sensible qu'elle avait travaillé, la veille, en défendant Cate. Pauvre Cate par-ci, pauvre Cate par-là : son premier souci avait été de susciter la compassion. Cate souffrait sans doute beaucoup de cette situation, affirmait Sally. Alors, que devaient-elles faire ? La contraindre à se sentir encore plus misérable ? À quoi cela servirait-il, sinon à l'éloigner ? Cate n'avait que sa famille à présent, cet homme, quel qu'il fût, l'avait à l'évidence laissée se débrouiller seule : devaient-elles l'imiter ?

« Et n'oublie pas, avait-elle répété plus d'une fois,

c'est un bébé dont nous parlons, ta petite-fille, ma nièce.

— Je n'ai jamais voulu d'un petit-enfant dans ces circonstances, avait répliqué Emily, surprise de la véhémence avec laquelle Sally avait rétorqué :

— Et elle, crois-tu qu'elle l'ait voulu ? Je suis sûre que Cate aurait préféré se marier avant d'avoir des enfants, mais cela ne s'est pas fait et Cate le regrette sans doute plus que quiconque. »

Sally avait raison. On ne choisissait pas toujours ce qui vous arrivait dans la vie, mais on était libre de regretter ou non. Si on regrette des choses qui ne le méritent pas, on leur donne plus de pouvoir et de dignité qu'elles ne devraient en avoir, pensa-t-elle. Sally avait insisté pourtant, allant même jusqu'à évoquer des conséquences qu'Emily aurait pu envisager en pensée, mais qu'il lui était insupportable d'entendre à haute voix. Une fois sûre d'être enceinte, qu'aurait pu faire Cate ? Toutes sortes de choses. Il lui aurait été facile de subir un avortement à Londres, dit Sally sans ménagement, et nous n'en aurions rien su. Est-ce vraiment ce que tu aurais souhaité ? demanda-t-elle. Emily était en larmes : non, pas cela, surtout pas. Eh bien alors, fit Sally. Mais d'un autre côté, en choisissant de garder le bébé, Cate traçait-elle un cercle qu'Emily lui reprocherait toujours de n'avoir pas su rendre carré ?

C'était précisément ce dilemme que Sally demandait à Emily d'épargner à Cate. Emily avait cru qu'une fois qu'elle aurait épousé Charlie sa mère s'inclinerait devant l'inévitable et accepterait son mari ; mais ce ne fut pas le cas, et Emily ne put rien faire pour changer ses dispositions. Si sa mère avait décidé de ne pas admettre qu'Emily avait fait un bon mariage, libre à elle. Après quelques années, Emily avait renoncé à la convaincre. Elle lui rendait rarement visite : c'était Charlie qui emmenait les enfants à Ballymena pour voir leur grand-mère, en refusant absolument d'être la cause d'une totale rupture entre Emily et sa famille. « La vie est trop courte, plaidait-il. Elle ne sera pas toujours là, et alors tu regretteras.

— Je regrette déjà », répondait invariablement Emily. Sa conviction qu'elle avait raison et que sa mère avait tort ne la protégeait pas de la culpabilité. « C'est comme si j'avais marché pendant trente ans avec un clou planté dans la semelle de ma chaussure », disait-elle à Sally.

Quelques années après la mort de sa mère, survenue alors que les filles allaient encore à l'école, Emily rêva une nuit qu'elle était avec sa famille sur un radeau dérivant sur un fleuve. Seule Emily était éveillée : ses filles, son mari, son frère et sa mère étaient tous recroquevillés, endormis, et, en les observant, elle avait conscience de tout ce qu'elle n'aimait pas et qui la dérangeait chez eux. Le fait que sa mère rejetait Charlie. Le côté brouillon, l'esprit sarcastique de Helen. Cate, dans le rêve, portait son uniforme d'écolière. Ses ongles et ses lèvres étaient écarlates, et Emily pensait avec amertume aux disputes qui les avaient opposées, à propos de maquillage, de sorties et de vêtements. Elle regardait Charlie et se rappelait sa propre colère en découvrant qu'il donnait de l'argent à Peter, de l'argent dont ils auraient pu avoir l'usage pour leurs filles. Des incidents oubliés depuis longtemps, certains sérieux, d'autres sans importance, la submergèrent tandis qu'elle regardait fixement sa famille endormie, avec humeur et rancune.

Soudain, elle perçut un grondement lointain et comprit ce que cela signifiait. Le radeau se dirigeait vers une chute d'eau. Ils allaient tous se noyer ; l'embarcation dérivait inexorablement. Elle ne pouvait rien faire pour éviter le désastre.

Comme tout paraissait différent dans cette lumière ! Quelle bêtise de se mettre dans tous ses états à cause du rouge à lèvres de Cate. La générosité de Charlie envers son frère devenait une vertu plutôt qu'un défaut, mais plus que tout, son attitude vis-à-vis de sa mère était transformée par l'esprit de compassion et de pardon qui lui venait à présent en voyant sa famille condamnée. Si elle ne pouvait changer le cours des événements, elle pouvait changer la vision qu'elle en avait, et ainsi déterminer l'effet qu'ils avaient sur elle. Ce fut le plus près qu'elle approcha jamais d'une réconciliation avec sa mère, mais elle se rendit compte au même moment qu'il lui était impossible d'en parler à qui que ce soit, pas même à Charlie. Elle pouvait seulement dire à ses filles qu'il était important de savoir ce qui comptait et ce qui ne comptait pas dans la vie ; souvent, c'étaient des choses auxquelles on n'aurait pas pensé qui avaient le plus d'importance, et beaucoup d'autres n'en avaient absolument aucune.

Elle se passa la main sur les yeux. Tout cela paraissait si lointain, parce que tout était différent à présent. Le rêve du radeau était contrebalancé par un autre, qui l'avait troublée, nuit après nuit, ne la laissant jamais en repos.

Elle se tenait dans la cuisine de Lucy et, à ses pieds, il y avait une chose allongée sur laquelle quelqu'un avait jeté une nappe à carreaux. Deux pieds émergeaient à un bout, chaussés d'une paire de bottes qu'elle avait aidé Charlie à choisir dans un magasin d'Antrim. L'autre extrémité était sombre et mouillée ; il y avait une puanteur de sang et d'excréments. De l'autre côté de la pièce, un jeune homme était recroquevillé : dix-huit ans, dix-neuf tout au plus, un garçon maigre, frissonnant, en jean et en tee-shirt, les avant-bras couverts de vilains tatouages. Le visage rougi et déformé par les larmes. « S'il vous plaît, madame, répétait-il sans cesse à Emily, s'il vous plaît, madame, je suis désolé pour ce que j'ai fait, je regrette, vraiment, je suis désolé, s'il vous plaît, madame... » Elle le fixait du regard jusqu'à ce que les sanglots l'étouffent et qu'il ne puisse plus parler. Puis Emily prenait la parole, tranquillement, distinctement.

« Je ne vous pardonnerai jamais », disait-elle. Oh, elle ne pouvait même pas expliquer à ses propres filles ce que cela faisait de se réveiller après un rêve comme celui-là en sachant que c'était la vérité, en sachant que son propre cœur s'était refermé de force. Être une femme de près de soixante-dix ans, avoir prié Dieu chaque jour de sa vie, et ne pouvoir éprouver aucune compassion, aucune pitié, seulement de l'amertume et de la haine, c'était une sorte d'horreur qu'elle n'avait jamais imaginée.

Elle s'était confiée à une seule personne : le père Johnston, le jeune vicaire qui avait donné l'extrême-onction à Charlie. Elle lui avait parlé, curieusement, parce qu'elle pensait qu'il ne pourrait pas comprendre. Il était venu la voir souvent, après le meurtre. Ils s'asseyaient face à face à la table de la cuisine. Parfois, il y avait de longs silences qu'ils ne rompaient ni l'un ni l'autre. Elle se détournait, regardait par la fenêtre le ciel d'hiver, les arbres dénudés, les eaux grises du lac.

« Le monde est vide pour moi sans mon mari, murmurait-elle à ce jeune homme qui n'avait probablement jamais su ce que c'était de prendre une fille dans ses bras et de l'embrasser, encore moins de partager sa vie avec quelqu'un pendant près de quarante ans. Je ne peux pas leur pardonner ce qu'ils ont fait, mon père. Je vous dirai même plus : je ne veux pas être, jamais, en mesure de leur pardonner.

— Madame Quinn, répliqua le vicaire, sur un ton qui lui fit relever les yeux. J'ai vu ce qu'ils ont fait à votre mari. Si quelqu'un avait fait cela à mon père, je ne pourrais pas pardonner, moi non plus. Seulement prier pour qu'un jour je sois capable de le vouloir. » Le silence se prolongea quelques instants. « J'espère que cela ne vous dérange pas que je passe chez vous si souvent », reprit-il, et Emily comprit alors qu'il venait autant pour se consoler lui-même que pour la consoler, elle. « Je vais aussi chez l'autre Mme Quinn, mais c'est différent, là-bas... » Sa voix se perdit et il baissa les yeux, embarrassé, se rendant compte qu'il en avait trop dit. Brian avait confié à Emily qu'il avait entendu le prêtre vomir dans la cour après ce qu'il avait vu dans la maison.

« Vous êtes toujours le bienvenu, mon père », répondit-elle. Il lui sourit timidement, et elle songea une fois de plus à quel point elle avait désiré un fils. Elle l'appelait « mon père », mais elle le voyait comme un enfant.

Il était encore bébé quand les Troubles avaient commencé ; cela faisait vingt-cinq ans déjà. Elle avait étudié la guerre de Trente Ans à l'école, et elle se souvenait d'avoir demandé à son professeur comment une chose pareille était possible : « Se sont-ils battus chaque jour pendant trente années de suite, ou est-ce qu'ils s'arrêtaient pour se reposer un an sur deux ? » Le professeur avait répondu qu'elle l'ignorait.

Peu avant le retour de Cate à la maison, Sally avait emmené Emily à Ballymena pour faire des courses. En déjeunant au Skandia, elles reconnurent Mme Larkin à une table voisine. Emily lui dit bonjour, et elles échangèrent quelques mots ; mais au cours du repas, elle se rendit compte qu'elle ne pouvait s'empêcher de regarder Mme Larkin : une petite femme dans un manteau gris qu'on n'aurait jamais remarquée dans la foule. Jamais on n'aurait deviné tout ce qu'elle avait enduré ; qu'elle était restée enfermée dans sa chambre pendant des mois après la mort de Tony, sans prononcer un mot, comme si elle était devenue muette ; qu'elle n'avait cessé de faire des allers et retours à l'hôpital psychiatrique pendant des années, jusqu'au moment où, graduellement, elle avait recommencé à parler, à revivre un peu. À la veillée de Charlie, elle avait saisi la main d'Emily en murmurant : « Si des gens viennent vous dire que vous vous en remettrez, madame Quinn, ne les croyez pas, parce que ce n'est pas vrai. » On comptait plus de trois mille morts depuis le début des Troubles, et chacun d'entre eux avait des parents, ou un mari, une femme, des enfants, dont la vie avait été anéantie. On en parlait dans le journal pendant un jour ou deux, mais passé l'enterrement, c'était comme si tout était fini, alors que cela ne faisait que commencer.

Lucy, par exemple : la pauvre Lucy, qui avait toujours été si détendue, si insouciante. Elle avait vécu sous somnifères et tranquillisants pendant des mois après avoir assisté au meurtre de Charlie. Ils avaient fait installer un grand projecteur dans la cour, qui s'allumait automatiquement lorsque quelqu'un s'approchait de la maison ; et des verrous et des doubles serrures à toutes les portes. C'était comme Fort Knox, quand on allait chez Brian et Lucy maintenant, on entendait les clefs grincer quand ils vous ouvraient ; pourtant, Lucy vivait toujours sur les nerfs.

Personne ne pouvait sonder la souffrance que les Troubles avaient causée aux gens, et toutes les choses terribles qui s'étaient produites. Lorsque Sally arriva un peu plus tard avec une tasse de thé et des biscuits pour Emily, ce sentiment fut curieusement confirmé : Sally allant à la fenêtre et disant « quel joli pinson dans l'arbre là-bas » ; demandant à Emily si elle avait assez chaud ; admirant la ravissante fougère hollandaise que Helen lui avait achetée quelques semaines plus tôt. Cette banalité pleine d'affection, si chère à la vie d'Emily, avait été détruite : Charlie aurait dû être là avec elles.

Sally se détourna des plantes et s'assit en face de sa mère. « Alors, l'après-midi a été fructueux ? As-tu réfléchi ?

— Ah, j'étais dans les nuages, je crois bien. Je pensais à ton papa.

— Et Cate ?

— J'ai pensé à vous tous. »

Sally marqua une pause. « Et Cate ? » persista-t-elle avec douceur.

Emily répondit après un silence. « Voici ce que je sais, Sally. La prochaine fois que Cate viendra à la maison, elle ne sera pas seule. Elle aura un petit bébé avec elle. Je peux faire en sorte qu'ils se sentent les bienvenus, tous les deux, ou alors je peux sans cesse rappeler à Cate, même sans rien lui dire directement, à quel point c'est malheureux que cet enfant n'ait pas de père. Et je peux continuer ainsi jusqu'à ce que l'enfant soit en âge de comprendre ce qui se passe. Mais à quoi cela nous avancerait-il ? C'est ce que ton papa disait toujours, la vie est trop courte pour agir comme ça. Et pourtant, c'est vraiment malheureux, Sally, ce qui s'est passé. Je ne pourrai pas éprouver les sentiments que je devrais, ni même que je voudrais éprouver, avant un bon moment. Et Cate et toi, vous allez devoir me supporter sur ce chapitre. Je sais ce qui est exigé de moi, mais cela prendra du temps. Il faudra le dire à Cate. »

Sally sourit. « C'est plus que je n'en espérais à ce stade. En fait, je pense que c'est formidable que tu en sois déjà là. Tu as raison, il va falloir l'expliquer à Cate. »

Elles entendirent une voiture approcher puis s'arrêter devant la maison. « C'est elle. Ne bouge pas, je vais lui ouvrir, et je lui dis de te rejoindre. Tu pourras lui parler toi-même, tout de suite. »

10

Elles rendaient encore visite à la famille de Brian et de Lucy chaque dimanche après-midi. Au retour d'une promenade le long du lac en compagnie de leurs cousins, elles perçurent des éclats de voix venant de la maison. En entrant dans la cuisine, ils trouvèrent les trois frères en pleine dispute.

« Je ne suis pas en train de dire que ce n'était pas un mauvais coup, criait Brian, parce que ça l'était.

— Un mauvais coup ? rétorqua Peter. Pour l'amour du Christ, c'était un massacre ! »

Les enfants comprenaient de quoi il retournait ; pendant la promenade déjà, ils savaient que leurs parents parleraient des attentats à la bombe perpétrés à Belfast, parce que, depuis deux jours, personne ne parlait d'autre chose. Vingt-deux bombes avaient explosé le vendredi dans le centre-ville en l'espace d'une heure et quart. Neuf personnes avaient été tuées. Au départ, on pensait qu'il y avait eu onze victimes ; les corps étaient si déchiquetés que les services d'urgence avaient mis un certain temps à établir combien ils en avaient découvert en réalité. De plus, l'IRA avait multiplié les fausses alertes ce jour-là, si bien que la ville avait été plongée dans une complète confusion ; les gens tentaient désespérément de s'échapper, mais ne trouvaient partout que des issues bloquées. Six personnes, parmi celles qui avaient été tuées, avaient cherché refuge dans une gare routière, après qu'on leur eut demandé d'évacuer un autre lieu non loin de là*.

« Et n'essaie pas d'expliquer ou de justifier quoi que ce soit, commença Charlie, mais Brian insistait, affirmant que c'était la faute de l'armée britannique qui n'avait pas transmis toutes les mises en garde à temps.

— Et si quelqu'un de ta propre famille avait été tué, si cela avait été Lucy ou Declan, tu veux me faire croire que tu dirais encore la même chose ? demanda Peter.

— Il faut juger en fonction du contexte, répliqua Brian. C'est une guerre, et ce sont des événements qui arrivent au cours d'une guerre », mais il fut de nouveau interrompu par les cris de ses frères, qui refusaient l'un et l'autre de rapprocher ce drame de certains autres qui s'étaient produits dans le passé. Les filles se souvenaient de la douleur et de la colère de leurs parents six mois plus tôt, lorsque treize personnes avaient été tuées à Derry. Comme presque toutes les familles qu'elles connaissaient, leurs parents avaient suspendu un drapeau noir à la fenêtre, et les écoles étaient restées fermées pendant une journée en signe de deuil*. « Cela n'aurait jamais dû arriver, et ceci non plus, disait Charlie à présent. L'un ne justifie pas l'autre. »

Cette nuit-là, Helen, qui avait le sommeil léger, entendit son père passer devant la porte de sa chambre et descendre l'escalier. Elle attendit ce qui lui parut un long moment et, comme il ne remontait toujours pas, elle se glissa hors de son lit et alla le rejoindre sur la pointe des pieds.

La maison était encore plongée dans l'obscurité, et

elle avança à tâtons dans le vestibule jusqu'à la porte ouverte de la cuisine. Elle apercevait le rougeoiement de sa cigarette à l'autre bout de la pièce mais, même sans cela, elle savait qu'elle aurait senti sa présence. « Papa », appela-t-elle doucement pour ne pas l'effrayer. Il lui fit signe d'approcher ; elle traversa le dallage de pierre, froid sous ses pieds nus, et, lorsqu'elle l'eut rejoint, il l'entoura de ses bras et l'enlaça étroitement. Sa barbe de trois jours égratignait le visage de Helen, mais cela lui était égal, et elle respira son odeur, mêlée à celle de la fumée de cigarette. « Et si… ? fit-il enfin en la serrant plus fort. Et si… ? » Mais il ne put terminer sa phrase, et elle s'aperçut qu'il pleurait. Elle comprit en un éclair à quoi il pensait ; et là, dans l'obscurité, ce fut comme si elle l'avait déjà perdu, comme si son corps adoré avait déjà été violemment détruit. Ils s'agrippaient l'un à l'autre comme deux rescapés d'un naufrage, ou d'un incendie ; mais cela ne servait à rien, le désastre avait déjà eu lieu. Dans tout le pays, les gens vivaient le cauchemar qu'elle redoutait plus que tout. Qui était-elle pour croire qu'elle méritait d'être épargnée ? Il la ramena là-haut et la borda dans son lit ; il lui caressa le visage en murmurant qu'il l'aimait ; il lui dit de dormir. Mais elle gagna cette nuit-là un savoir obscur qui ne la quitterait plus.

Chacun avait peur, à présent. Des gens étaient enlevés et tués ; parfois abattus d'une balle, parfois battus à mort ou mutilés avec des couteaux. Des bombes explosaient, souvent sans avertissement, tuant ou estropiant quiconque avait la malchance de se trouver à proximité. Une voiture vide en stationnement, même sur une route de campagne déserte, représentait désormais une menace. Sammy, le marchand ambulant, et l'autre homme qui conduisait la camionnette de quincaillerie avaient depuis longtemps cessé de passer chez eux. Charlie l'acceptait parce qu'il ne s'agissait pas d'une offense personnelle : en tant que protestants, ils ne se sentaient plus en sécurité sur les routes, le soir, dans un secteur catholique. Ils ne venaient plus chez quiconque faisait partie de l'entourage des Quinn ; mais Charlie prit à cœur le refus de Wesley Campbell de faire affaire avec lui à l'avenir.

Wesley était un peintre-décorateur de Castledawson. Au fil des ans, il avait effectué de nombreux travaux dans la maison, et ils avaient toujours été contents de lui, parce qu'il travaillait vite et bien, pour un prix honnête. Plus que cela, ils appréciaient sa compagnie. Lorsqu'il était là, il déjeunait chaque jour avec eux et les faisait rire avec des histoires drôles à propos de sa mère, qui vivait avec sa femme et lui. Il complimentait Emily sur sa pâtisserie et, en un mot comme en cent, c'était un homme aimable et bon. Lorsque Charlie lui téléphona pour lui demander quand il pourrait venir retapisser deux pièces de la maison, il fut décontenancé par sa réponse évasive. « J'ai énormément de travail ces temps-ci ; je ne peux rien vous promettre. Je vous ferai signe dans un mois ou deux, peut-être. »

Charlie ne prêta pas attention au « peut-être » et le rappela plus tard dans l'année. Cette fois, ce fut la femme de Wesley qui décrocha et qui lui fit comprendre sans détour que son mari n'était pas disponible, et qu'il ne le serait pas davantage à l'avenir. Ce rejet péremptoire laissa Charlie abattu pendant plusieurs jours. « On s'entendait bien, Wesley et moi, répétait-il. Pourquoi me fait-il cela ? Il sait bien que je me moque de l'endroit où il prie le dimanche. Et même s'il ne franchit jamais le seuil d'une chapelle, cela ne regarde que lui. Je devrais peut-être le rappeler pour le lui dire.

— Tu ne feras rien du tout, se hâta de répondre Emily. Laisse-le tranquille. Il a sans doute trop peur de venir chez des catholiques maintenant, et tu ne ferais que l'embarrasser davantage en insistant.

— Tu as peut-être raison. » Après une longue pause, il ajouta : « C'est bien cela qui est terrible, Emily, tu as sans doute raison. Wesley a peur de venir chez moi. Ça te montre où on en est arrivé, dans ce pays. »

Sa tristesse fut encore aggravée lorsqu'il reconnut sa défaite et engagea un homme du coin, qui se révéla négligent dans son travail et exigea de Charlie une fortune.

Au mois de septembre, Kate rejoignit Helen au lycée, de mauvaise grâce. Ce n'était pas tant qu'elle voulait rester à l'école primaire ; mais elle était consternée par l'uniforme vert qu'elle allait devoir porter chaque jour pendant sept ans. « C'est comme d'aller en prison, pour sûr », marmonnait-elle et, dès le début du premier trimestre, elle se plaignit aussi du fait que les professeurs n'arrêtaient pas de lui chanter les louanges de Helen. Ils lui disaient qu'il lui faudrait travailler dur et se comporter de façon exemplaire si elle voulait être considérée comme une aussi bonne élève que sa sœur. « Ils pourraient au moins attendre de voir comment je suis, avant de faire des comparaisons et de me mener la vie dure. »

Mamie Kelly mourut vers la fin de cette année-là. Charlie prit l'appel de Michael et apprit la nouvelle à Emily. Les filles, qui se trouvaient dans la pièce voisine, entendirent leur mère hurler : « Non ! Non ! » et se précipitèrent pour voir ce qui se passait. Elles découvrirent leur père tentant de maîtriser leur mère, qui criait et sanglotait. « Pourquoi te mets-tu dans des états pareils ? demanda Sally innocemment en apprenant de quoi il retournait. Je croyais que tu n'aimais pas mamie Kelly », ce qui ne fit que redoubler les pleurs de leur mère.

L'enterrement, lugubre, eut lieu à Ballymena sous une pluie battante. Oncle Michael portait un pardessus de belle coupe, tante Rosemary était enveloppée de fourrure et avait du mal à cacher son soulagement de ce que mamie Kelly fût décédée. « Nous avions l'air minables à côté d'eux, grogna Kate ce soir-là. Ça ne leur a pas échappé, d'ailleurs. Personne n'en avait rien à faire, de la mort de mamie, sauf maman. » Emily pleura sa mère pendant des mois. Elle restait assise à regarder par la fenêtre, ou contemplait le feu pendant des heures, silencieuse, immobile, sans lire ni tricoter ni faire des mots croisés comme elle en avait l'habitude. Parfois, lorsqu'elles étaient couchées, les filles entendaient leurs parents parler jusque tard dans la nuit, au rez-de-chaussée. Il leur arrivait de saisir des bribes de conversation ; et une fois Helen entendit son père dire : « Tu ne peux rien changer au passé. Tout ce que tu peux faire, c'est ne pas reproduire la même erreur ; n'éloigne jamais les filles de toi au point qu'elles puissent t'en vouloir quand elles seront grandes. Cesse de penser à ta maman, et pense plutôt à Kate. »

Ils s'inquiétaient de la conduite de Kate au couvent, et le bulletin qu'ils reçurent à la fin de l'année ne fit qu'accroître leur perplexité. Elle obtenait d'excellentes notes, mais les commentaires de ses professeurs n'étaient pas toujours flatteurs.

« Es-tu vraiment insolente en classe, Kate ?

— Non, papa !

— Eh bien, ton professeur de géographie a l'air de le penser.

— Oh, ça ne m'étonne pas, répondit Kate avec ferveur. C'est une rabat-joie, et elle n'aime que les rabat-joie. Sais-tu de quoi elle nous parle, papa ? De pierres. Tu te rends compte ? Elle a tous ces gros cailloux alignés sur le rebord de la fenêtre, et elle voudrait qu'on apprenne leur nom et la manière dont ils se sont formés. Tu imagines quelque chose de plus ennuyeux ? Et M. Higgins, que dit-il ? Je suis sûre qu'il m'apprécie, lui.

— Qu'est-ce qu'il enseigne ?

— Les maths.

— Il affirme que c'est un plaisir de t'avoir pour élève. »

Kate sourit :

« Tu vois ?

— Je pensais que tu n'aimais pas les maths, s'étonna son père en la regardant par-dessus le bulletin.

— Oui, c'est encore pire que la géographie. Mais M. Higgins est adorable. »

L'automne suivant apporta d'autres soucis. Après l'école, Kate flânait souvent dans les magasins de la ville en attendant le car qui la ramènerait à la maison. Un jour, elle était entrée chez un marchand de journaux pour regarder les magazines, et s'absorba tellement dans sa lecture qu'elle faillit manquer le car. Elle sortit en courant pour le rattraper et se mit aussitôt à rire et à bavarder avec ses amies, si bien que ce ne fut qu'au moment où le car s'arrêta près de chez elle, trois quarts d'heure plus tard, qu'elle se rendit compte qu'elle n'avait plus son cartable. Charlie téléphona immédiatement au poste de police, mais le mal était fait. « Alerte maximale, Kate, déclara-t-il en raccrochant. Ils ont fermé l'accès au centre-ville et l'armée s'apprête à faire sauter ton cartable. »

Kate parut horrifiée, puis esquissa un sourire. « Tu me fais marcher ? » Mais son père ne lui rendit pas son sourire. « J'ai bien peur que non. »

Il la conduisit en ville pour récupérer le cartable et « affronter l'orage », comme il dit. Ils durent se rendre à la caserne de la police, et un représentant du RUC s'en prit violemment à Kate : « Si c'était à moi de décider, les filles comme toi passeraient une nuit en cellule. Alors, vous comprendriez à quel point c'est sérieux, et vous y réfléchiriez à deux fois avant de laisser traîner vos affaires.

— Ce n'était pas un grand crime », intervint Charlie tandis que Kate commençait à renifler ; l'homme du RUC se retourna contre lui. « Mais si, insista Charlie. Tout ce qu'a fait la petite, c'est oublier son cartable. Le fait que cela ait causé tant de souci reflète plutôt le genre de pays dans lequel nous vivons. » Le policier se contenta de quelques réflexions sur les parents irresponsables, puis ils purent repartir.

Ils montèrent en voiture, et Charlie laissa Kate pleurer tout son saoul. Il sortit un mouchoir en coton blanc et propre qu'il lui tendit ; elle se moucha bruyamment et leva vers lui son visage tuméfié. « C'est horrible ici, maintenant, dit-elle à travers ses larmes. Je déteste cet endroit. Les gens se font tuer tout le temps, il y a des bombes et tout ça. Les gens ont peur ou alors ils sont tristes. Quand je serai grande, je partirai et j'irai vivre ailleurs. » Elle renifla et ajouta, comme à la réflexion : « Et puis, il pleut tout le temps.

— Est-ce que tu as acheté le magazine que tu regardais, chez le marchand de journaux ? » lui demanda-t-il, et elle fit non de la tête. Il tira de sa poche une poignée de pièces de monnaie, qu'il lui fourra dans la main. « Allez, va le chercher, je t'attends ; mais, quand on sera à la maison, cache-le bien sous ton manteau pour que ta maman ne le voie pas. »

11

Jeudi

Bien que l'école qu'avaient fréquentée les trois sœurs et où enseignait à présent Sally se trouvât à moins d'un kilomètre et demi de la maison, c'était un kilomètre et demi en direction de rien. Résultat, Cate n'avait pas eu l'occasion de passer par là depuis de nombreuses années, et elle n'était pas entrée dans le bâtiment depuis l'époque où elle y était élève. Mais, quand Sally parlait de son travail, Cate disait toujours qu'elle aimerait revoir l'école un jour. Le lendemain de son retour de Belfast, Sally proposa donc d'emprunter un jeu de clefs au gardien pour satisfaire la nostalgie de Cate.

Mais sur la route de l'école, Sally fut stupidement agacée de voir Cate de si bonne humeur. Ayant proposé cette sortie précisément à cette fin – distraire sa sœur et lui remonter le moral –, elle voyait bien que sa réaction manquait de logique. Malgré cela, elle ne pouvait s'empêcher de lui en vouloir. Parce qu'elle vivait loin de la maison, Cate n'avait pas eu à accomplir ce douloureux travail : accompagner leur mère dans son deuil. Et voilà qu'elle leur rapportait de nouveaux ennuis, et qu'il incombait une fois encore à Sally d'alléger le fardeau : apaiser leur mère, défendre Cate, désamorcer la tension et la colère dans la mesure de ses moyens, et empêcher les disputes. Elle jeta un coup d'œil à Cate, assise à côté d'elle. Sally savait qu'elle ne serait jamais capable d'aborder le sujet. Ces longues années passées à essayer de faire plaisir à tout le monde avaient produit leur effet. Il lui était devenu si naturel de dissimuler ses véritables sentiments, lorsque ceux-ci risquaient de causer de la peine ou du déplaisir à son entourage, et de ne dire que ce que les autres, pensait-elle, voulaient entendre, qu'elle trouvait à présent impossible de changer. Comme pour souligner cette vérité, Cate lâcha soudain : « Je n'oublierai jamais comme tu as été bonne pour moi cette semaine, jamais », et Sally se surprit à répondre de façon automatique : « Oh ce n'est rien, c'est à cela que servent les sœurs. »

Elles s'arrêtèrent devant le portail de l'école. « Tu dois me promettre de ne pas répéter sans cesse que tout paraît petit », l'avertit Sally.

Mais Cate ne promit rien, et avant même qu'elles eussent franchi le seuil, elle s'exclamait déjà : le mur de la cour de récréation avait dû être baissé, parce qu'elle pouvait voir facilement par-dessus ; elle avait grandi, mais tout de même pas à ce point. Tandis que Sally se débattait avec les clefs, Cate alla à la fenêtre et, plaçant ses mains en coupe contre la vitre, jeta un coup d'œil à l'intérieur.

« Oh, que c'est étrange, s'écria-t-elle, ça me donne la chair de poule, la classe est exactement telle que dans mon souvenir. Mon Dieu, je crois même que je me souviens de ce panneau sur le mur, celui avec l'arc-en-ciel. Tu crois que c'est possible ?

— J'en doute, répliqua Sally sèchement en réussissant à ouvrir enfin la porte. Nous ne sommes peut-être pas à la pointe du progrès en matière de supports visuels, mais il y a des limites !

— Même l'odeur est identique, insista Cate en entrant. Et le carrelage, je me souviens du carrelage maintenant, mais si tu m'en avais demandé la couleur je n'aurais pas su répondre. Cela doit te faire un effet bizarre, de travailler ici.

— Pas du tout, répondit Sally. J'y suis habituée. Cela me ferait un effet beaucoup plus bizarre s'ils décidaient de fermer l'école, ce qu'ils envisagent bien souvent. Je ne pense presque jamais au passé. C'est peut-être quelque chose que j'ai raté, en choisissant de ne pas partir. »

Elle se tenait dans le couloir à côté d'une patère basse, dont chaque crochet était surmonté d'une étiquette. « J'avais un sac à chaussures à carreaux écossais, le tien était vert sombre à pois blancs et celui de Helen était imprimé de fleurs. Je crois que c'est mamie qui nous les avait faits. Pourquoi je me souviens de cela ? Pourquoi certaines choses vous restent-elles si clairement en mémoire, et d'autres non ? » Cate se pencha pour lire les noms des enfants sur les étiquettes.

« Patrick Larkin. C'est le fils de Willy Larkin ?

— Tu ne poserais pas cette question si tu le voyais, rétorqua Sally, parce que je ne pense pas avoir jamais vu un enfant qui ressemble autant à son papa. Tu te demanderais peut-être si nous gardons les mêmes enfants planqués pendant vingt ans, sans même parler des panneaux aux murs. Viens, je vais te montrer la salle où j'enseigne. Je ne l'aime pas vraiment quand elle a cette allure-ci, poursuivit-elle en montrant les rangées de tables sur lesquelles étaient renversées les chaises. On ne se rend pas vraiment compte, sans les enfants. Cela paraît nu, aussi, sans les plantes et le poisson rouge.

— Qu'en fais-tu pendant l'été ?

— Maman s'occupe des plantes, et l'un des enfants ramène le poisson chez lui : nous tirons au sort pour désigner le responsable. Au mois de septembre, c'est presque toujours la même histoire : le poisson est mort, et les plantes ont tant poussé qu'elles ne tiennent plus sur les appuis des fenêtres. Le petit garçon qui s'occupait du poisson rouge l'année dernière a juré qu'il rapportait celui qu'on lui avait confié, mais dans ce cas, il avait dû passer deux mois traumatisants, parce qu'il avait perdu cinq bons centimètres. »

Cate éclata de rire. Elle se promenait dans la salle de classe en regardant tout : les plateaux de pastels et les bacs de cubes en bois ; les dessins représentant des papas et des mamans tout de guingois, dépassant de maisons pointues aux couleurs vives avec des arbres comme des sucettes ; la liste des noms des différentes couleurs écrits dans la couleur même. Sally se réjouissait de n'avoir rien dit qui pût trahir son ressentiment, parce que cela n'aurait provoqué que du déplaisir. De plus, cela aurait pu donner l'impression qu'elle n'était pas contente de ce que Cate allait avoir un bébé, et ce n'était pas du tout le cas. Seules les circonstances de la grossesse causaient du tracas à leur mère, et donc à la famille. Aux yeux de Sally, l'essentiel était que Cate le vive bien, et elle la soupçonnait fortement de dissimuler sa joie, jusqu'à nouvel ordre : comme le faisait Sally elle-même. Elle était sincèrement enchantée à l'idée de la venue d'un bébé dans la famille, et elle était sûre que leur mère finirait par l'être aussi, avec le temps. C'était l'amener à ce point qui était délicat, et qui constituait l'enjeu capital du moment. En regardant Cate à présent, Sally vit qu'elle s'essuyait les yeux, et décida qu'il valait mieux ne pas feindre de l'ignorer.

« Ne fais pas cette tête-là. Attends quelques années, et tu verras les choses d'un autre œil, crois-moi. Quand tu auras tous tes tapis incrustés de pâte à modeler et des cubes de Lego plein ton canapé, tu te languiras d'un brin de conversation adulte et intelligente, sans même parler d'un peu de paix et de silence. » Par chance, Sally avait trouvé la note juste en adoptant ce ton légèrement moqueur. Un peu plus ironique, et Cate se serait noyée dans un océan de larmes ; un peu trop doux et sentimental, le résultat aurait été le même. Cate rit, s'essuya les yeux une dernière fois, et ne pleura plus.

Elle se retourna pour regarder Sally, à présent perchée sur sa chaise d'institutrice, les mains enfouies dans les poches. Elle était encore si menue, Sally, avec son ossature fine et ses traits délicats ; la manière dont elle portait ses cheveux raides, couleur de caramel, ramassés en queue de cheval attachée par un ruban, accentuait son allure enfantine. Quelque chose chez elle contredisait pourtant cette impression : quelque chose dans son front, dans le pli de sa bouche, évoquait une enfant qui en aurait vu plus qu'elle ne l'aurait dû, une enfant qui en savait trop. Cate ne l'avait jamais remarqué auparavant, et se demanda quand s'était produite cette transformation. Parfois, elle se rendait compte qu'elle ne connaissait probablement pas Sally aussi bien qu'elle connaissait Helen. Sans y réfléchir, elle avait cru que sa sœur cadette avait une personnalité moins complexe que ce n'était le cas en réalité, et estimé à tort qu'elle pouvait prédire ses pensées et ses sentiments sur certains sujets. En regardant Sally, assise jambes croisées, balancer distraitement sa chaussure droite au bout de son pied, elle en ressentait à présent de la honte.

« T'arrive-t-il de regretter d'être restée à la maison, Sally ? De n'être jamais partie ? »

La chaussure tomba bruyamment sur le plancher.

« Avant, oui, avoua-t-elle, il y a longtemps ; ensuite, c'est passé, j'étais contente d'être là, et maintenant... Eh bien, maintenant, c'est encore autre chose. C'est drôle. Tout ce que je voulais, quand j'étais petite, c'était devenir institutrice et trouver du travail ici. » Elle s'interrompit et serra les lèvres. Elle ne savait comment expliquer à Cate que ce n'était peut-être pas la vérité. Peut-être n'était-elle devenue institutrice que pour faire plaisir à sa mère, et suivre ses traces. Elle haussa les épaules. « Quoi qu'il en soit, j'ai quitté l'université et ils m'ont proposé ce poste. Le jour où j'ai commencé à travailler, je me suis sentie prise au piège. Je voulais m'enfuir.

— Je l'ignorais, dit Cate.

— Tu ne m'as jamais posé la question, si ? De toute façon, je le cachais bien. J'ai glissé une allusion à maman, un soir, du genre « n'y a-t-il pas un proverbe à propos de gens qui peuvent avoir tout ce qu'ils souhaitent au monde, à condition que cela ne leur apporte pas le bonheur qu'ils en attendaient ». Elle a tout de suite compris où je voulais en venir. Et quand elle a répliqué : "Tu n'es pas en train de me dire...", j'ai senti qu'il y avait de la colère chez elle, que je ne réussirais jamais à lui expliquer. Alors, j'ai battu en retraite aussitôt, je lui ai assuré que j'étais heureuse, en pleine forme, et on n'en a plus reparlé. Mais pendant des années, c'est vrai, j'ai été troublée. Puis je me suis habituée. On s'habitue à tout, n'est-ce pas ? C'est ce qu'on prétend. C'est peut-être vrai.

— Mais pourquoi n'es-tu pas partie ? Je sais que papa et maman ne s'y seraient pas opposés, à long terme.

— En es-tu vraiment sûre ? Je ne suis pas convaincue que tu aies raison. Qui sait ? Quoi qu'il en soit, je savais que, si je partais, je ne pourrais jamais revenir. On ne m'aurait pas *permis* de revenir, tout d'abord, c'était un poste fixe, et je me suis renseignée discrètement sur la possibilité d'obtenir un congé, peut-être juste pour un an, mais non. Et je savais que j'aurais envie de revenir, donc l'alternative était simple : partir et ne pas revenir, ou rester. Et me voilà.

— Comment pouvais-tu être aussi sûre que tu aurais eu envie de revenir ? Tu aurais peut-être apprécié la vie ailleurs au point de vouloir rester là-bas ? »

Sally éclata de rire. « Cela me faisait peur. J'avais peur de me créer des liens dans un autre lieu, des liens forts mais jamais *assez* forts, si bien que je me serais toujours sentie frustrée où que j'aille. Quand je te rendais visite à Londres à cette époque, je pensais que ce serait formidable d'y vivre, mais il y avait aussi autre chose. Une question de loyauté. Je détestais entendre les gens dirent des horreurs sur l'Irlande du Nord. Une fois, à Londres, j'ai rencontré un homme qui m'a demandé d'où je venais. Quand je le lui ai dit, il a répliqué : “Ah bon, enfin, tu n'y peux rien”, et son ami a ri. J'étais furieuse. J'ai pensé que si je vivais là-bas, c'était le genre de chose que je devrais supporter, et je n'y étais pas prête. Enfin, c'est passé, et je me suis fixée à la maison. » Elle s'interrompit avant de reprendre : « C'était OK jusqu'à la mort de papa. » Elle inspira profondément. « Maintenant, j'ai à nouveau envie de m'enfuir. S'il n'y avait pas maman, je partirais demain. Je ne supporte pas d'être en Irlande du Nord. Toutes ces bêtises comme quoi c'est un petit endroit formidable, où les gens sont si chaleureux... J'ai honte d'avoir colporté moi aussi ces fadaises ; d'autres ont été tués, comme papa, et moi je faisais partie de ceux qui serinaient : "L'Irlande du Nord, ce n'est pas que les bombes et les fusillades." Quoi qu'il en soit, j'ai de nouveau glissé à maman que j'aimerais partir, mais elle n'a pas voulu en entendre parler. Elle a besoin de moi, à présent. Et j'ai peut-être besoin d'elle, moi aussi. »

Sally avait conscience de l'énorme dépendance affective qu'exprimaient ces dernières remarques d'apparence anodine. C'était tout ce qu'elle était en mesure d'admettre, face à Cate ; et Cate ne s'attendait pas à plus. Elles parlaient rarement de la manière dont leur mère avait pris possession de Sally, si vite et si complètement. Elle l'aurait nié bien sûr, mais la dernière chose que souhaitait leur mère, c'était une Sally autonome et indépendante. Cela lui convenait parfaitement d'avoir pour compagne sa fille cadette, dont elle avait modelé la volonté et la nature en fonction de ses propres besoins. Si complète était cette prise en main que, lorsque Sally sentait qu'elle manquait de jardin secret, ou que sa mère était égoïste dans son comportement vis-à-vis d'elle, elle éprouvait aussitôt une culpabilité brûlante de s'autoriser semblables pensées.

« Mais ce n'est pas seulement maman, s'empressa-t-elle d'ajouter. Je me souviens d'être allée en vacances en Italie une année, et d'avoir adoré ce pays jusqu'au jour où j'ai vu dans un kiosque un journal anglais vieux de deux jours, avec un article en première page sur une voiture piégée qui avait explosé à Belfast. J'ai voulu rentrer aussitôt. Je me sentais coupable de n'être pas sur place, non pas que cela eût fait la moindre différence. Je veux dire, à part des vacances de temps à autre, je suis restée ici pendant toute la durée des Troubles, et cela n'a rien changé. Il n'y a pas eu un seul coup de feu en moins à cause de ma présence, mais cela aurait fait une différence si je n'avais pas été là, une différence pour *moi*. Je ne peux pas m'expliquer mieux que ça.

— Ne t'inquiète pas, murmura Cate. Je comprends ce que tu veux dire. » Elle se souvenait de nombreux moments semblables à celui que venait de décrire Sally. L'un, en particulier, lui était toujours resté nettement en mémoire. Par une soirée d'hiver, elle était dans sa cuisine, découpant du bœuf en tranches fines pour un dîner chinois. C'était l'heure des informations à la radio, et elle n'y prêta guère attention jusqu'au moment où il fut question d'un homme, tué par balle la nuit précédente dans le sud de l'Armagh. On interviewait le prêtre du coin qui avait été appelé sur les lieux pour bénir le corps, qui gisait au bord d'un chemin isolé. Cate s'interrompit dans son geste et posa le couteau pour écouter la voix hésitante et douce décrire la pluie et le vent de cette nuit-là, l'herbe haute et mouillée où était étendu le corps, racontant qu'il était allé, ensuite, annoncer la nouvelle à la veuve de cet homme ; il y avait quelque chose de terrible dans cette voix douce empreinte de chagrin. Elle pénétra l'esprit de Cate comme un détail délicat et horrible surgi d'un rêve, s'infiltrant dans la cuisine chaude et brillamment éclairée où elle se tenait, contemplant à présent avec dégoût les tranches de viande et la planche maculée de sang. Sans comprendre pourquoi, elle avait regretté alors de n'être pas à la maison.

« Je pense souvent à cette remarque, reprit Sally :

“Tant qu’on ne fait pas partie de la solution, on fait partie du problème.” Je ne sais pas si j’y crois.

— Es-tu encore membre du SDLP* ? demanda Cate, et Sally éclata de rire.

— Oh, ça change tout, n’est-ce pas ? Sally Quinn a sa petite carte du SDLP, donc nous pouvons tous dormir tranquilles, et attendre la paix les bras croisés. Oui, j’ai encore ma carte, pour ce qu’elle vaut... Je l’ai prise parce que Mark, le directeur de l’école, me l’a demandé ; difficile de refuser ! Quoique je ne sois peut-être pas absolument honnête en disant cela. En fait, je soutiens leurs principes, avec quelques réserves ; mais c’est quand même ce qui se fait de mieux. Et je sais qu’il y a beaucoup de gens qui soutiennent le Sinn Féin de la même manière. Beaucoup de parents d’élèves de cette école, par exemple. Le SDLP est trop classe moyenne pour eux, ils n’ont pas le sentiment qu’il peut vraiment les représenter. Ils ont aussi des convictions républicaines nettement plus fortes que moi, mais cela ne signifie pas qu’ils se sentent complètement à l’aise avec tout ce que dit ou fait le Sinn Féin. Ils affirment au moins qu’à la base de tous nos ennuis il y a un problème politique, et je leur reconnais ce mérite. C’est plus que ce que sont prêts à admettre certains politiciens de ce pays. »

Cate se tenait à présent adossée au mur du fond. « Sally, demanda-t-elle, est-ce que tu juges Brian responsable de ce qui est arrivé à papa ?

— Non », répliqua Sally immédiatement. Puis, après un silence : « Bon, peut-être parfois, oui. » Et ensuite : « Bah, je ne sais pas. Est-ce que c’est important ?

— J’aurais pensé que oui.

— Pour Brian ?

— Non, pour toi. J’aurais cru que c’était important

pour toi de savoir exactement ce que tu ressentais sur un sujet comme celui-là. »

Sally plissa les yeux et dévisagea sa sœur. « Puis-je te rappeler une chose, Cate ? Dans cette société, ce sont les gens qui n'hésitent jamais, les gens qui savent exactement ce qu'ils pensent et ce qu'ils ressentent qui sont les plus dangereux. Pour ce qui est de Brian, je pourrais le blâmer davantage s'il ne se blâmait pas déjà tant lui-même. Il m'en parle de temps à autre. Je lui ai demandé de ne plus y faire allusion devant maman, parce que ça la bouleverse. Il y a moins d'un mois, il revenait encore au même vieux refrain : "Si seulement j'étais revenu à la maison quelques minutes plus tôt." Mais je lui ai dit : Qu'est-ce que cela aurait changé ? Ils les auraient tués tous les deux, c'est tout, et Lucy serait aujourd'hui dans la même situation que maman, et à quoi cela nous aurait-il avancés ? C'est du gâchis, mais on dirait qu'il ne peut s'en empêcher. Et il avait déjà des doutes, bien avant que papa ne soit tué. Dans le temps, on l'entendait parler d'"actes de guerre". Si on lui rappelait ce qu'avait fait l'IRA, il répliquait tout de suite en évoquant ce qu'avaient fait l'armée ou le gouvernement britanniques. Il est encore républicain, il le sera toujours ; c'est trop profond chez lui pour que ça change. Mais il y a des choses qu'il ne supporte plus maintenant, qu'il ne défendrait plus. Cate, il a vu ce qu'ils ont fait, et Lucy aussi. Tu en as vu toi-même les effets hier soir. »

La veille, Sally et Cate avaient accompagné leur mère chez Brian. Ce fut une soirée plus modeste que celle que Brian avait espérée en début de semaine : il n'avait pas eu le temps d'inviter Una, parce que Sally l'avait appelé en suggérant qu'elles aillent chez eux le soir même, en partie pour distraire Cate et leur mère.

Cate avait cru comprendre ce qui était arrivé dans la maison de Brian, raison pour laquelle elle avait refusé d'y aller depuis le meurtre. Elle avait peur de ce qu'elle pourrait imaginer sur les carreaux rouges irréguliers de la cuisine où, enfants, ils s'accroupissaient le soir de Halloween pour ouvrir des noix avec un marteau. Finalement, elle avait cédé devant l'insistance de Sally et de Brian : « C'est différent maintenant. »

Mais c'était bien là le problème ; la pièce avait tant changé que seule la vue familière des haies et du ciel par la fenêtre prouvait que c'était encore l'endroit dont Cate gardait le souvenir. Elle avait contemplé, incrédule, la stérilité de chaque objet nouveau : les éléments encastrés en pin, le sol en vinyle, les chaises à dossier haut où se tenaient Brian et Lucy, l'air gêné, comme s'ils n'étaient plus tout à fait chez eux dans leur propre cuisine.

« J'imagine qu'il aurait fallu le faire de toute façon », dit Lucy, et Brian murmura : « Bah, c'était très bien avant, mais quoi faire ? »

Quoi, en effet ? Grâce à ces changements, Cate n'imaginait pas son père assassiné, étendu sur le sol, comme elle l'avait redouté ; mais elle ne pouvait pas davantage imaginer les séances des noix. Elle avait toujours pensé à son enfance non pas en termes de temps, mais comme à un endroit où elle pourrait toujours revenir. Maintenant, c'était fini. Quel mot avait employé Lucy deux ans plus tôt ? « Profané. » Oui, c'était cela. « L'endroit est profané. »

Sally parlait encore : « Ce sont les gens comme tante Rosemary qui me gênent, beaucoup plus que Brian. Elle n'essaie même pas de comprendre ce qui se passe ici et, à un niveau plus obscur, je crois qu'elle n'en a rien à faire, aussi longtemps que sa vie confortable et douillette n'en est pas affectée. Elle croit que la situation est meilleure en Irlande du Nord qu'elle ne l'était il y a vingt-cinq ans parce que, maintenant, il y a un Marks and Spencer à Ballymena. » Cate éclata de rire. « Je ne plaisante pas, insista Sally. Je ne pense pas qu'elle veuille la paix, si cela devait signifier pour elle un changement important de niveau de vie. "Si les gens se gardaient de s'attirer des ennuis, s'ils se contentaient de trouver du boulot, de travailler et de ne pas penser à la politique...", fit-elle en imitant la voix de sa tante. C'est la dernière personne que je connaisse qui dirait encore : "Les deux camps se valent, aussi mauvais l'un que l'autre." Nom de Dieu, quel pays. » Elle regarda autour d'elle et éclata de rire. « Je ferais mieux de surveiller mon langage. D'habitude, ici, je suis irréprochable.

« Quoi qu'il en soit, poursuivit-elle, tu ne m'as jamais raconté comment cela s'était passé avec Helen l'autre soir. Je n'avais pas envie de te poser la question devant maman. »

Cate se couvrit les yeux. « Mon Dieu, c'était sinistre ! » L'image du retour de Helen à la maison était encore gravée dans son souvenir. Elle avait sonné, et la manière dont Cate avait bondi du canapé, alarmée par le discret tintement, prouvait avec éloquence à quel point la rencontre la rendait anxieuse. Mais même les choses affreuses avaient leur côté drôle, et lorsqu'elle ouvrit la porte, la vision de Helen en tailleur bleu marine de chez Alexon et chemisier crème, une serviette dans une main et deux pizzas en équilibre dans l'autre, dédramatisa curieusement la situation.

« Que t'a-t-elle dit ? demanda Sally.

— Pas grand-chose. C'était bien le problème. » Elle soupçonnait Helen de nourrir des pensées qui, exprimées à voix haute, seraient si blessantes que Cate ne pourrait jamais pardonner ni oublier, que leur relation serait brisée de façon irréparable. « Seule ta propre famille sait vraiment comment te blesser », lui avait dit quelqu'un un jour, et elle se souvenait de l'impression que cela lui avait fait ; une vérité qu'elle n'avait jamais encore reconnue. Oh, Helen aurait pu la briser ce soir-là, la faire pleurer, se haïr ; mais elle s'en abstint, et Cate n'en comprenait pas la raison. Helen demeura impénétrable et, lorsque Cate bégaya qu'elle se rendait bien compte que c'était un embarras pour la famille et mentionna le nom de Rosemary, Helen esquissa un sourire. « Ne t'inquiète pas pour tante Rosemary, dit-elle. S'il y a du grabuge, je me charge d'elle. »

Elle l'interrogea sur le père de son enfant et, curieusement, lui demanda presque aussitôt si elle avait des photos de lui.

« Je crois », répondit Cate, ce qui n'était pas la vérité stricte, parce qu'elle savait bien que oui. À Londres elle possédait un petit album de photos qu'elle avait prises au cours d'un pique-nique à Hampstead Heath, un jour d'hiver. Cela avait été son idée à elle ; il avait trouvé cela idiot au début, mais elle l'avait persuadé de venir, choisissant une journée froide mais ensoleillée, sous un ciel dur, limpide. Elle avait apporté du vin chaud dans une bouteille thermos et l'avait harcelé tout l'après-midi avec son appareil, demandant même à des passants de les photographier ensemble. Il s'était rapidement pris au jeu. Ils avaient mangé les fruits et le pain qu'elle avait apportés et il avait dit que c'était formidable, que les pique-niques d'hiver étaient une aussi bonne idée que les sports d'hiver. Mais, tandis qu'elle déballait le contenu du panier, seule ce soir-là, dans sa cuisine, elle s'était surprise à penser : oui, c'était bien, ils s'étaient amusés, cela aurait valu le coup de le faire même si… si quoi ? Elle s'interdit de suivre sa pensée jusqu'à son terme. Cet homme lui plaisait, voilà tout, il n'y avait rien d'autre ; pourquoi n'aurait-elle pu se rendre dans un parc, boire du vin, rire et prendre des photos avec quelqu'un qui lui plaisait ?

« Oui, reprit-elle, je pense que j'ai des photos quelque part », et elle savait qu'un jour elle montrerait à son enfant ces photos d'un homme riant sur un banc, dans un parc, un homme levant son verre vers l'objectif, un homme à demi caché derrière un arbre ; et elle lui dirait : « C'est ton père. » Et ce serait tout ce qu'elle aurait à lui montrer. L'enfant regarderait les images, les dévorerait des yeux, s'absorberait dans la tâche impossible d'essayer de connaître cet homme. Et il poserait avec passion les questions qu'avait posées Helen sans émotion apparente : Comment s'appelle-t-il ? D'où vient-il ? Que fait-il ? Helen laissait un silence entre chaque question et ne manifestait aucune réaction devant les réponses de Cate. Comment s'étaient-ils rencontrés ? Savait-il que Cate était enceinte ? Qu'en était-il de l'aspect juridique, avait-elle besoin d'aide ? Resteraient-ils en contact après la naissance de l'enfant ? Plus les questions devenaient sensibles, plus la voix de Helen se faisait douce, pour que Cate ait le sentiment de pouvoir les esquiver si elle le souhaitait ; si elle avait simplement haussé les épaules en refusant de répondre, Helen serait passée à autre chose sans commentaire ni surprise. Elle ne pouvait s'empêcher de penser avec appréhension que ce n'était qu'un stratagème, un stratagème professionnel perfectionné par son expérience d'avocate, afin que Cate se sente en confiance et se détende, si bien que lorsque les accusations commenceraient à pleuvoir, elles auraient un effet plus dévastateur. Mais lorsque Helen mit un terme à la conversation, après un très long silence, ce fut avec chagrin et non avec colère.

« Imagine, dit-elle à voix si basse que Cate l'entendit à peine. Imagine de n'avoir jamais eu de père. »

Cate expliquait à présent à Sally que c'était infiniment pire que la dispute à laquelle elle s'était attendue.

« Je m'inquiète pour Helen, affirma Sally. Son travail la dévore, si tu veux mon avis ; mais tu sais comment elle est, on n'ose rien lui dire. En ce qui te concerne cependant, je n'y prêterais pas trop attention. Elle changera d'avis à son heure, et maman aussi. Pour ma part, je suis déjà enchantée.

— Je sais que tu aimes les enfants », répliqua Cate ; et Sally ne sut que répondre à cette remarque. Dire combien elle sentait que la famille avait besoin d'un événement comme celui-ci aurait été souligner à quel point elle-même s'était sentie hantée et menacée au cours des deux dernières années. Elle regarda la salle de classe avec un sentiment de malaise, se souvenant malgré elle d'un incident étrange qui s'y était produit six mois plus tôt environ. Les enfants dessinaient à leurs tables ce matin-là avec de gros crayons, et Sally allait de l'un à l'autre, admirant leur travail et les aidant lorsque c'était nécessaire. En se redressant, elle vit une camionnette s'immobiliser devant le portail de l'école. Le conducteur, qu'elle ne reconnut pas, en descendit et traversa la cour de récréation en courant, vers la porte d'entrée. Quelque chose se referma dans son cœur. Ça y est, pensa-t-elle.

« Posez vos crayons, dit-elle aux enfants. Repliez vos bras, posez votre tête sur vos bras et fermez les yeux. » C'était une réaction complètement inadéquate, elle le savait, mais même après coup, elle n'avait pas la moindre idée de ce qu'elle aurait pu faire d'autre. Elle resta debout, guettant la porte, attendant le moment où l'homme ferait irruption dans la classe. Mais rien n'arriva ; les enfants commencèrent à remuer et certains risquèrent un coup d'œil, en s'agitant sur leurs petites chaises, parce qu'ils sentaient bien l'anxiété de Sally. Soudain, par la vitre, elle aperçut de nouveau l'homme, qui s'éloignait de l'école en courant, sous la pluie battante… la pluie !

Sally se mit à rire, d'un rire aigu, nerveux, sans joie. Tous les enfants s'étaient redressés et avaient rouvert les yeux. « Levez-vous, leur dit-elle. Nous allons chanter une chanson. » Elle entonna d'une voix tremblante et mal assurée : « La tête, les épaules, les genoux et les orteils, les genoux et les orteils », et les enfants se joignirent à elle. Leurs voix miaulantes et fausses l'apaisèrent, tandis qu'ils mimaient les gestes, montrant les parties de leur corps en même temps qu'ils les nommaient : « Les oreilles, les yeux, les dents, le nez. » La sonnerie de la récréation retentit ; elle les fit sortir, ferma la porte à clef derrière eux, s'assit à son bureau, posa la tête sur ses bras repliés, et se mit à sangloter de façon incontrôlable.

Elle pleurait parce qu'elle aurait pu ne pas se tromper. Au cours des vingt et quelques années écoulées, toutes sortes de gens avaient été tués ou mutilés. Beaucoup d'entre eux pensaient peut-être que les occupations auxquelles ils se livraient les préserveraient de tout danger, mais ils avaient tort. Des maçons et des éboueurs avaient été abattus pendant qu'ils buvaient leur thé à l'heure de la pause. On avait tué un homme qui conduisait un car de ramassage scolaire plein d'enfants ; ouvert le feu sur des supporters lors d'un match de football ; tiré sur des gens qui regardaient une course hippique à la télévision, dans la boutique d'un bookmaker. Des hommes endormis dans leur lit à côté de leur femme ou de leur petite amie avaient été réveillés brutalement et assassinés. À chaque nouvelle variante, Sally avait partagé l'incrédulité choquée de son entourage. Tuer les membres d'un orchestre de bal ! Comment quelqu'un pouvait-il entrer dans un temple et tirer sur la foule des fidèles ? Ces événements se répétaient et pourtant, on n'était jamais préparé au suivant. Jusqu'au jour où quelqu'un avait attaqué un cortège funèbre à la grenade, il avait semblé impossible que cela puisse arriver. Personne en Irlande du Nord n'avait encore ouvert le feu sur une classe d'enfants de cinq ans et leur institutrice : Qu'est-ce que cela prouvait ? Rien, pensa Sally. Ce n'était pas parce que cela ne s'était pas encore produit que cela ne se produirait jamais.

Il aurait été trop pénible d'essayer d'expliquer tout cela à Cate ; Cate aurait été bouleversée, elle aussi, et il ne le fallait pas. Sally regarda sa sœur, debout à la fenêtre. Cate aussi voulait expliquer quelque chose à Sally, mais ne savait pas comment le faire sans révéler plus qu'elle ne le souhaitait. Elle craignait qu'au fond du fond même Sally fût choquée qu'elle veuille avoir un enfant sans être mariée, sans même être engagée dans une relation stable, sans être engagée dans une relation tout court. Elle trouvait vaguement alarmant qu'à son insu Sally ait pu devenir si tolérante, si libérale. Elle avait toujours pensé qu'aux yeux de sa famille ce n'était qu'une question de temps avant qu'elle rencontre un homme avec lequel elle voudrait passer le restant de ses jours. Cate aussi l'avait cru, et elle avait vu se succéder les ruptures avec un désarroi croissant. Pis, elle n'en comprenait pas la raison. Elle n'était pourtant pas attirée par des hommes violents ou cruels, avec lesquels une histoire était condamnée d'avance. Peu importe la qualité de la relation, une voix insistante lui répétait que ce n'était jamais assez bien. Même lorsqu'elle aimait beaucoup quelqu'un, il arrivait toujours un moment où elle se retrouvait éveillée en pleine nuit, sans pouvoir s'empêcher de penser qu'il manquait quelque chose. L'éclaircissement, lorsqu'il survint enfin, fut abrupt et douloureux.

Elle déjeunait au restaurant avec un homme qu'elle voyait depuis environ six mois, et lui parlait avec animation de Sally, dont elle avait reçu une lettre ce matin-là, lorsqu'il l'interrompit soudain : « Cate, je ne peux te dire à quel point j'en ai assez de t'entendre parler de ta foutue famille. T'arrive-t-il de penser à autre chose ? »

Cate l'avait dévisagé avant de s'excuser avec une raideur glaciale : « Ne t'inquiète pas, tu ne m'entendras plus parler de ma foutue famille à l'avenir, je te le promets. » Cette réflexion était irréfléchie et il la regretta aussitôt, mais le mal était fait, bien plus qu'il ne pouvait l'imaginer. Sans le savoir, il avait été droit à la racine du problème, tel le médecin qui demande d'une voix douce : « Cela vous fait mal si je vous touche ici ? », sur quoi le patient hurle et manque s'évanouir. Ce n'était pas seulement que l'homme avait offensé sa famille : Cate avait compris avec stupeur qu'il avait raison.

Était-il possible d'avoir eu une enfance trop heureuse, d'être trop aimée ? Elle s'était posé cette question un jour dans le métro, en remarquant une petite fille avec sa mère. L'enfant, qui devait avoir huit ans, était roulée en boule à côté d'une femme à qui elle ressemblait beaucoup et qui ne cessait de lui caresser le visage du bout des doigts, en se penchant de temps à autre pour planter un baiser sur le bandeau à pois qui entourait sa petite tête. La fillette avait plié les jambes de telle sorte que ses pieds dépassaient dans l'allée, et la femme lui dit une fois ou deux : « Redresse-toi, mon trésor, tu vas salir le manteau des gens avec tes chaussures quand ils passeront. » L'enfant agita vaguement les pieds, mais sans changer de position, tout en regardant autour d'elle avec langueur, comme si les voyageurs sur lesquels tombait son regard étaient à peine dignes de son attention. Cate l'observait, en se demandant comment cette enfant s'adapterait au monde lorsqu'elle serait contrainte de quitter cette bulle d'affection maternelle. Quel amour futur pourrait jamais l'égaler ? Il lui faudrait apprendre que les autres étaient indifférents à son égard, que certains ne l'appréciaient même pas du tout. En voudrait-elle un jour à sa mère de ne pas l'avoir préparée à cela ; de lui avoir tant donné que rien, jamais, ne pourrait plus lui suffire ?

À l'époque, Cate avait simplement noté ces détails, sans faire le rapprochement entre elle-même et l'enfant béate. Mais lorsque l'homme lui avait fait remarquer à quel point elle était obsédée par sa famille, elle se rappela cet épisode dans le métro et ne put, malgré ses efforts, éviter la comparaison. Elle n'avait peut-être pas été aussi gâtée que cette fillette, telle qu'elle se l'imaginait, mais le résultat était le même. Sinon, pourquoi aurait-elle été ici à présent avec Sally dans leur ancienne salle de classe ? Pourquoi, à Londres, était-elle si prompte à remarquer tout ce qui pouvait lui rappeler l'intensité, la ferveur primitive qu'elle associait à son enfance ? Dans le rayon d'alimentation d'un grand magasin, elle avait vu des bocaux de verre remplis de minuscules œufs tachetés de brun, préservés dans un fluide, à croire que la mémoire elle-même pouvait être conservée comme la lavande, comme les fruits. Certaines fleurs vieillottes, les lupins, les giroflées, les gueules-de-loup, ou encore des salons sombres et froids ornés de miroirs et de meubles lourds pouvaient avoir le même effet. Même lorsque les associations n'étaient pas particulièrement agréables, elle les appréciait pour l'accès qu'elles lui donnaient à son propre passé. Le mieux de tout était encore le ciel lui-même ; le ciel qu'elle observait à présent à travers la fenêtre de la salle de classe, une lumière citronnée et pâle filtrant les lourds nuages plombés.

« Quand tout cela sera terminé, déclara-t-elle à Sally, ils voudront probablement construire un monument. J'espère qu'ils feront quelque chose d'original. Autour du ciel, par exemple.

— Que veux-tu dire ?

— Il faudrait incorporer le ciel dans l'architecture... quelle qu'elle soit. » La voix de Cate se perdit, elle regardait toujours par la fenêtre. Elle imaginait une pièce rigoureusement carrée. Trois des murs, aveugles, seraient couverts de noms, plus de trois mille, disposés en colonnes régulières ; et le quatrième mur serait transparent. L'ensemble s'élèverait dans un endroit où l'horizon était bas et le ciel immense. Ce serait un lieu de recueillement, un lieu où l'on pourrait apporter sa colère, et son chagrin.

« Et qu'est-ce qui te fait croire qu'il y aura une fin ? »

Cate se retourna vers sa sœur : « On lit parfois des articles dans les journaux qui laissent penser qu'il se passe bien plus de choses en coulisse qu'on ne nous le raconte, et que la situation pourrait brusquement changer. Je crois que Helen pense la même chose. »

Sally secoua la tête : « J'aimerais y croire. Lorsqu'on vit ici, on en voit trop pour imaginer que les choses puissent changer rapidement. Je pense que cela se terminera quand cela se terminera. N'as-tu pas entendu les nouvelles ce matin, cet homme qui a été abattu ? » Cate acquiesça. Elles gardèrent le silence quelques instants. « J'espère que je me trompe », répéta Sally. Elle ramassa les clefs de l'école. « Viens, je te montre les autres salles, et après on rentre à la maison. »

12

Helen, Sally et Kate revenaient de l'école à seize heures trente. Ce soir-là, comme tous les soirs, elles commencèrent avant toute chose par enlever leur uniforme et enfiler un pull et un jean, puis elles redescendirent. Leur mère leur avait préparé des côtes de porc, de la purée de pommes de terre et des petits pois. Le temps de manger, il était presque dix-sept heures trente. Elles regardèrent les informations locales à la télévision avec leurs parents puis, à dix-huit heures, le bulletin international de la BBC. Helen ne suivit que les quinze premières minutes de ce programme : à dix-huit heures quinze, elle était déjà à sa table et se préparait à faire ses devoirs.

Parce que leur mère accordait un tel prix aux études, chacune des trois sœurs avait un endroit pour travailler, contrairement à certaines de leurs camarades d'école, qui devaient faire leurs devoirs à la table de la cuisine ou dans une salle de séjour où la télévision était toujours allumée. Helen avait un bureau dans sa chambre, Kate avait une table dans la chambre qu'elle partageait avec Sally, et Sally faisait ses devoirs au salon. Lorsque Helen partit à l'université de Belfast l'année suivante, Sally hérita de son bureau.

Le bureau de Helen était placé à côté d'une fenêtre qui donnait sur l'arrière de la maison ; au printemps et à l'automne, c'était une source de grande distraction pour elle. Elle voyait le champ derrière la maison et le lac au loin, et ce qu'elle distinguait au-delà dépendait du temps qu'il faisait : parfois les maisons de l'autre rive ressortaient, blanches et nettes ; parfois le brouillard et la pluie enfermaient tout dans la grisaille, le rivage disparaissait, et le lac aussi. Souvent, alors qu'elle aurait dû être en train de travailler, son esprit battait la campagne, et elle rêvait tout éveillée, en regardant le ciel ou les vaches qui déambulaient dans le pré. Il était étrange et, pensait Helen, injuste qu'elle fût toujours traitée comme le parangon de la famille Quinn, parce que Kate était tout aussi intelligente que sa sœur aînée. Elle était cet oiseau rare : une rebelle studieuse, et sa capacité de concentration était très supérieure à celle de Helen. Kate travaillait dos à la fenêtre, une lampe sur sa table. Elle finissait ses devoirs en moitié moins de temps qu'il n'en fallait à Helen et passait le reste de la soirée à regarder la télévision, à feuilleter les magazines de mode qu'elle achetait avec son argent de poche ; ou encore enfermée dans la salle de bains à s'occuper de ses cheveux et à se concocter des masques de beauté. Helen, en revanche, fonctionnait à la volonté pure, et elle pouvait se tuer à la tâche, elle n'avait jamais le sentiment d'en avoir fait assez. Elle obtenait les meilleures notes dans toutes les matières – mais Kate aussi.

De dix-huit heures quinze à dix-neuf heures quinze ce soir-là, elle travailla à une dissertation sur la narration à la première personne dans les *Grandes Espérances*. De dix-neuf heures quinze jusqu'à vingt heures, elle lut un chapitre de *La Maison de Claudine*, cherchant dans son dictionnaire les mots français qu'elle ne comprenait pas et les recopiant dans son cahier de vocabulaire. À vingt heures, elle descendit à la cuisine et se fit une tasse de thé. Elle l'emporta dans sa chambre, alluma la radio et tourna le bouton jusqu'à trouver de la musique qui lui plaisait. Elle l'écouta en laissant son esprit vagabonder autour des événements de la journée. Elle était fatiguée, mais elle n'avait pas encore rédigé son devoir d'histoire.

Dans l'après-midi, elle était allée voir la directrice, sœur Benedict, dans son bureau, pour parler avec elle des choix qu'elle avait faits en remplissant son formulaire d'inscription à l'université. Toutes les filles de sa classe avaient dû en passer par là, et beaucoup d'entre elles redoutaient cette entrevue parce que la religieuse pouvait être dure, les accusant de vanité lorsqu'elles choisissaient des filières où elles n'avaient aucun espoir d'être acceptées. Parfois, on se faisait fustiger pour la raison inverse, parce qu'on ne montrait pas assez d'ambition, parce qu'on restait en dessous de ses possibilités.

« Elle va peut-être essayer de te persuader de te faire religieuse », avait dit Kate à Helen dans le car ce matin-là, et Helen s'était étranglée de rire à cette idée. « On ne sait jamais, avait-elle ajouté. Je ne pense pas que quelqu'un perdra jamais son temps à essayer de me convaincre. Tu t'imagines ! Vivre dans une grande maison avec un tas d'autres femmes, toutes habillées pareil que moi, et pas un seul homme à l'horizon. Pas question ! »

Helen travaillait en bibliothèque lorsqu'une de ses camarades vint la prévenir que sœur Benedict l'attendait. Pour atteindre le bureau de la directrice, Helen dut traverser presque toute l'école, longer d'interminables couloirs lambrissés aux statues de plâtre coloré dont le socle était orné de petits bouquets de fleurs, passer devant des portes fermées d'où s'échappaient des chants, une psalmodie de verbes ou la voix solitaire d'un professeur expliquant quelque chose à la classe. Une fois, mamie Kate avait visité l'école : « Quand on pense que cet endroit abrite deux cents filles, cinq jours par semaine, avait-elle dit, on l'imaginerait plus en désordre. » Helen regarda au passage les vestiaires immaculés, les affiches punaisées dans les couloirs, les plantes soigneusement entretenues sur les rebords des fenêtres. Un parfum de tarte aux pommes chaude s'exhalait des cuisines des arts ménagers. C'était probablement la classe de Kate : dans le car ce matin-là, elle transportait la vieille boîte à biscuits Kimberly où elle rangeait son tablier et le plat couvert dans lequel elle rapporterait à la maison le fruit de ses efforts. Kate avait insisté pour suivre le cours d'arts ménagers, parce qu'elle voulait étudier la couture. Elle avait eu du mal à convaincre sœur Benedict d'accéder à ce désir. Loin d'encourager les talents ménagers chez ses élèves, la religieuse considérait ce cours comme destiné uniquement à celles qui n'étaient pas suffisamment intelligentes pour suivre une option scientifique supplémentaire. Elle voulait que Kate choisisse physique. Mais, quel que fût le talent de Kate pour la couture, c'était une cuisinière exécrable. Dieu, la chose qu'elle avait rapportée à la maison la semaine dernière ! Kate avait affirmé que c'était un gâteau à la graisse de bœuf. Helen l'avait vue, au fond du car, mettre les garçons de l'Académie au défi d'y goûter.

Il faisait nettement plus chaud dans le bureau de sœur Benedict que dans le couloir. C'était un jour d'automne ordinaire en Irlande du Nord. La bourrasque faisait tourbillonner les feuilles des arbres, et la pluie cognait aux vitres. Sœur Benedict, absorbée par ce spectacle, se retourna à l'entrée de Helen. La religieuse portait un épais cardigan noir par-dessus son habit. Elle avait passé plus de vingt ans en Afrique et n'avait jamais réussi à se réhabituer au climat irlandais. Toutes les élèves de l'école connaissaient cette faiblesse. « Vous ne trouvez pas qu'il fait terriblement froid, les filles ? » demandait-elle lorsqu'elle les croisait dans le couloir, tapotant les radiateurs pour s'assurer qu'ils chauffaient vraiment. Elle se plaignait des courants d'air et était sur ce point à couteaux tirés avec la directrice adjointe, sœur Philomena, qui ouvrait toujours les portes et les fenêtres, et qui était aussi obsédée par l'air frais que sœur Benedict l'était par la chaleur. Les deux religieuses se trouvaient fréquemment en désaccord sur beaucoup de choses, et la température de l'école était de ce point de vue un différend mineur.

Sœur Benedict, en sa qualité de directrice, évaluait et signait les formulaires de candidature à l'université, mais c'était sœur Philomena, le professeur principal de la classe de terminale, qui aidait les filles à remplir correctement leurs fiches. Quelques années auparavant, elle avait déversé son mépris sur celles qui avaient noté « britannique » dans l'espace réservé à la nationalité, et leur avait ordonné de remplacer cet adjectif par « irlandaise ». Cela n'avait pas été du tout apprécié par la famille d'une élève dont le père était policier. Il se rendit à l'école en personne pour exprimer son mécontentement à sœur Benedict qui, d'après la rumeur, avait fait à son tour un sermon féroce à sœur Philomena. Depuis ce jour, lorsque les élèves arrivaient à l'endroit du formulaire qui traitait de la nationalité, sœur Philomena leur disait de demander conseil à leurs parents ; et depuis ce jour aussi, les élèves avaient été divisées dans leur loyauté, admirant et soutenant l'une ou l'autre religieuse.

Les filles en discutaient parfois à la récréation. Même si l'école était intégralement catholique, de nets clivages d'opinion politique se faisaient sentir. Certaines, comme Una, la fille de Brian et Lucy, aimaient bien sœur Philomena. Parce qu'elle avait grandi à Derry, disaient-elles, elle comprenait la manière dont les catholiques étaient opprimés en Irlande du Nord, contrairement à sœur Benedict qui venait de la République. Si quelqu'un racontait à sœur Philomena que son père ou son frère avait été contraint de quitter sa voiture et battu à un poste de contrôle de l'armée en pleine nuit, elle se mettait en colère et compatissait ; elle n'en concluait pas automatiquement qu'ils avaient dû faire quelque chose pour s'attirer ces ennuis. D'autres, comme la fille cadette du policier, qui était dans la classe de Helen, ou une autre élève qui avait un oncle député du parti de l'Alliance*, n'appréciaient guère les laïus de sœur Philomena : « Cette société est la vôtre, ne l'oubliez jamais. Vous avez autant le droit d'y être que quiconque, et je veux que vous vous battiez pour prendre la place qui vous y attend, la place que vous méritez. » « Elle croit vraiment qu'on a besoin d'entendre tout ça ? » rétorquaient-elles avec dédain. Elles se plaignaient de ce que sœur Philomena mêlât toujours la politique à l'éducation ; les adeptes de sœur Philomena affirmaient au contraire que l'éducation était en soi un sujet politique en Irlande du Nord, et que c'était sœur Benedict qui avait tort d'essayer de le nier ou de l'ignorer.

La position de Helen était originale, dans le sens où

elle pensait que sœur Philomena avait raison, mais préférait sœur Benedict. Elle déplorait que sœur Benedict se mette à dos certaines filles sans le vouloir, comme cela s'était encore produit le matin même au rassemblement des élèves, lorsqu'elle avait conduit la prière pour un soldat tué pendant la nuit. « La chienne », siffla une fille assise à côté de Helen, en croisant les bras avec défi. Lorsque sœur Philomena présidait le rassemblement, elle priait « pour la paix en Irlande du Nord et pour toutes les victimes des Troubles », et personne n'y trouvait rien à redire, semblait-il.

Helen s'étonnait de l'affection qu'elle éprouvait pour sœur Benedict. Si elle avait eu son âge, pensait-elle, elle aurait probablement été sa meilleure amie. Elle n'était pas comme les autres religieuses. Tout d'abord, elle était incroyablement désordonnée, comme Helen, qui savait à quel point sœur Benedict devait lutter pour atteindre cet ordre impeccable qui semblait venir si naturellement aux autres : en règle générale, elle n'y parvenait pas. Elle se mit à fouiller sur un bureau couvert de livres et de documents. « Je sais que ton formulaire est là, Helen, je l'ai vu il y a un instant. » Tandis qu'elle le cherchait, Helen regarda autour d'elle les murs couleur de magnolia ornés d'une photo du pape, d'une reproduction de l'*Annonciation* de Fra Angelico et d'un mince crucifix. Elle observa, aussi, la religieuse dont la vie était un mystère pour elle.

Les camarades de classe de Helen avaient calculé un jour que si sœur Benedict avait passé quatre ans à l'université de Dublin, vingt ans en Afrique et dix ans en Irlande du Nord, alors elle devait avoir au moins cinquante ans, même si elle ne les faisait pas. Elles savaient qu'elle avait grandi dans une ferme de Tipperary, et qu'elle était l'aînée de six enfants.

L'année où Helen était en classe de seconde, l'école avait organisé une retraite d'un jour sur le thème des missions. Deux prêtres, de retour de Tanzanie, étaient venus leur parler de leur travail et leur montrer des diapositives ; et sœur Benedict avait été pressée de témoigner de sa propre vocation. Elle leur avait décrit son bonheur le jour où elle avait prononcé ses vœux perpétuels et fait ses adieux à ses parents avant de partir pour le Kenya, en sachant dans son cœur qu'elle ne les reverrait sans doute jamais « dans ce monde ». Helen la trouva presque antipathique en l'écoutant décrire calmement le jour où elle avait reçu un télégramme lui apprenant la mort de son père. « Je savais que c'était la volonté de Dieu » ; cette réplique sembla insuffisante à Helen ; elle cachait peut-être une certaine froideur.

On leur laissa une heure cet après-midi-là pour prier ou lire la Bible, et Helen était assise sur un banc de pierre dans le jardin du couvent, sa bible sur ses genoux, lorsque sœur Benedict vint s'installer auprès d'elle.

« Cela te plaît d'entendre les prêtres évoquer les Missions ? demanda-t-elle.

— C'est intéressant, répondit Helen avec diplomatie.

— Je serai contente quand ce sera fini, avoua la religieuse avec franchise, en repoussant le gravier de l'allée du bout de sa chaussure. Je déteste cela, cela me rend si... nostalgique, de voir les diapositives, ou même de les écouter en parler. C'est étrange, j'éprouve ici le même sentiment que tant de sœurs irlandaises éprouvaient là-bas, un terrible désir d'être ailleurs. Et de toute façon, je n'aime pas la manière dont l'idée des missions est présentée ici. C'est toujours cette mentalité "des sous pour les bébés noirs" ; cette croyance que nous faisons quelque chose pour eux. Les gens que j'ai connus au Kenya m'ont donné plus en vingt ans que je n'aurais pu leur rendre en vingt vies. Mais je me faisais des illusions, d'une certaine manière. Il me plaisait de croire que j'accomplissais la volonté de Dieu, mais elle coïncidait si exactement avec mon désir qu'il m'était facile de l'envisager sous un noble jour. Mes vœux n'ont jamais été un problème pour moi. La pauvreté : nous avions si peu de chose, en termes matériels, quand j'étais enfant, et nous n'avons jamais manqué de bonheur pour autant. Cela ne m'a jamais chagrinée de ne pas me marier ou de ne pas avoir ma propre famille. Lorsque Dieu m'a donné ma vocation, il m'a aussi fait don d'un cœur célibataire. »

Helen était mal à l'aise de l'entendre parler de la sorte. Cela la faisait paraître distante, et contredisait l'image qu'elle avait d'elle. Non qu'elle ne la crût pas sincère, mais elle évoquait une réalité dont Helen n'avait pas l'expérience, et avec laquelle elle ne pouvait s'identifier.

« Mon problème, je le vois à présent, était l'obéissance. Le jour où j'ai appris qu'on me renvoyait en Irlande du Nord a été le plus difficile de ma vie. Pire même, je crois, que la mort de mon père. » Elle parlait d'une voix plus hachée à présent, avec de longs silences entre les phrases. « Je me souviens du moment où j'ai quitté la mission. J'ai dit au revoir à mes amis. À Nairobi, nous avons pris l'avion pour Londres. J'avais mon chapelet dans ma poche et, tout au long du vol, je l'égrenais en répétant à chaque grain : "Ta volonté, non la mienne, ô Seigneur, Ta volonté, non la mienne." J'ai continué, tandis que nous changions d'avion à

Heathrow. Nous avons atterri en Irlande du Nord ; c'était un jour d'hiver. Je me souviens du froid, du choc physique du froid, en traversant le tarmac, de la pluie qui me fouettait et j'ai pensé : "Comment vais-je faire pour vivre ici ?" » Elle rit. « Lorsque nous sommes arrivées au couvent, j'ai vu une coupe de fruits dans le parloir : des petits fruits tout ratatinés ; et cette image s'est gravée dans mon esprit, voilà à quoi tu es revenue. Je n'ai jamais oublié ces fruits. J'ai... j'ai même envisagé de quitter l'ordre et de repartir, en tant que coopérante, mais je savais bien que ce n'était que le Diable essayant de saper ma vocation. Parce que je n'ai jamais cessé d'y croire, quoi qu'il en fût par ailleurs, et quelles que fussent les difficultés. Chaque matin, au Kenya, je remerciais Dieu pour ma vocation. Ici, je prie pour être capable de l'accomplir. »

Helen essaya de reporter son attention sur ce que lui disait sœur Benedict. « Ah, voici ton formulaire, n'est-ce pas ? Voyons... tu étudies le français, l'anglais et l'histoire. » Helen acquiesça. « Je vois que tu as indiqué la faculté de droit de Queen's comme ton premier choix. Le droit ! C'est impressionnant.

— Mes parents ne sont pas très contents », bégaya Helen malgré elle. Elle n'avait pas voulu aborder ce sujet.

« Ah bon ? Pourquoi ? Ils croient que tu n'y arriveras pas ? Tes professeurs n'ont que des éloges à ton endroit. Je vois ici que tu as exceptionnellement bien réussi à ton bac blanc l'année dernière. Pourquoi tes parents ne sont-ils pas contents ?

— Je... je pense que c'est un peu difficile pour eux d'y croire, l'idée que leur fille étudie le droit. Cela leur paraît trop ambitieux. Je suis la première personne de ma famille à aller à l'université, et ils ont du mal à s'y habituer, quelle que soit la matière que je choisisse.

— Que voudraient-ils que tu fasses ?

— Ils voudraient que j'aille à St. Mary's pour devenir institutrice. » Sœur Benedict haussa les sourcils. « Ma mère était institutrice », ajouta Helen, mais la religieuse ne répondait toujours pas, ce qui inquiéta Helen. « Enfin, elle a fait des études d'institutrice, mais elle n'a travaillé qu'un an environ, après, elle s'est mariée et elle a arrêté. » Sœur Benedict la regardait intensément à présent, mais Helen n'avait plus rien à dire. Elle jeta un regard impuissant vers la fenêtre toujours noyée de pluie.

« As-tu jamais entendu dire qu'il n'y a rien de plus important pour les enfants que ce que leurs parents n'ont *pas* été ?

— Non, ma sœur. » Elle ne voyait pas quel autre commentaire elle aurait pu faire.

« Et pourquoi le droit ?

— Nous avons besoin de nos avocats catholiques dans ce pays », bredouilla Helen, et sœur Benedict lui lança un regard aigu. Elle pensait que Helen se montrait sarcastique, en répétant les mots que leur ressassait sans cesse sœur Philomena : « Nos catholiques instruits ont un rôle à jouer dans cette société. Nous avons besoin de nos professeurs catholiques, de nos médecins, de nos infirmières, de nos avocats catholiques. » Helen se troubla.

Sœur Benedict la dévisagea quelques instants. « Eh bien, dit-elle pour finir, si la classe moyenne instruite catholique était plus importante en Irlande du Nord, cela ferait probablement une différence, mais je ne pense pas que ce soit la différence que toi ou d'autres ont en tête.

— J'ai beaucoup réfléchi à la question et je sais ce que je fais. Ce n'est pas seulement pour le prestige ou pour l'argent, vraiment pas.

— Cela me fait plaisir de l'entendre, coupa sèchement sœur Benedict. Mais tu n'as toujours pas répondu à ma question. Pourquoi le droit ?

— Parce que je veux que mes études servent à quelque chose : je veux aider les gens. La manière dont les choses se passent ici est profondément injuste, et je veux que cela change.

— Mais tu n'y changeras rien. » La réplique avait fusé si vite que Helen se sentit piégée, amenée contre son gré à prononcer les mots exacts qui permettraient à sœur Benedict de la contredire. « Crois-moi, Helen, tu peux gâcher ta vie si tu le veux, mais tu ne changeras rien pour personne, sinon pour toi. » Helen essaya de dire quelque chose, mais sœur Benedict ne lui en laissa pas l'occasion. Elle leva la main et poursuivit :

« Tu veux défendre des gens qui ont été accusés à tort. Très bien. Mais dis-moi, quel effet cela te fera-t-il de défendre des gens qui ont vraiment fait des choses terribles, qui ont posé des bombes ou tué des hommes sous les yeux de leur famille ? Comment peux-tu même être sûre d'obtenir le genre de travail que tu as en vue ; qui sait si tu ne finiras pas spécialiste en droit fiscal ou en procédure translative ? Quelqu'un d'autre se consolerait avec son salaire, mais pas toi, tu es trop austère. L'argent ne fera qu'aggraver les choses. Parfois, je pense que l'idéalisme est l'une des forces les plus dangereuses qui soient. Je l'ai vu moi-même tant de fois quand j'étais en Afrique. Des filles comme toi, des filles au grand cœur, désintéressées, mais l'esprit fermé ; c'était un désastre. Elles allaient là-bas en croyant qu'elles allaient *aider* les gens (sa voix avait pris une emphase sarcastique), qu'elles allaient *changer* les choses. Et au lieu de cela, tout ce qui se passait, c'était qu'elles blessaient les autres, et se blessaient elles-mêmes. Regarde-moi. Je voulais être missionnaire, et vois comment j'ai fini : ici, au milieu de l'Ulster, à me disputer avec toi. » La religieuse fit un geste vers la vitre que la pluie fouettait toujours aussi fort.

« Je ne veux pas aller en Afrique, dit Helen. Je veux juste aller à l'université à Belfast.

— Mais c'est précisément cela, tu pourrais aller n'importe où, faire tout ce que tu veux. » Le ton de la religieuse était presque suppliant à présent. « Je ne veux pas te voir gâcher ta vie, en restant dans ce – cet endroit horrible. »

Helen tressaillit en entendant cette phrase, comme si on l'avait frappée au visage. « Cela me plaît, répliqua-t-elle. C'est d'ici que je viens. C'est chez moi. »

Sœur Benedict la regarda une fois de plus sans un mot, puis elle prit un stylo argenté, en ôta le capuchon, signa le formulaire de Helen, appuya le buvard et glissa la fiche dans une chemise bleue. D'une voix douce, comme si cela lui demandait un grand effort, elle murmura : « Je sais que tu réussiras très bien à tes examens. Dis à tes parents de ma part que si tu es acceptée en faculté de droit à Queen's – et cela ne fait aucun doute pour moi – je suis sûre que tu n'auras aucune difficulté à poursuivre tes études. » Elle prit un autre formulaire. « Si tu retournes en bibliothèque, peux-tu m'envoyer Nora Bradley ? »

Elle ne leva pas la tête lorsque Helen quitta son bureau, et Helen dut se maîtriser pour ne pas claquer la porte avec colère. Cela n'avait pas été une dispute en règle, pensa-t-elle en retraversant les couloirs. Quand elle s'était querellée avec sa mère sur le même sujet quelques jours auparavant, elle y avait trouvé une certaine satisfaction, parce que, pour la première fois, elles s'étaient parlé d'égale à égale, comme deux femmes. Elle avait compris que sa mère jugeait son avenir en fonction des échecs et des déconvenues de sa propre vie, et Helen l'avait forcée à admettre qu'au fond elle ne regrettait pas les choix qu'elle avait faits. « Laisse-moi commettre mes propres erreurs », avait plaidé Helen à la fin, tandis que sa mère répétait : « J'ai peur pour toi. Je ne sais pas comment te l'expliquer, mais j'ai peur pour toi. » Se souvenant de mamie Kelly, Helen avait ressenti pour sa mère une pitié très éloignée de la rancune qu'elle éprouvait à présent contre sœur Benedict. Elle se rappela qu'au rassemblement, quelques jours plus tôt, la religieuse avait lu un passage de la Bible disant que lorsqu'on est jeune on va où on veut, mais que lorsqu'on est vieux on tend les bras et un autre nous ligote et nous emmène là où on ne voulait pas aller. Elle avait remarqué la voix altérée de sœur Benedict lisant ces paroles. Eh bien, c'était son problème, pensa Helen. Elle avait eu sa vie et, si elle regrettait ce qu'elle en avait fait, tant pis pour elle ; ce n'était pas une raison pour se mêler des projets de Helen, et pour lui gâcher sa vie, à elle aussi.

En revenant dans la bibliothèque, elle fit signe à Nora Bradley qui quitta la pièce tandis que Helen tentait de se remettre au travail. Mais elle avait perdu le fil de sa concentration, et elle resta assise à regarder par la fenêtre, ses livres ouverts abandonnés devant elle, jusqu'au moment où sœur Philomena vint s'asseoir près d'elle.

« Comment va Helen ? demanda-t-elle.

— Bien, dit Helen.

— Comment ça s'est passé, en bas ?

— On a signé mes formulaires.

— C'est bien. N'y pense plus maintenant. » Helen acquiesça. « Comment ça va à la maison ?

— Bien.

— Tu as un oncle qui es mort récemment, non ? » Helen acquiesça de nouveau.

Tard un soir, quelque six semaines plus tôt, le téléphone avait sonné à la maison. Helen avait décroché : c'était Brian. Il lui annonça qu'il l'appelait de l'hôpital du coin. Il était sorti boire un verre avec Peter dans la soirée et Peter s'était effondré dans le pub. Il était en réanimation ; les médecins disaient que c'était une crise cardiaque et qu'il avait une chance sur deux de s'en sortir. Mais dès qu'elle eut raccroché, Helen affirma à sa famille qu'il n'y avait pas d'espoir. « Il ne s'occupait pas de lui-même, il ne mangeait jamais correctement. Il n'a pas de défenses, plus de réserves », dit-elle. Trois jours plus tard, les médecins répétaient la même chose ; cinq jours plus tard, Peter était mort.

La dernière fois qu'elle le vit, il dormait. Elle resta assise plus d'une heure à côté de son lit à le regarder, et elle serait restée plus longtemps si on ne lui avait demandé de partir. « Cela ne sert pas à grand-chose de toute façon, n'est-ce pas ? » avait dit l'infirmière, et Helen n'avait même pas pris la peine de la contredire. Si cette femme n'était pas capable de voir que l'heure écoulée était précieuse pour Helen, que c'était peut-être l'une des heures les plus importantes de sa vie, il ne servait à rien d'essayer de le lui expliquer, parce qu'elle n'aurait pas compris. C'était bien qu'il fût endormi, parce qu'ils n'avaient plus rien à se dire. Les mots auraient même été un fardeau. Il suffisait d'être avec lui, et de le regarder. Elle se rappelait que, lorsqu'elles étaient petites et qu'elles sortaient en voiture avec leur père, il leur montrait souvent un groupe d'hommes travaillant au bord de la route, taillant les haies ou nettoyant les fossés ; il leur disait : « Regardez, c'est oncle Peter ! » et il klaxonnait en passant. Peter levait la tête et les voyait tous en train d'agiter la main frénétiquement par les vitres baissées de la voiture. Son visage s'illuminait alors, et il levait le bras ; il restait comme cela la main en l'air jusqu'à ce qu'ils ne puissent plus le voir.

Elle se revit entrant dans l'arrière-cuisine chez Brian et apercevant Peter debout devant un évier rempli d'eau savonneuse, sifflotant tout seul tandis qu'il empilait les assiettes de faïence épaisses et propres sur l'égouttoir. Elle se rappela qu'il les emmenait dans son bateau, se rappela le jour où il les avait conduits à la rame jusqu'à l'île et où ils avaient vu le soleil scintiller sur l'eau, et lui, adossé à un arbre, fumant une cigarette pendant que les oisillons mouillés luttaient pour naître.

À la veillée funèbre, elle avait choqué sa mère en déclarant : « Nous ne devrions peut-être pas lui donner un enterrement catholique.

— Alors quoi ? Un enterrement protestant ?

— Rien du tout peut-être. Je veux dire, rien de religieux. On devrait juste l'enterrer. » Sa mère rit, ce qui contraria tellement Helen qu'elle insista : « Il ne croyait à rien de tout cela, il pensait que c'était absurde. » Elle prononça ces mots suffisamment fort pour que le prêtre assis non loin de là ne puisse manquer de l'entendre. Son père lui demanda doucement de se taire. « On ne peut pas enterrer quelqu'un sans prières », dit-il en lui caressant la main pour la réconforter.

Une semaine après l'enterrement, Helen passa chez Brian dans l'après-midi. Il n'y avait personne, sauf mamie Kate qui était assise dans la cuisine sombre, deux sacs en plastique noir fermés par de la ficelle orange à ses pieds.

« Qu'y a-t-il dans les sacs poubelles, mamie ?

— Les vêtements de Peter. Je dois demander à Brian de s'en débarrasser pour moi. J'ai tout passé en revue ; il n'y avait pas un chiffon à donner à une vente de charité, pour sûr. J'ai proposé à Brian de garder sa montre ; et il y a un briquet que je vais donner à ton papa. Les enfants de Brian le lui avaient acheté pour Noël, et j'avais dit à Peter de ne pas s'en servir hors de la maison, parce qu'il aurait été sûr de le perdre. J'avais oublié qu'il était là, jusqu'au moment où je l'ai vu au fond du tiroir. C'est tout ce qu'il y a à donner comme souvenir à ton papa. Aucun homme n'a jamais possédé aussi peu. » Helen regardait fixement les sacs de plastique noir. Comme si elle avait lu dans ses pensées, mamie Kate ajouta : « Aux yeux du monde, il n'avait rien et il n'était rien, mais c'était un homme bon. Je l'aimais. »

« Sais-tu ce que je pense ? » Helen se tourna vers sœur Philomena, dont elle avait presque oublié la présence. « Je pense que tu travailles trop. Je vais en toucher deux mots à tes professeurs et leur dire de te dispenser de devoirs pendant un temps. Tu aurais peut-être même besoin de prendre quelques jours de vacances. » Cette perspective inquiéta Helen.

« Oh, je ne peux pas, je prendrais du retard dans mon travail. Je ne peux pas risquer de perdre du temps.

— Mais tu es très en avance, et les examens ne sont que dans plusieurs mois. Et si tu te surmènes au point de tomber malade ? Tu seras alors bien obligée de rester à la maison, et pense à tout ce que tu manqueras. »

Helen répéta qu'elle pouvait continuer normalement.

Une cloche sonna au loin. « Je dois y aller, ma sœur. J'ai un cours. »

En écoutant la radio à la maison ce soir-là, elle pensa que sœur Philomena avait raison. Elle se sentait usée, épuisée d'une manière qui n'était pas normale à son âge ; et cela durait depuis des années. À l'école comme à la maison, on lui répétait constamment qu'il était important d'étudier, qu'elle devait à elle-même, à sa famille, à la société de travailler le plus dur possible, et elle l'avait fait. Mais à présent, ils étaient tous mal à l'aise en voyant le résultat, battaient en retraite, et lui conseillaient de se détendre un peu. En ce qui la concernait, c'était trop tard. Le mal était fait.

La musique prit fin, et ce fut l'heure des informations. On donnait le nom du soldat qui avait été tué la nuit précédente, et pour lequel sœur Benedict avait prié au rassemblement. Le soldat avait vingt ans. Helen songea à sa famille. Comme sœur Benedict, ces gens devaient penser que l'Irlande du Nord était un endroit horrible. Elle n'avait pas dit la vérité aujourd'hui ; l'ambiance était parfois tendue, à la maison. Oncle Brian vendait des exemplaires du *Republican News* devant l'église de Timinstown après la messe du dimanche, et son père s'était disputé avec lui à ce sujet. Elle entendit la porte de la salle de bains s'ouvrir, et le bruit de succion de la baignoire qui se vidait. Une puissante bouffée de chèvrefeuille envahit la maison. Kate avait peut-être raison de vouloir partir. Helen le regretterait peut-être, si elle restait.

Elle éteignit la radio et se concentra de nouveau sur ses livres. Il ne lui restait plus que son devoir d'histoire.

« Décrivez et commentez les circonstances qui ont conduit à la partition de l'Irlande du Nord. »

13

Vendredi

Helen leva la tête à l'entrée d'Owen dans le bureau. « Devine qui vient nous voir cet après-midi ? » Il la considéra d'un air inexpressif. « La maman de Maguire », ajouta-t-elle, et Owen se prit la tête dans les mains.

« Encore ! Oh mon Dieu, non, gémit-il. On ne peut rien faire pour elle, rien que je ne lui aie seriné une douzaine de fois déjà. Est-ce que j'ai vraiment besoin de ça un vendredi après-midi ?

— Je la verrai, si tu veux. Cela me paraît plus facile à supporter le vendredi que le lundi matin.

— Non, je m'en charge, tu ne pourras pas t'en sortir avec elle. » Il se rendit compte immédiatement qu'il avait commis un impair et tenta d'amadouer Helen, dont le visage s'était assombri.

« Je ne veux pas que tu t'en prennes à elle : Dieu sait si je suis tenté de le faire moi-même parfois, et je ne vois pas comment quelqu'un comme toi pourrait y résister.

— C'est son fils qui est jugé, pas elle », répliqua Helen en évitant son regard. Elle prit un dossier, y jeta un coup d'œil et le mit de côté. Owen se passa la main dans les cheveux.

« Pourquoi ce salaud ne peut-il pas tout avouer à sa mère et nous tirer tous de cette galère ? Il doit penser qu'elle n'est pas encore capable de le supporter. Je suppose qu'elle finira par s'y faire.

— Elle sera bien obligée », marmonna Helen. Elle ne le regardait toujours pas. Il y eut un long silence.

« Helen, reprit Owen finalement, cela me ferait vraiment plaisir si tu pouvais recevoir Mme Maguire cet après-midi. »

Helen leva la tête. « Très bien, dit-elle. Je le ferai. »

Elle ajouta : « Merci », puis : « Désolée. » Owen secoua la tête en souriant.

« Tu es vraiment une drôle de bonne femme.

— C'est maintenant que tu le remarques ? »

Elle était contente de pouvoir plaisanter. Elle regrettait de l'avoir repris de façon si dure un peu plus tôt, car il n'était pas coutumier de ce genre de réflexions. Elle aimait bien travailler avec lui et avait toujours considéré que c'était une chance d'avoir été embauchée dans un cabinet où l'on s'occupait en partie d'affaires liées au terrorisme. À l'époque où elle achevait ses études, il y avait beaucoup de travail en Irlande du Nord dans le domaine juridique, mais aussi une compétition acharnée. Elle redoutait de se retrouver confinée au droit de la famille, comme certaines femmes avec lesquelles elle avait étudié à l'université. Elle avait avoué à Owen dès le début ce qui l'intéressait le plus ; son cabinet ne traitait pas beaucoup de dossiers de ce genre mais, au fil des ans, il lui avait confié ceux qui se présentaient, sans en faire toute une histoire ou laisser entendre qu'il lui accordait une faveur. Mais elle avait aussi remarqué et apprécié le fait qu'il eût commencé à lui retirer discrètement ce type d'affaires après la mort de son père. Il n'était jamais dit explicitement qu'il cherchait à l'épargner, et il y avait toujours une raison plausible pour laquelle il devait s'occuper de telle affaire plutôt que Helen. Elle lui était reconnaissante de son tact, et de l'accord tacite selon lequel elle reprendrait un jour ce genre de travail. Mais lorsque le cas Maguire était arrivé, il se trouva qu'Owen était débordé et que Helen n'avait pas grand-chose à faire.

« Écoute, on s'en occupera à deux, d'accord ? avait proposé Owen. C'est un peu lourd, comme responsabilité. »

Helen avait acquiescé, en jurant silencieusement qu'elle se ferait un point d'honneur de mener ce dossier jusqu'à son terme.

Mais, ce matin-là, tandis qu'elle tournait à nouveau son attention vers son travail, elle remarqua qu'Owen ne l'imitait pas, ce qui était très inhabituel pour lui. Il feuilletait des documents, soupirait, agitait des boîtes de trombones, si bien que Helen comprit qu'il voulait lui parler ; elle croisa son regard et prit un air interrogateur.

« Ce n'est qu'un boulot comme les autres, lâcha-t-il aussitôt, de but en blanc. N'oublie jamais que ce n'est qu'un travail. Un moyen de gagner sa vie ; un toit au-dessus de ta tête et de quoi manger chaque jour. » Helen réprima un sourire, parce que ces expressions, avec leur connotation de survie et de nécessité, ne correspondaient pas au train de vie plutôt aisé d'Owen. Elle pensa à sa maison élégante, située dans une rue calme derrière Malone Road, aux dîners extravagants auxquels il conviait parfois ses amis. Contrairement à certains juristes qu'elle connaissait en Irlande du Nord, et en dépit de ce qu'il venait de dire, Owen ne s'intéressait pas uniquement à l'argent, même s'il profitait bien de celui qu'il gagnait. Il la vit sourire, et sourit à son tour.

« T'arrive-t-il de regretter d'avoir choisi ce métier ?

— Parfois », avoua-t-elle, en se demandant s'il comprendrait jamais à quel point il lui était difficile d'admettre cela, même devant lui.

« Cela nous arrive à tous, je pense. Ce que je regrette le plus, c'est de n'être pas capable de m'y prendre mieux, de traiter les événements comme je le devrais. » Elle voyait à présent qu'il était très mal à l'aise : il tournait autour du pot, et elle aurait tenté de l'aider si elle avait eu la moindre idée de ce dont il s'agissait.

« Je ne suis pas sûre de comprendre. » Il fronça les sourcils en prenant une agrafeuse qu'il se mit à triturer. Elle se demanda s'il avait commis une sérieuse erreur de jugement dans une affaire récente, ou s'il était plus inquiet au sujet d'Oliver Maguire qu'elle ne l'avait supposé.

Il reprit sans la regarder : « Je me sens mal à cause... à cause des saloperies que je supporte parfois. Je ne devrais pas accepter. Cela me fait honte. »

Helen attendit sans rien dire qu'il fût prêt à continuer.

« Tu te souviens de cette réception du barreau à laquelle je suis allé il y a deux semaines ? Il s'est passé quelque chose là-bas qui me tracasse encore. Vers la fin de la soirée, je parlais à un groupe de gens que je connaissais très vaguement. On avait pas mal bu et puis bien sûr – j'allais dire que les masques sont tombés, mais ce n'était pas ça. Cela laisserait entendre qu'ils n'y pouvaient rien, mais ce n'est pas vrai. C'était délibéré. Ils me jetaient des regards de temps à autre, ils testaient des répliques, ils se rapprochaient du vif du sujet pour voir comment je réagirais. Et puis soudain, j'ai pris peur, vraiment peur, et ils l'ont vu. Alors, ils ont compris qu'ils avaient gagné. "Ah les gars ! commence l'un d'eux aussitôt. Attendez que je vous en raconte une bien bonne", et il se met à parler d'une université où il étudiait dans les années cinquante et d'un professeur à lui, qui était dans les *B Specials**. On avait annoncé que l'université allait s'ouvrir aux catholiques pour la première fois. Alors, continue le type, il va voir ce professeur dans son bureau, tard le soir, et il le trouve debout en grand uniforme, les bottes, l'étui de revolver, l'arme, toute la panoplie, et le gars écume littéralement de rage et il lui sort : "Tu sais ce que ça veut dire : je vais devoir leur faire cours pendant la journée et les tuer pendant la nuit !" Et là, bien sûr, ils commencent tous à se pisser dessus de rire. Moi, je n'ai pas ri, je me suis tu ; après une minute ou deux, je me suis éloigné et personne ne m'a dit : "Tu t'en vas ?" »

Il y eut un nouveau silence. Owen reprit : « Cela m'a fait peur, Helen. On est en 1994 ; et qu'ils puissent encore me faire une chose pareille, et que je puisse encore les laisser faire... Je n'ai pas réussi à dormir cette nuit-là, tellement cela me terrifiait. Et j'étais en colère aussi, bien sûr ; contre moi-même surtout. Je n'en ai même pas parlé à Mary, j'avais honte de ce qu'elle penserait de moi.

— J'espère que tu ne t'imagines pas être le seul. Je parie que cela arrive sans arrêt aux gens que nous connaissons, et tout le monde est trop gêné pour en parler. Mais c'est autant une question de mauvaises manières que de sectarisme. Quand quelqu'un se met, sans raison valable, à vouloir t'humilier en société, souvent tu es tellement pris de court que tu ne sais pas comment réagir ; et c'est difficile de les réduire au silence sans s'abaisser à leur niveau. Tu as probablement fait ce que n'importe qui d'entre nous aurait fait à ta place. Si j'étais toi, je n'y penserais plus.

— Ça me ronge depuis des jours. Ça a vraiment été une rude semaine.

— Je ne te le fais pas dire », répliqua Helen.

Elle dit à peu près la même chose à David, qui lui téléphona juste après le déjeuner : « Dieu merci c'est vendredi », et ainsi de suite... Owen était sorti du bureau à ce moment-là, si bien qu'elle parla à David de Cate, et de la manière dont sa famille avait réagi à la nouvelle. « Demain est le dernier jour avant son départ, alors je rentre dès ce soir. Je me réjouis à l'idée de passer du temps avec elles trois. Et toi ?

— Eh bien, Steve ne reviendra pas. Ou plutôt, il est de retour, mais juste pour finir son préavis et se préparer à repartir pour Londres. Cela m'étonne que tu ne nous aies pas entendus crier ; tu n'habites pas si loin. Il m'a lancé qu'il ne s'était pas rendu compte à quel point ce serait difficile de s'habituer à une société si restreinte et si fermée, et que je n'avais rien fait pour l'aider. J'ai répliqué que c'était injuste et faux, et qu'il le savait. Et puis, ton nom a été mentionné et, j'en ai bien peur, l'échange a pris un tour assez vilain et franchi le point de non-retour. »

Helen n'avait pas la moindre idée de ce qu'elle pouvait répondre à cela. « Tu ne parais pas trop démoli, fut tout ce qu'elle trouva à dire.

— C'était dans l'air depuis tellement longtemps que

c'est presque un soulagement pour toutes les parties concernées. »

Après avoir raccroché en lui promettant de le voir la semaine suivante, Helen réfléchit aux paroles de David. Il avait probablement raison en disant que la rupture était courue d'avance, mais cela ne rendait pas nécessairement les choses plus faciles. Elle s'avoua secrètement soulagée à l'idée que Steve ne serait plus dans les parages à l'avenir, parce qu'elle ne s'était jamais sentie très à l'aise avec lui. Elle n'avait pas compris jusque-là qu'il trouvait peut-être importune l'amitié qui la liait à David, et, si tel était son grief, elle ne pensait pas qu'il fût justifié.

Elle se souvenait d'une conversation qu'elle avait eue avec Steve peu de temps après son installation à Belfast. David n'était pas dans la pièce à ce moment-là, il préparait le dîner dans la cuisine ; et Steve, inexorablement, avait abordé le sujet du métier de Helen.

« Alors, tu travailles avec des terroristes ? avait-il dit.

— Parfois.

— Comment sont les hommes de l'IRA ?

— Sans doute pas aussi différents des terroristes loyalistes qu'ils aimeraient le penser. » Au moment même où elle prononçait ces mots, Helen savait qu'il ne la lâcherait plus.

« Mais non, raconte-moi. »

Elle haussa les épaules. « Ce sont des gens plutôt ordinaires, pour la plupart », commença-t-elle, dans l'espoir de le décourager par la simple force de l'ennui.

Steve ne répondit pas immédiatement mais la dévisagea pendant quelques instants avant de reprendre : « Je ne comprends pas comment tu peux t'asseoir dans la même pièce que ces gens-là, et encore moins les défendre.

— En effet, tu ne le comprends pas, et je dirai même plus : tu ne le comprendras jamais, répliqua-t-elle avec une brusquerie qui la surprit elle-même.

— Il ferait pas un peu froid ici ? avait remarqué David en revenant dans la pièce un peu plus tard avec un saladier, et en voyant son amant et sa meilleure amie échanger des regards noirs. Dois-je allumer le chauffage central ou allez-vous vous montrer raisonnables tous les deux ? »

En repensant à cette scène, Helen songea qu'elle avait dit la vérité à Steve à propos des paramilitaires : la plupart du temps, ils lui semblaient effectivement ordinaires. Seuls quelques-uns se détachaient vraiment dans son souvenir. Un en particulier, nommé Devine, le seul qui lui avait jamais fait l'effet d'un véritable psychopathe, quelqu'un qui aimait la tuerie pour la tuerie. Même s'il y avait eu la paix en Irlande du Nord, elle soupçonnait qu'il aurait de toute façon fini en prison pour meurtre. Comme l'avait exprimé Owen : « Au lieu de tirer sur des policiers et des soldats, il aurait tiré sur des femmes, des enfants, des chiens, des souris, Dieu sait quoi. Les Troubles ne sont qu'un prétexte. »

Prétexte aussi pour Malachy Mulholland et les gens de son acabit ; des voyous qui auraient été impliqués dans des histoires de vol et de cambriolage pour se remplir les poches quelle qu'eût été la situation dans le pays. Mulholland avait été mêlé à l'IRA, mais ceux de l'IRA n'avaient pas voulu s'embarrasser de types comme lui, plus nuisibles qu'utiles à long terme. Quelques années après que Helen eut fait sa connaissance, l'IRA l'avait assassiné, officiellement pour cause de « trafic de drogue et autres activités antisociales ».

Les paramilitaires n'appréciaient pas non plus les gens comme Tom Kelly et évitaient dans la mesure du possible d'avoir recours à eux. Kelly avait tué un homme du RUC, bousculant sa femme qui lui avait ouvert la porte et abattant le policier qui regardait la télévision, assis sur le canapé. Mais sa fille âgée de cinq ans se trouvait dans la pièce et avait tout vu. Lorsque Kelly fut arrêté et inculpé, il s'effondra en larmes et passa aux aveux. Il dit qu'il ne pouvait plus se supporter, à cause de l'enfant, qu'il ne l'aurait pas fait s'il avait su qu'elle serait là, qu'il ne pourrait jamais, pour le restant de ses jours, oublier ses hurlements tandis qu'il s'enfuyait de la maison.

Mais pour la plupart, les hommes qu'elle rencontrait ne lui paraissaient ni particulièrement tendres ni particulièrement vicieux. Ils s'étaient arrangés avec leur conscience. Ils étaient souvent motivés par de puissantes convictions politiques, surtout ceux qui avaient déjà fait un séjour en prison, où ils avaient eu beaucoup de temps pour discuter et se disputer à ce sujet. Souvent, ils ressortaient de prison plus engagés dans leur action qu'ils ne l'avaient été en y entrant. C'était important pour eux de purger leur peine de bonne grâce, dans la mesure du possible, la considérant comme une partie des sacrifices exigés par « la Cause ». Comme l'avait dit Helen à Steve, la plupart d'entre eux étaient des hommes ordinaires, et elle les distinguait surtout selon qu'ils venaient de la campagne ou de la ville. Étant elle-même de la campagne, elle trouvait plus facile de s'entendre avec ceux dont le passé était comparable au sien. Souvent, elle estimait les hommes de Belfast trop excités, trop proches du monde de la rue ; et c'était une distinction que les hommes respectaient eux aussi entre eux, se faisant des amis parmi leurs pairs, et ne surmontant jamais un certain malaise avec ceux qui étaient issus d'un milieu différent.

Donc, pour la plupart, ils avaient bien réfléchi à ce qu'ils faisaient et connaissaient leurs propres sentiments à cet égard. Mais Helen ? Son attitude était souvent incohérente, voire hypocrite, elle était bien obligée de l'admettre. Par exemple vis-à-vis de son vieux camarade d'école, Willy Larkin. Elle le voyait souvent quand elle rentrait à la maison pour le week-end. Il la saluait en passant sur son tracteur, ou alors elle le croisait dans le magasin de Timinstown. Accompagné de ses deux enfants, au visage gentil et ouvert, si semblable au sien, il achetait ses journaux et ses clopes et fourrait un sachet de bonbons dans la poche de sa veste ; Helen et lui bavardaient un moment de tout et de rien, échangeaient des nouvelles de leurs mères, et elle se sentait toujours contente après l'avoir vu. Mais, tandis qu'elle lui parlait, elle ne songeait jamais au fait qu'il était allé en prison pour appartenance à l'IRA et détention d'explosifs. Et s'il lui arrivait d'y réfléchir, elle essayait de ne pas trop penser à l'endroit où auraient pu finir ces explosifs si Willy n'avait pas été arrêté. Et si elle était prête à fermer les yeux et à retenir certaines pensées, comme on retient un chien par le collier, n'était-ce pas, surtout à la lumière de ce qui était arrivé à son père, d'une hypocrisie totale ?

Donc il y avait Devine, Mulholland, Tom Kelly et Willy Larkin. Et il y avait aussi, bien sûr, Oliver Maguire.

Elle était allée voir Oliver plus tôt dans la semaine, le jour où Cate avait dormi chez elle à Belfast.

« Comment va, Helen ? avait-il lancé en guise de salut, comme toujours.

— Bien », avait-elle répondu avec brusquerie en ouvrant sa serviette et en prenant les documents dont elle devait discuter avec lui. Elle ignorait la raison pour laquelle il lui déplaisait tant. Owen ne le supportait pas davantage, ce qui était inhabituel pour lui ; « ce cloporte de Maguire », disait-il souvent. Il avait dépassé les vingt ans, mais paraissait plus jeune ; on aurait facilement pu le prendre pour un adolescent. Ses cheveux étaient épais et foncés, et ses yeux si sombres qu'on les aurait crus noirs. Lorsqu'il était avec Helen, son regard restait rivé au sien d'une manière qu'elle détestait. Il aurait pu être journaliste, avait-elle dit à David un jour, parce qu'il avait ce regard fixe, belliqueux, qu'elle considérait comme l'insigne de la profession, et la même faculté de poser des questions creuses, isolées de leur contexte, auxquelles il était difficile de répondre. Elle-même ne répugnait pas à dévisager les gens pour les déstabiliser, mais elle n'aimait pas qu'on lui applique le même traitement, surtout avec un naturel si consommé.

Tandis qu'elle expliquait à Oliver le contenu des documents qu'elle avait apportés, il continua de la fixer sans ciller, comme s'il essayait de graver chaque mot dans sa mémoire, et, lorsqu'elle conclut en disant : « Tenez, jetez-y un coup d'œil », il mit bien plus de temps que nécessaire à baisser les yeux vers les papiers qu'elle avait poussés dans sa direction, sur la table. Elle regarda le sommet de son crâne pendant qu'il lisait, en se demandant à nouveau ce qui la dérangeait tellement chez lui. Peut-être avait-elle eu, par l'intermédiaire de David, une vision fugitive du plein impact de ce qu'avait fait Oliver ? Il possédait aussi beaucoup de sang-froid, une qualité qui n'avait jamais séduit Helen. Elle remarqua avec une certaine satisfaction que ses ongles étaient rongés jusqu'au sang. Elle soupçonnait qu'il ne l'aimait pas, lui non plus, qu'il aurait préféré qu'Owen s'occupe seul de son affaire. Peut-être pensait-il que, dans la mesure où elle ne paraissait pas éprouver de sympathie particulière à son égard, elle ne ferait pas beaucoup d'efforts pour lui ; ou, pis encore, il ne la croyait peut-être pas compétente, simplement parce qu'elle était une femme. Lorsqu'il leva les yeux, elle se rendit compte que se trouver avec lui l'effrayait, sans savoir si c'était pour elle-même ou pour lui qu'elle avait peur.

« Tout me paraît en ordre, dit-il en lui rendant les documents. Mais qu'en est-il de... ? » et il entreprit de la questionner en détail sur deux points qui avaient surgi au cours de leur dernière entrevue. Ce genre de chose arrivait fréquemment, et la contrariait toujours autant. Les prisonniers qui se trouvaient en détention préventive passaient beaucoup de temps à discuter, mettant en commun leurs connaissances juridiques non négligeables, de telle sorte qu'ils connaissaient leurs droits à la lettre. Souvent, ils contestaient les affirmations de leurs avocats, ou apportaient des suggestions utiles ou pertinentes. Helen écouta Oliver jusqu'au bout en fronçant les sourcils, les yeux rivés à la table, sans croiser son regard. Elle lui déclara qu'Owen et elle avaient déjà envisagé l'angle auquel il se référait, mais qu'on ne pouvait rien en faire pour l'instant.

« Nous vous tiendrons informé. »

Il hocha la tête. Il y eut un bref silence. « Oliver, je sais qu'Owen vous l'a dit, et je vous le répète à présent, l'expertise médico-légale ne laisse aucune place au doute, vous le savez ?

— Ouais. »

Son ton la contraria. Elle prit un certain plaisir à poursuivre : « Vous savez que vous serez condamné ?

— Ouais. Je sais.

— À perpétuité.

— Vous voulez dire que vous savez déjà que vous allez perdre le procès. » Il détourna la tête. « Je prendrai quelques années.

— Plus que cela », affirma Helen.

Il haussa les épaules. « Vous avez vu ma mère récemment ? » demanda-t-il après un silence.

Il se rongeait les ongles à présent, remarqua Helen. « Non, répondit-elle. Et vous ? » Il fit non de la tête.

Soudain, elle le vit tel qu'il était la nuit du meurtre, aussi clairement que si elle l'avait suivi dans la cabine où il était entré pour réserver un taxi au nom d'une entreprise basée à Sandy Row*. Il attendait devant un marchand de frites, le col de sa veste en cuir relevé contre le froid de la nuit. De temps à autre, la porte de la boutique s'ouvrait et laissait échapper de lourds effluves de vinaigre et de graisse chaude ; elle entendait les voix des femmes qui y travaillaient. Il se tenait dans l'ombre pour ne pas être vu, et ne s'avança jusqu'au bord du trottoir qu'au moment où la voiture bleue s'arrêta ; elle reconnut le visage joufflu du chauffeur d'après les photos floues qui avaient été publiées dans les journaux après sa mort. Il baissa la vitre et prononça le faux nom sous lequel avait été réservé le taxi. Oliver hocha la tête et monta. Une vague odeur de pin éventé s'exhalait du désodorisant en forme d'arbre suspendu au rétroviseur. Helen contempla les rues éclairées de la ville, noires et luisantes de pluie à travers les arcs réguliers dessinés par les essuie-glaces. Oliver refusait d'engager la conversation ; elle vit, dans le rétroviseur, le regard de plus en plus anxieux du chauffeur jusqu'au moment où Oliver sortit une arme de la poche de sa veste, l'appuya contre la nuque de l'homme et siffla : « J'ai changé d'avis. On va ailleurs. »

Assise en face de lui à la table, Helen leva involontairement la main pour toucher le côté gauche de son cou, aussi froid que s'il avait été effleuré par un éclat de glace.

« Vous l'avez fait, martela-t-elle. Vous l'avez vraiment fait. »

Oliver ôta les mains de devant sa bouche et eut un petit sourire.

« C'est ce que les gens comme vous n'arrêtent pas de me répéter, de toute façon. »

« M. Kane n'est pas là ? » fut la première chose que demanda la mère d'Oliver lorsque Helen la fit entrer dans son bureau cet après-midi-là. Oliver appelait Helen et Owen par leur prénom, mais Mme Maguire s'obstinait à mettre les formes : cela semblait lui faire du bien.

« Il m'a demandé de vous recevoir ; il a dû partir tôt aujourd'hui », répliqua Helen, consciente de l'angoisse et de l'hésitation de la femme. Soudain, Mme Maguire sembla s'apercevoir que Helen pourrait peut-être lui proposer un point de vue différent.

« D'après M. Kane, il est certain qu'Oliver sera reconnu coupable.

— J'en ai bien peur.

— Et vous pensez la même chose ? »

Helen acquiesça.

« Mais ce n'est pas lui ! » cria la femme. Cette fois, Helen ne dit rien, ne fit aucun signe de tête. Elle regarda brièvement sa montre, puis à nouveau la femme.

« C'est terrible, reprit Mme Maguire. Que des gens soient déclarés coupables pour des choses qu'ils n'ont pas faites. Regardez les Six de Birmingham*, le temps qu'ils ont passé en prison. Vous me dites que c'est cela qui va arriver à Oliver, et qu'on ne peut rien faire pour l'empêcher ?

— C'était une affaire très différente, s'empressa de préciser Helen.

— Pourquoi ? »

Helen marqua une pause, tentée de répondre l'évidence : que les Six de Birmingham étaient innocents, et laisser Mme Maguire en tirer la conclusion logique concernant Oliver. Au lieu de cela elle resta un moment silencieuse, en espérant que cela donnerait plus de poids à ses paroles, et, enfin, déclara :

« Madame Maguire, je pense que le mieux pour vous est d'essayer de vous préparer au pire. Oliver va être condamné à une longue peine. Il le sait. Plus tôt vous pourrez l'accepter, mieux cela vaudra. »

La plupart des avocats de leur connaissance auraient refusé ce genre d'entretien, et elle se demandait parfois pourquoi Owen s'en donnait la peine. Il n'y avait rien à y gagner : une complète perte de temps pour toutes les personnes concernées, mais, d'un autre côté, il était inhabituel qu'une mère se montre aussi tenace. Owen était toujours beaucoup plus dur avec les clients qu'avec leur famille. Dans bien des cas, Helen admirait le courage de ces femmes et, parfois, elle pensait que certains prisonniers n'en méritaient pas tant. Des épouses restaient seules pendant des années avec la charge d'élever leurs enfants, avec peu ou pas d'argent. Helen les apercevait souvent, attendant sous la pluie le bus qui les conduirait à la prison, ou participant à des manifestations dans Falls Road en faveur des prisonniers. Mais on ne pouvait nier que c'était plus facile pour les familles à forte tradition républicaine, où un père, des frères, des cousins, voire des sœurs, avaient servi dans l'IRA. Lorsque la famille entière croyait en la Cause, le fait d'être en prison ne constituait pas un stigmate.

C'était très différent pour les familles qui n'avaient pas de tradition semblable. Helen avait pu le constater de près : des couples âgés, discrets, mortifiés par le fait que leur fils ou leur fille se retrouve du mauvais côté de la loi pour quelque raison que ce fût, sans même parler de celle-là. Elle voyait ces gens assis au tribunal sur les bancs réservés au public. Ils pleuraient. Parfois ils s'effondraient, soit en entendant le compte rendu détaillé du crime dont était accusé leur enfant, soit lors de la lecture du verdict. En quittant le tribunal, ils s'étaient couvert le visage, de honte. Ce serait le cas de Mme Maguire, songea Helen en l'écoutant évoquer la vie de son fils. Oliver était le plus jeune de quatre enfants. Il était arrivé tard, sept ans après le troisième. Son père était mort quand il avait dix ans. Elle aurait voulu qu'il soit comme les autres : eux avaient un métier, une affaire. « Aucun d'entre eux n'a jamais rien fait », gémit-elle. Dieu, que Helen détestait cette phrase ! Les soldats avaient tracassé Oliver quand il était adolescent. Ils l'avaient déjà arrêté auparavant et, une fois, ils l'avaient battu.

« Si vous aviez vu la raclée qu'il s'est prise, miss Quinn, et c'était encore un enfant. On se pose des questions, n'est-ce pas ? On se demande comment quelqu'un peut faire des choses pareilles à un autre être humain.

— Quelles choses ? » coupa Helen sèchement.

La femme, dont le regard implorant était rivé au visage de Helen, baissa soudain les yeux. « Les choses..., bredouilla-t-elle, tandis que Helen observait un silence intimidant. Vous savez bien, les choses qui se passent ici.

— Oui, dit Helen. Je sais.

— Oliver n'aurait pas pu faire ce dont ils l'accusent. Je le sais, parce que je suis sa mère et personne ne le connaît mieux que moi. Je connais ses défauts aussi bien que ses qualités, et il ne serait pas capable de... de faire ça. » Mais sa voix faiblit et, brusquement, Helen regarda droit dans les yeux la femme assise en face d'elle. Elle sait, réalisa Helen. Elle connaît la vérité aussi bien que moi, mais elle ne la supporte pas. Elle vient ici pour que nous retardions le jour où elle devra y croire. Helen réfléchit à sa propre situation. Deux ans déjà avaient passé, et c'était encore la dernière chose à laquelle elle songeait avant de s'endormir le soir et la première chose qui lui venait à l'esprit en se réveillant chaque matin. Ce qu'ils avaient fait à son père hantait encore ses rêves, cette pensée pouvait la piéger à n'importe quel moment de la journée. Un détail anodin comme les marques de nicotine sur les doigts d'un marchand de journaux pouvait lui rappeler son père, mais pour une fraction de seconde seulement, avant de le lui ravir à nouveau, en laissant à la place l'image terrible de son départ.

Et pourtant...

Oh, il n'y avait pas de risque qu'elle perde patience avec Mme Maguire, comme l'avait craint Owen. Elle n'allait pas lui crier que son fils était coupable et qu'elle le savait, alors pourquoi leur faisait-elle perdre leur temps ? Non, le risque était qu'elle lui dise quelque chose de bien pire. La mère d'Oliver n'ignorait pas ce qui était arrivé au père de Helen. Le danger était que Helen lui dise : « Je préfère être à ma place plutôt qu'à la vôtre. Pour rien au monde je ne voudrais être vous. » *Voilà* la seule chose que Mme Maguire n'aurait pu supporter, et soudain Helen se rendit compte que, si elle avait ouvert la bouche en cet instant, elle n'aurait rien pu dire d'autre. Mme Maguire le savait aussi. Les deux femmes se regardèrent en silence. Pour finir, la mère d'Oliver reprit la parole : « C'est comme un rêve, conclut-elle avec beaucoup de douceur. Comme un terrible rêve. »

Helen baissa la tête et se couvrit les yeux : elle détestait qu'on la voie pleurer. Elle entendit le crissement d'une chaise qu'on repoussait.

« Je suis désolée d'avoir abusé de votre temps, miss Quinn, dit la femme. Merci de m'avoir reçue. »

14

Vendredi soir

Après le dîner, elles s'installèrent autour du fourneau de la cuisine pour boire du thé et parler jusque tard dans la nuit. Helen partageait le canapé avec Cate, qui avait enlevé ses chaussures et replié ses jambes sous elle ; leur mère occupait la chaise à dossier haut qu'elle préférait, et Sally était assise sur un tabouret.

« J'espère que nous n'aurons pas à affronter une autre semaine comme celle-ci avant longtemps, soupira Emily.

— Ce n'était pas si terrible, se hâta de répliquer Sally. Nous avons connu pire, bien pire.

— C'est vrai », reconnut sa mère, gênée de ce qu'elle venait de dire ; et elle jeta un regard timide à Cate, qui rougit et se détourna.

« C'est peut-être le seul aspect positif de ce qui s'est passé, poursuivit Sally. Quoi qu'il arrive à l'avenir, rien ne sera jamais comparable à cela.

— De toute manière, d'ici un an ou deux, nous

aurons toutes de la banane écrasée plein les cheveux. N'est-ce pas merveilleux ? demanda Helen. Je ne sais pas pour vous, mais moi je frémis d'impatience.

— Ce sera étrange d'avoir un bébé ici à nouveau, murmura Emily. Je dois reconnaître que je n'ai pas vraiment réfléchi à cela ; j'arrive à peine à l'imaginer. » Aucune de ses filles ne répondit, mais leur silence était éloquent ; et Emily savait que c'était précisément ce qu'elle devait imaginer et, comme l'avait dit Sally, ce n'était pas la pire possibilité, loin de là.

Personne n'avait envie d'aller se coucher. Elles continuèrent d'alimenter le fourneau du poêle ; elles écoutèrent le bruit du vent qui soufflait autour de la maison, et leur conversation se fit plus intermittente, plus décousue. Enfin, Emily se leva, la fatigue triomphant de sa mauvaise grâce à rompre la première l'intimité chaleureuse, tacite, de la soirée. C'était toujours ainsi vers la fin des visites de Cate et, ce soir, pour la première fois depuis des années, Emily se surprit à dire à voix haute ce qu'elle pensait toujours en ces occasions : « C'est tellement dommage que tu doives repartir, Cate. Ce serait merveilleux si tu étais toujours là.

— Oh, mais dans ce cas je perdrais vite ma valeur de nouveauté, répondit Cate avec toute l'ironie dont elle fut capable. Je ferais à nouveau partie du décor et tu oublierais à quel point je suis exceptionnelle.

— Elle n'est pas encore partie, ajouta Helen. Nous avons encore deux jours magiques de sa compagnie en perspective. Comment allons-nous supporter cette exaltation, pouvez-vous me le dire ? »

Leur mère leur souhaita une bonne nuit en riant et quitta la pièce. Les trois sœurs restèrent assises en silence, à écouter le bruit des pas d'Emily montant l'escalier ; puis elles l'entendirent se déplacer dans la chambre au-dessus d'elles, tandis qu'elle se préparait pour la nuit. Elles continuèrent de parler, plus doucement à présent, pour ne pas la déranger. « Tu devrais y aller aussi, Sally, dit Cate un peu plus tard. Je sais rien qu'à te regarder que tu es épuisée.

— Nous le sommes toutes », reconnut Sally ; mais elle fut la deuxième à se lever. Et Helen se rendit compte qu'elle redoutait le moment où Cate se retirerait à son tour, et la laisserait seule. Cate le savait aussi. « C'est l'heure de mon second souffle, mentit-elle.

— Tu veux un whiskey ? » Cate secoua la tête et sourit avec regret en tapotant son ventre.

« Désolée, dit Helen, j'avais oublié.

— Prends-en un, toi.

— Non, tout compte fait. » Mais lorsque Cate quitta enfin la cuisine, Helen se versa un whiskey sec et resta assise à écouter Verdi sur son Walkman jusqu'à ce qu'il se fît si absurdement tard qu'il n'y avait rien à faire sinon rincer son verre, vérifier une dernière fois que les deux portes étaient bien verrouillées, éteindre toutes les lumières et se coucher à son tour.

Elle s'allongea dans le noir et s'enveloppa étroitement dans les couvertures.

Quand Helen était enfant, elle trouvait parfois difficile de s'endormir le soir ; alors, elle se faufilait dans un creux secret de sa conscience, entre rêve et imagination. C'était une habitude qu'elle cultivait : elle savait qu'elle ne dormait pas, mais voyait des choses merveilleuses qui n'auraient jamais été possibles si elle avait été vraiment réveillée.

Par la force de son imagination, elle quittait son lit et passait à travers le toit de la maison comme un rayon de lumière dans l'eau. Puis elle s'élevait dans la nuit, oh ! comme elle s'élevait, jusqu'à se retrouver bien haut au-dessus du monde, jusqu'à ce qu'elle fût aussi loin que ces anges qui flottaient près de l'épaule de Dieu sur la couverture de la Bible des enfants, où Dieu était un immense vieillard avec un triangle de lumière jaune autour de la tête, penché au-dessus du système solaire et levant la main en signe de bénédiction. La noirceur de l'univers était chaude, douce comme du velours, et constellée d'étoiles scintillantes. La Voie lactée, au loin, était une ceinture d'argent brillante, comme des pièces de monnaie jetées en l'air.

Mais ce que voyait Helen était mieux qu'une image dans un livre, mieux qu'un film, parce qu'elle voyait et sentait que l'univers était vivant ; voyait le Soleil brûler et sentait sa chaleur, voyait les planètes entrelacées de lunes qui tournaient et tournaient.

Un jour, miss Wilson avait fait entrer toute la classe par groupes de cinq dans le cagibi ; armée d'un globe et d'une lampe de poche, elle leur avait montré la manière dont le monde tournait dans la lumière du Soleil : comment se font le jour et la nuit. À présent, Helen pouvait le voir toute seule, tandis qu'elle se penchait sur la Terre et que les nuages tournoyaient obligeamment avant de se dissoudre, laissant un globe terrestre aussi chauve que celui qui se trouvait dans la salle de classe : mais vivant ! Tour à tour, les pays entraient dans la lumière, et c'était le jour. Elle plissait les yeux et regardait le Japon : des gens s'y réveillaient dans des maisons aux fenêtres de papier. Elle vit des temples obscurs où des moines vêtus de longues robes brûlaient de l'encens devant des statues d'or. Elle regarda la Chine : un lacis de routes, des pousse-pousse et des millions de bicyclettes dans une pure lumière d'aurore.

Les montagnes, les déserts, les jungles enchevêtrées ; les cités fabuleuses, les villages poussiéreux : elle voyait jusqu'au fond de l'océan où scintillaient des bancs de poissons colorés et des épaves de navires aux trésors éparpillés.

Et puis elle cherchait l'Irlande, encore plongée dans la nuit. Cela ne faisait aucune différence, parce que avec les pouvoirs qui étaient les siens elle pouvait la voir tout entière, la voir d'abord comme une île au bord de l'Europe, où venaient cogner les mers ; puis, en la regardant de plus près, la couronne de montagnes, le centre tout plat (« l'Irlande est comme une soucoupe », leur avait dit miss Wilson) et puis, plus près encore, la couverture d'arlequin des champs entrecoupés de rivières et de fossés. Elle voyait des maisons sombres, des vaches endormies, des oiseaux et des animaux de nuit : le pelage roux d'un renard, un gros blaireau. Puis elle regardait le nord de l'Irlande, et voilà ce qui l'enchantait plus que tout : elle apercevait l'endroit où elle vivait. Elle reconnaissait tout ce qu'elle voyait à présent : la salle de classe silencieuse avec ses rangées de pupitres vides, la table des sciences naturelles ; l'église fermée, plongée dans un silence troublant, une lumière rouge allumée devant le tabernacle ; des arbres familiers, les eaux froides et noires du lac. Dans la maison d'oncle Brian et de tante Lucy, mamie Kate dormait à poings fermés, des boîtes à chapeaux grises et roses empilées dans la penderie qui contenait ses robes et ses tailleurs immaculés : Helen sentait l'odeur de la lavande séchée qui y était suspendue dans des sachets de dentelle. Sur le chemin qui conduisait à la maison, un homme avançait en trébuchant ; sanglotait et riait et invectivait les étoiles, et le cœur de Helen se serrait de pitié en le regardant. Et puis, la chose la plus étrange et la meilleure de toutes, elle voyait sa propre maison, voyait son papa assis sur le canapé de la cuisine, fumant une dernière cigarette avant de fermer les portes, de couvrir le feu pour la nuit et de monter à l'étage jusqu'au lit où lisait leur maman. Sally et Kate dormaient déjà et, tout à la fin, Helen se voyait elle-même, comme si elle regardait d'en haut son propre lit où elle était roulée en boule, toute somnolente, attendant le sommeil avec le sentiment d'être en sécurité, en sécurité et tellement heureuse, sans savoir que lorsqu'elle serait une femme, cela lui briserait le cœur de se souvenir de toutes ces choses.

Parce que à présent, lorsqu'elle attendait le sommeil, une autre image se déroulait dans son esprit, sans cesse répétée, comme une séquence de film, mais plus aiguë, plus nette, et se déroulant une fraction de seconde plus lentement que la normale, ce qui lui conférait la pesanteur d'un cauchemar.

Mais ce n'était pas un rêve : elle voyait son père assis à la table de la cuisine de Lucy, buvant du thé dans une tasse bleue. Elle sentait l'odeur de sa cigarette, même l'odeur familière du tweed. Il parlait à Lucy, qui travaillait dans l'arrière-cuisine : elle lavait la vaisselle lorsqu'il était arrivé, et il lui avait dit de continuer sans faire attention à lui. Il jetait un coup d'œil à l'horloge et ajoutait : « Je me demande ce qui a bien pu retarder Brian », et Lucy répliquait : « Tiens, il y a une voiture dehors, mais ce n'est pas la sienne, à en juger par le bruit. » Et à peine avait-elle prononcé ces mots qu'il l'entendait hurler, tandis que deux hommes faisaient irruption dans l'arrière-cuisine et la bousculaient ; puis le père de Helen les voyait à son tour, surgissant dans la cuisine, deux hommes avec des parkas au capuchon relevé, des masques de Halloween sur le visage. Il voyait les armes, aussi, et il savait ce qu'ils allaient lui faire. Le bruit d'une chaise dérapant sur le carrelage, « Ah non, Christ Jésus, non », et ils déchargeaient leurs armes à bout portant, lui arrachant la moitié de la tête. Et, tandis qu'ils ressortaient de la maison en courant, l'un d'entre eux brandissait le poing et poussait un cri de victoire, parce que cela avait été si facile.

Alors, par un renversement abrupt de la descente toute en douceur vers son enfance, la vision de Helen repartait violemment en sens inverse, et elle reconnaissait la lumière froide des étoiles mortes ; l'immensité sans grâce d'un univers de ténèbres. À présent, l'image de la mort de son père était infiniment petite, infiniment tendre : la douleur aiguë venait de la tension entre cette petitesse et l'énormité du temps et de l'espace infinis. Pas de pitié, pas de pardon, pas de justification : peut-être que, si elle avait pu concevoir une conscience où chaque horreur unique de l'histoire de l'humanité était reconnue et pleurée, en aurait-elle tiré quelque réconfort. Parfois, elle sentait que tout ce qu'elle avait était sa douleur, une douleur qu'elle pouvait à peine porter.

Dans la solide maison de pierre, le silence était troublant.

Une à une, dans la nuit, les sœurs dormaient.

NOTES

p. 17 *Le 12 juillet (The Twelfth of July) :* jour de grandes parades protestantes en Irlande du Nord, commémorant la victoire de Guillaume d'Orange sur les troupes du roi catholique Jacques II Stuart lors de la bataille de la Boyne, en 1690. L'événement donne lieu chaque année à des affrontements sectaires. Les banderoles bleu-blanc-rouge (couleurs du drapeau britannique) qui décorent les rues des villages et quartiers protestants à cette époque de l'année symbolisent l'attachement de la communauté unioniste à la couronne d'Angleterre.

p. 20 *Falls :* quartier ouvrier catholique de Belfast Ouest devenu, avec son homologue protestant du Shankill, le symbole et l'épicentre de la violence dans la capitale de l'Irlande du Nord.

p. 78 *Sinn Féin* (littéralement « Nous seuls » ou « Nous-mêmes », en gaélique) : parti républicain fondé en 1905 par Arthur Griffith et ressuscité dans les années cinquante en tant qu'aile politique de l'IRA.

p. 85 *UFF (Ulster Freedom Fighters) :* groupe paramilitaire loyaliste créé en 1973.

p. 92 Le terme « loyalistes » désigne les protestants attachés au maintien de l'Irlande du Nord dans le Royaume-Uni, et, plus particulièrement, les groupes extrémistes défendant ce point de vue par la violence. Le terme « républicains » désigne les nationalistes (catholiques) favorables au rattachement des six comtés d'Irlande du Nord à la république d'Irlande.

p. 92 Référence aux militants nationalistes emprisonnés dans le camp de Long Kesh (appelé par la suite *The Maze Prison*). Dix d'entre eux moururent en 1981 à la suite de la grève de la faim par laquelle ils réclamaient le statut de prisonniers politiques, supprimé depuis 1975. Bobby Sands, qui fut le premier à mourir, était un parlementaire élu.

p. 105 *Les Apprentis (Apprentice Boys) :* référence aux artisans qui fermèrent les portes de la ville de Derry devant les troupes jacobites en 1688-1689. Sept mille habitants, protestants, moururent de faim au cours d'un siège de cinq cents jours au terme duquel le roi catholique Jacques II Stuart battit en retraite. L'exploit est commémoré par la grande parade orangiste, *Apprentice Boys Parade*, qui a lieu chaque année le 12 août.

p. 112 Cette manifestation, l'une des toutes premières en faveur des droits civiques, eut lieu le 5 octobre 1968. La ville frontalière de Derry était le symbole même de l'injustice, avec une discrimination systématique vis-à-vis des catholiques, pourtant majoritaires dans la ville. La brutalité dont fit preuve la police en cette occasion attira l'attention du monde extérieur (et du gouvernement britannique) sur ce qui se passait en Irlande du Nord et politisa définitivement le mouvement estudiantin, à l'origine de la manifestation.

p. 112 *Live, oul' horse and you'll get grass :* proverbe irlandais désignant des promesses qui seront tenues bien après le moment où l'on en avait désespérément besoin.

p. 117 *Les arches orangistes :* décorations de rue installées lors des célébrations du 12 juillet (v. note p. 273).

p. 121 *Terence O'Neill :* troisième chef du gouvernement d'Irlande du Nord ; élu en 1963, il démissionna en 1969, reconnaissant l'échec de sa politique pour endiguer le conflit et la montée de la violence.

p. 121 *People's Democracy* (ou *PD*) : groupe estudiantin, socialiste et militant, issu du mouvement pour les droits civiques, constitué après la manifestation du 5 octobre 1968 à Derry (v. note p. 274).

p. 121 *Stormont :* siège — et, par extension, surnom — du gouvernement et du Parlement locaux créés en 1921 sous la tutelle de Westminster pour administrer les six comtés d'Irlande du Nord, après la partition de l'île, le pouvoir étant détenu exclusivement par les protestants au détriment des catholiques. Ce gouvernement fut supprimé en 1972 à la suite du scandale du *Bloody Sunday* (v. note p. 278), en faveur d'une administration directe par le secrétaire d'État à l'Irlande du Nord qui siège au Conseil des ministres britannique.

p. 123 *La marche de Belfast à Derry :* marche de quatre jours entamée le 1er janvier 1969 par les étudiants de *People's Democracy* dans la foulée de la manifestation du 5 octobre 1968. Cette traversée en territoire protestant était risquée, et très chargée symboliquement. Peu avant leur arrivée à Derry, les manifestants furent sauvagement attaqués par les *B Specials* (v. note p. 278) et les loyalistes ; les rescapés furent attaqués de nouveau dans la ville même. La police contribua au désordre et à la violence dans le quartier catholique du Bogside.

p. 128 *Planter towns :* villes fondées par les « Planteurs » protestants, anglais et écossais, qui colonisèrent l'Ulster au XVIIe siècle en vertu des articles de loi promulgués en 1609 dans l'espoir de faire de cette province un bastion de loyalisme envers la couronne d'Angleterre.

p. 128 *INLA (Irish National Liberation Army) :* groupuscule schismatique issu de l'IRA officielle en 1974.

p. 129 *RUC (Royal Ulster Constabulary) :* nom de la police en Irlande du Nord.

p. 133 *Andersonstown :* quartier catholique de Belfast Ouest, situé dans le prolongement de Falls Road.

p. 145 *Bernadette Devlin :* membre de *People's Democracy*, élue au Parlement de Westminster en avril 1969, à l'âge de vingt et un ans.

p. 146 Ce discours de O'Neill, en 1969 (lors de sa démission), est resté dans les mémoires comme un exemple de paternalisme méprisant à l'égard des catholiques.

p. 146 Le 12 août 1969, la traditionnelle parade des *Apprentice Boys* à Derry donna lieu à des émeutes sans précédent. La police donna l'assaut, au terme d'un siège de deux jours (la bataille du Bogside). Le RUC fut incapable de maintenir l'ordre : l'armée britannique fut appelée à la rescousse. Les soldats arrivèrent à Derry le 14 août, encerclant le quartier catholique du Bogside et ordonnant au RUC et aux *B Specials* d'évacuer les lieux ; les catholiques les accueillirent avec soulagement. Le soir même, la violence éclatait à Belfast Ouest, forçant des centaines de familles catholiques à quitter leur domicile. Six personnes furent tuées, des centaines de maisons catholiques incendiées et mises à sac. Le 15 août, l'armée britannique se déployait dans Belfast.

p. 148 *Jack Lynch :* à l'époque, Premier ministre de la république d'Irlande. Lors de la bataille du Bogside (v. note précédente), il affirma à la télévision que le gouvernement de la République ne pouvait plus « rester en retrait ». Il sembla brièvement que l'armée irlandaise pourrait traverser la frontière et intervenir à Derry. Ce ne fut pas le cas.

p. 158 Référence à l'« opération Demetrius », lancée par l'armée britannique assistée par le *Special Branch* (service de renseignements) du RUC. Trois cent quarante-deux hommes furent arrêtés dans la nuit du 9 août 1971 dans des districts catholiques à travers toute l'Irlande du Nord. Il s'agissait principalement de syndicalistes et de militants de *People's Democracy*. Cent seize d'entre eux furent relâchés au bout de quarante-huit heures. Il apparut que les prisonniers étaient traités avec une brutalité inouïe. Vingt personnes furent tuées au cours des émeutes de protestation qui s'ensuivirent dans les districts catholiques. Cette rafle inaugura l'ère de l'*internment*, c'est-à-dire l'incarcération sans procès pour les personnes soupçonnées de terrorisme.

p. 160 Le béret et les gants noirs font partie de l'uniforme de l'IRA. Le drapeau tricolore (orange, blanc et vert) est celui de la république d'Irlande. Le rituel décrit dans ce passage caractérise les funérailles paramilitaires accordées par l'IRA à ses morts.

p. 198 Référence au *Bloody Friday* (« vendredi sanglant »), en juillet 1972. Cet attentat de l'IRA fut suivi par une période de violence extrême.

p. 198 Allusion au « dimanche sanglant » *(Bloody Sunday)*, le 30 janvier 1972. Treize manifestants, dont sept avaient moins de dix-neuf ans, furent tués ce jour-là par des soldats anglais au cours d'une marche pour les droits civiques. Ce scandale marqua une étape importante dans l'évolution du conflit et garde une immense valeur symbolique pour la communauté catholique.

p. 216 *SDLP (Social Democratic and Labour Party) :* parti catholique modéré fondé en 1970. L'un des principaux partis politiques d'Irlande du Nord, dirigé par John Hume, il joue un rôle important dans le dialogue Nord-Sud.

p. 234 *Le parti de l'Alliance :* parti unioniste très modéré.

p. 251 *B Specials :* surnom donné à l'*Ulster Special Constabulary*, force militaire protestante constituée en 1920 pour compléter la police (RUC). Les *B Specials* furent démantelés par décision du gouvernement britannique après les exactions commises à Derry et à Belfast en 1969.

p. 259 *Sandy Row :* quartier protestant du centre de Belfast.

p. 260 *The Birmingham Six :* référence aux six hommes accusés à tort des deux attentats de l'IRA commis le 21 novembre 1974 à Birmingham, en Angleterre. Condamnés à perpétuité, leur innocence ne fut reconnue qu'en 1991.

Si vous désirez être régulièrement tenu au courant de nos publications, merci de bien vouloir remplir ce questionnaire et nous le retourner :

Éditions 10/18
c/o 10 Mailing
35, rue du Sergent Bauchat
75012 Paris

NOM : ------------------------

PRENOM : ------------------------

ADRESSE : ------------------------

CODE POSTAL : ------------------------

VILLE : ------------------------

PAYS : ------------------------

AGE : ------------------------

PROFESSION : ------------------------

TITRE de l'ouvrage dans lequel est insérée cette page :

Irlande, nuit froide, n° 3188

IMPRIMÉ EN FRANCE PAR BRODARD ET TAUPIN
1942 - La Flèche (Sarthe)

N° d'édition : 3139
Dépôt légal : mai 2000